LES ÉLÉGIES DE DUINO
et
LES SONNETS A ORPHÉE

DUISENER ELEGIEN

und

DIE SONETTE AN ORPHEUS

LA LITTÉRATURE ALLEMANDE

Dans la même collection

GOETHE	Faust I, *traduction de Gérard de Nerval.*
—	Les Souffrances du jeune Werther, *traduction de J.-F. Angelloz.*
—	Faust I et II, *traduction de Jean Malaplate.*
—	Les Affinités électives, *traduction de J.-F. Angelloz.*
GRIMM	Contes *(2 vol.).*
HOFFMANN	Contes fantastiques *(3 vol.).*
—	Princesse Brambilla.
HÖLDERLIN	Hymnes. Élégies.
KAFKA	Le Procès, *traduction de Bernard Lortholary.*
—	Le Château, *traduction de Bernard Lortholary.*
—	Amerika, *traduction de Bernard Lortholary.*
—	La Métamorphose, *traduction de Bernard Lortholary.*
—	Dans la colonie pénitentiaire et autres nouvelles, *traduction de Bernard Lortholary.*
KLEIST	La Marquise d'O, *traduction de M.-L. Laureau et G. La Flize.*
—	Le Prince de Hombourg, *traduction d'André Robert.*
—	Michel Kohlhaas, *traduction de G. La Flize.*
MANN	Mario et le Magicien, *traduction de André Gaillard et Louise Servicen.*
NOVALIS	Henri d'Ofterdingen, *traduction de Marcel Camus.*
RILKE	Élégies de Duino. Sonnets à Orphée, *texte original et traduction par J.-F. Angelloz.*

RILKE

LES ÉLÉGIES DE DUINO
LES SONNETS A ORPHÉE

DUISENER ELEGIEN
DIE SONETTE AN ORPHEUS

Traduits et préfacés par
J.-F. Angelloz

GF
FLAMMARION

ISBN 2-08-070674-8

A mon ami E. P. Isler

ABRÉVIATIONS

I = Œuvres complètes. Tome I.
II = Œuvres complètes. Tome II.
III = Œuvres complètes. Tome III.
IV = Œuvres complètes. Tome IV.
V = Œuvres complètes. Tome V.
VI = Œuvres complètes. Tome VI.
VII = Erzählungen aus der Frühzeit.
VIII = Späte Gedichte.
IX = Lettres et Journal quotidien (1899-1902).
X = Lettres (1902-1906).
XI = (1906-1907).
XII = (1907-1914).
XIII = Lettres de Muzot (1921-1926).
XIV = Lettres à son éditeur (1906-1926).

INTRODUCTION

LE POÈTE ATTEND

Hiver 1911-1912. Rilke habite, parfois seul, le château de Duino, mis à sa disposition par le prince et la princesse de Tour et Taxis. Ce château, que les obus devaient détruire pendant la guerre de 1914-1918, était un nid dans les rochers, à l'extrémité d'une petite presqu'île qui s'avançait entre deux baies assez échancrées; d'un côté se trouvaient Trieste et l'Istrie; de l'autre, la vue portait jusqu'à Aquileja et aux lagunes de Grado. Ce site romantique et sauvage offre la possibilité d'une vie confortable et studieuse; des visiteurs de marque parfois y séjournent, un quatuor triestin vient jouer du Beethoven ou du Mozart; la mer, le soleil et le vent, cette trinité cosmique du monde méditerranéen, le pénètrent de leur présence.

Pourtant, Rilke ne trouve pas dans ce refuge le repos auquel il aspire. Avec les *Cahiers de Malte Laurids Brigge* (1910) il a atteint la « ligne de partage des eaux » de son existence et de son œuvre (XII, 147). A trente-cinq ans, « au milieu du chemin de sa vie », il avait parfois le sentiment qu'après ce corps-à-corps avec Malte, qui fut son combat avec l'ange, il n'écrirait plus rien, mais s'exercerait simplement à vivre, ferait des études médicales — idée qui le hantait — et exercerait son métier à la campagne. Maintenant, il ressemble un peu à Raskolnikof après son crime et ne sait pas ce qui doit arriver; il se demande avec quelle force et presque de quel droit il a écrit ce livre (XII, 112-113). Longtemps, il n'a pas osé le lire; c'est précisément à Duino qu'il trouve peu à peu le courage de l'ouvrir à nouveau ; il reproche à Malte d'avoir imaginé des difficultés, de les avoir créées comme autant d'obstacles, et il s'étonne, ainsi que pour le *Livre d'heures* d'avoir été l'occasion de cette œuvre, où il trouve « la naïveté et la modestie de ce qui est grand » (XII, 185-186). Il ira jusqu'à déclarer : « Je reste toujours le reconvalescent de ce livre » et à se poser la question angoissante : si de nouvelles forces le suivent, « à quoi seront-elles bonnes ? » (XII, 231).

En 1910, Rilke est entré, pour employer le terme des mystiques, dont il se servit lui-même, dans une longue « période de sécheresse », caractérisée par une instabilité maladive et l'amenuisement de l'inspiration. Incapable de rester à Paris, où il retrouve cette densité de réalité qui l'étonne toujours (XII, 278), cette pesanteur dont Malte dut faire son destin (XII, 300) ; il fuit pour revenir, sans pouvoir trouver nulle part un lieu d'élection ; du début de 1910 à août 1914, il séjourne dans une cinquantaine d'endroits différents. Deux de ces voyages furent importants pour lui et pour son œuvre : celui qu'il fit dans l'Afrique du Nord pendant l'hiver 1910-1911 et celui qu'il entreprendra plus tard en Espagne (hiver 1912-1913). Entre ces deux randonnées, qui laissèrent leur trace dans les *Élégies de Duino* et les *Sonnets à Orphée*, se place le séjour hivernal (1911-1912) au château de Duino. Celui-ci fut sans doute un refuge pour Rilke ; il pouvait se sentir en sûreté dans cette vieille demeure seigneuriale, où il avait le plaisir de découvrir une épinette et, dans ses armoires anciennes, des dentelles somptueuses. Mais il a peur de l'hiver dans la région du Karst et d'une solitude trop peuplée de fantômes : il devait, en particulier, s'occuper de Raymondine et Polyxène, deux tantes de la princesse, mortes à vingt et quinze ans, que personne n'avait connues, mais qui, pour lui, restaient présentes, comme si le temps s'était arrêté. Il écrit à Lou Andreas-Salomé que des asiles généreux, comme Duino, nécessitent une pénible adaptation, et, lorsqu'elle est achevée, on s'aperçoit que malgré tout on n'en fait pas partie (XII, 263).

Ainsi, la troisième période de son existence débute, pour Rilke, comme chacune des deux premières, par une épreuve très douloureuse ; à l'École des Cadets et à l'enfer parisien correspondent les années d'instabilité, qui se prolongeront jusqu'en 1922. Elles sont, en même temps, des années de stérilité. Ce poète, qui conçoit la poésie comme un sacerdoce (IX, 369), cet artisan du vers, qui parle de son art comme d'un métier (Carossa, *Führung und Geleit*) et se sent maintenant capable de s'exprimer (zum Ausdruck erzogen), cet homme, qui se sait porteur d'un message pour les autres hommes, est, de nouveau, un « apprenti » en quête de son œuvre. Il travaille, un peu au hasard, à son enrichissement intellectuel et s'enthousiasme pour Goethe, dont il comprend tardivement toute la grandeur, grave et parfois inquiète. Il traduit *Le Centaure* de Maurice de Guérin et surtout *L'Amour de Madeleine*, cet admirable sonnet de l'abbé Bonnet, qui lui aurait peut-être épargné Malte, s'il l'avait connu plus tôt, « tant il marche dans la direction de ce cœur et va jusqu'au bout, mais il l'emporte de beaucoup sur le pauvre Brigge » (XII, 186-187). Il écrit enfin, à Duino même, *La Vie de Marie*, treize poèmes en l'honneur de la Vierge, chez laquelle il trouvait réunis les thèmes les plus chers : l'enfance, la pureté virginale, la maternité tour à tour rayonnante et saignante et enfin la mort suivie d'une apothéose, qui était vraiment l'ascension d'un peu de substance terrestre dans l'Invisible.

Mais Duino n'aurait pas été immortalisé par la poésie s'il n'avait inspiré les deux premières élégies ; le poète en a lui-même conté la naissance à la princesse de Tour et Taxis, dont les *Souvenirs* constituent un document étonnant sur la création de l'œuvre poétique. Un jour de janvier 1912, Rilke reçut une lettre d'affaires assez ennuyeuse ; il sortit pour en méditer la réponse ; le vent soufflait avec violence et le soleil illuminait une mer bleue tendue d'argent. Il se promenait sur la falaise, à deux cents pieds au-dessus de l'eau, quand soudain il s'arrêta ; il lui sembla que, dans le fracas du vent, une voix lui dictait ces paroles :

« Qui donc, si je criais, m'entendrait parmi les hiérarchies des anges ? »

« Qu'est-ce là ? » chuchota-t-il à demi-voix. « Qu'est-ce qui vient ? » Pressentant que le Dieu enfin le visitait, il nota ce vers, ainsi que quelques autres qui se formèrent pareillement sans aucune intervention de sa part, puis il redescendit ; le soir, la première élégie était écrite. La deuxième suivit peu de temps après, et, dans le courant du même hiver, les débuts de toutes les autres lui furent, disait-il, donnés également ; déjà, il savait quel serait celui de la dernière, dont les douze premiers vers ont été conservés. Quelques fragments suivirent encore, puis le Dieu se tut, et, pendant dix ans, le poète attendit l'inspiration en se demandant avec angoisse s'il pourrait achever son œuvre maîtresse.

Rilke ne cessera pas de penser aux élégies, en écrira des passages au cours de son voyage espagnol, achèvera la troisième à Paris (1913), où d'autres fragments naissent également. Mais la guerre éclate, et cet être à l'esprit international et au cœur universel se voit isolé des pays qu'il aime, accablé par la nécessité d'intégrer dans son univers la mort collective et anonyme des champs de bataille, obligé même de porter, un certain temps, l'uniforme militaire. Au cours de cette longue et sombre période, le poète n'enrichit son œuvre que d'une seule élégie, la quatrième, écrite à Munich en 1915. Il en vint à désespérer de son achèvement et à envisager une publication incomplète.

La guerre achevée, Rilke doit quitter Munich et chercher un refuge en Suisse, le pays « que les cavaliers de l'Apocalypse avaient épargné ». Il recommence alors sa vie errante de « heimatlos », avec le désir de se rattacher à 1914, c'est-à-dire de rétablir par-dessous les « années de sang » la continuité avec l'avant-guerre ; il y parvient lors de son retour à Paris (1920), qui est une merveilleuse re-connaissance ; il écrit alors à la princesse de Tour et Taxis : « Ce fut – dans une mesure qui dépassait toute attente – *mon* Paris, celui de jadis, je voudrais dire : l'éternel. » Il en revient avec un courage nouveau, avec l'espoir de reprendre les *Élégies*, avec le désir de trouver un abri où il puisse achever de mûrir et créer enfin son œuvre ultime. La Destinée le conduit dans le Valais, pays accueillant et ensoleillé, où il retrouve des éléments de son climat spirituel, à Sierre où, au moment de repartir, il découvre la photographie d'un château à vendre ou à louer : Muzot ; son ami Reinhart l'achètera pour le mettre à sa disposition ; il s'y installe en 1921, au début de l'été.

Muzot est moins un château qu'une vaste tour du XIIIe siècle, qui semble faite de cellules et propre à abriter le repos d'un moine-chevalier. Elle se dresse dans la verdure, un peu isolée, à une demi-heure de Sierre ; le chemin qui la longe est un chemin de village bordé d'un petit ruisseau ; un jardin, où fleurissent les rosiers du poète, l'entoure ; de ses fenêtres, pareilles à des meurtrières, on découvre la grande solitude des montagnes. L'aspect extérieur est d'une forteresse, comme celui de Duino, et Rilke écrivait à Lou Andreas-Salomé : « C'est, je le crains, trop rude pour moi ; habiter là-dedans, c'est être comme dans une armure lourde et rouillée. Et par les fentes du casque on voit vous provoquer un pays héroïque. » Les pièces de ce manoir sont petites et garnies de meubles anciens ; l'absence d'électricité et de téléphone, la présence d'un majestueux fourneau de pierre devaient en faire pour Rilke autant de refuges intimes. Il y a même une chapelle, à laquelle on accède par une porte surmontée d'une « swastika ». Paul Valéry, dont la visite à Muzot fut, pour le poète, une joie immense, avait peine à concevoir « une existence si séparée des hivers éternels dans un tel abus d'intimité avec le silence ». C'est que Rilke commençait, au sens religieux du terme, une retraite, et une retraite comparable à une mort provisoire, dans laquelle il se retirait pour méditer avec plus d'intensité et de continuité, pour enfanter les *Élégies*. Il déploiera une énergie si impitoyable pour écarter toute cause de trouble que, malgré son désir d'avoir un gardien, malgré son affection pour les animaux, il refusera l'offre d'un chien, car un être vivant exigerait par sa présence une part de lui-même (XIII, 74).

Dans le silence de sa retraite, une voix va retentir : celle de Paul Valéry lui-même. Rilke semble ne l'avoir réellement découvert qu'au printemps de 1921 ; il le reconnut aussitôt comme « un des premiers et des plus grands, oui, des grands » (XIII, 49). Il l'estimait d'avoir renoncé à exploiter ses premiers succès pour rentrer dans la solitude, dans l'obscurité, dans les difficultés matérielles, afin de travailler, pendant un quart de siècle, à son « avancement en soi-même ». Il l'admirait d'avoir écrit, entre autres, *Palme, Le Cimetière marin, L'Ame et la Danse*, qu'il devait traduire avec amour. Il voyait sans doute en lui, comme Curtius : « le poète de la métamorphose », de « l'éternelle métamorphose où tend tout ce qui vit » et qui se réalise dans l'arbre, alchimiste de la matière inorganique, dans la danse, « figure de l'âme », dans l'architecture, s'il est vrai que « ce temple délicat est l'image mathématique d'une fille de Corinthe que j'ai heureusement aimée[1] ». Il découvrait en lui, à l'heure fixée par le Destin, celui qui pouvait le mieux lui servir d'exemple, parce qu'il était un poète, parce qu'il avait raisonné son art, parce qu'il avait su se maintenir immuablement centré autour de son « Moi » créateur, parce que, surtout, il avait uni de nouveau la pensée à la poésie pour lui donner son éclat magique. Aussi pouvait-il dire à Mme Monique Saint-Hélier : « J'étais seul, j'attendais, toute mon œuvre attendait. Un jour, j'ai lu Valéry, j'ai su que mon attente était finie[2]. »

Si Paul Valéry lui donna l'impulsion spirituelle, un événement

1. *Hommage des écrivains étrangers à Paul Valéry*, p. 21 à 30.
2. M. SAINT-HÉLIER : *A Rilke pour Noël*, p. 21.

qui le troubla profondément lui donna, pour ainsi dire, l'impulsion affective : la mort de Véra Oukama-Knoop, dont Rilke lui-même conta ainsi la vue dans une lettre à la comtesse Sizzo-Noris-Crouy : « Cette belle enfant, qui commença par la danse et fit alors sensation auprès de tous ceux qui la virent, tant son corps et son âme exprimaient l'art inné du mouvement et de la transformation, déclara brusquement à sa mère qu'elle ne pouvait ni ne voulait plus danser... (c'était précisément au sortir de l'enfance). Son corps subit des changements étranges; il devint, sans perdre sa belle conformation orientale, étrangement lourd et massif... (c'était déjà le début de cette mystérieuse maladie des glandes, qui devait ensuite amener une mort si rapide). Dans le temps qui lui restait encore, Véra fit de la musique et, en dernier lieu, elle dessina seulement — comme si la danse interdite n'émanait plus d'elle que d'une manière de plus en plus légère, de plus en plus discrète[1]. »

La jeune fille prit aussitôt sa place parmi ces « élus de la mort précoce » qui, passant de la jeunesse dans l'au-delà, ont réalisé leur mission terrestre comme une fleur qui jaillit dans son fruit. A Mme Gertrude Ouckama-Knoop, qui lui avait relaté la maladie et la mort de sa fille, il répondit, au début de janvier 1922, par une lettre profondément troublée et révélatrice : « Comme tout ce qui normalement aurait pu suffire pour une longue existence terrestre (laquelle ?) eut la possibilité de se consommer soudain entièrement, alors cette démesure de lumière jaillit dans le cœur de la jeune fille et en lui apparurent, si infiniment illuminées, ces deux extrémités de sa pure intuition : d'un côté, la pensée que la douleur est une erreur, une sourde méprise surgie dans notre partie corporelle et qui pousse son coin, son coin de pierre, dans l'unité ciel-terre, — de l'autre, le sentiment de l'union profonde de son cœur, ouvert à tout, avec cette unité du monde qui est et qui dure, ce consentement à la vie, cette intégration joyeuse, émue, totale dans le monde terrestre — hélas! dans le terrestre seulement? Non (que ne pouvait-elle pas savoir dans ces premiers assauts de la démolition et du départ!) — dans le *tout*, dans un monde qui est beaucoup plus que celui d'ici. Oh! comme elle aima, comme, avec les antennes de son cœur, elle dépassa tout ce qui, ici, peut être saisi et embrassé, — dans ces douces et aériennes pauses de la souffrance qui lui furent encore accordées, pleines d'un rêve de guérison. » Et le poète achevait son émouvante lettre par ces paroles, où il semble

1. *Insel-Almanach*, 1937, p. 113. Cité par Cämmerer, p. 23.

répondre à la mission dont le charge la jeune morte : « Mais pour moi... ce fut comme un engagement immense envers ce que j'ai de plus intime, de plus grave et (pourvu que je l'atteigne, même de loin) de plus bienheureux d'avoir pu recevoir *ces* feuilles au premier soir d'une nouvelle année. » (XIII, 83-84).

Qu'on se représente cette heure où des anges passaient! Depuis dix ans Rilke vit dans l'attente; depuis dix ans, il attend, dans l'angoisse, que le Dieu de la poésie lui accorde la grâce de réaliser les *Élégies*, car elles sont pour lui son œuvre maîtresse et comme le fruit de son génie! Pour elles, il a cherché un berceau, cet abri éprouvé de Muzot, où il s'est réfugié, dans l'attente, où il n'est plus qu'attente. Une nouvelle année vient de naître; sera-t-elle enfin l'année de la réalisation? Ce jour-là, un signe apparaît dans son ciel, et c'est un signe que lui envoie la mort, un message d'outre-tombe : une jeune fille, dont il peut évoquer, d'une manière inouïe, « l'étrange et inoubliable puissance de séduction », un être d'élection, fait pour la danse, la musique, l'art, a dit adieu à l'enfance, à la jeunesse, non pour user dans le pays des hommes sa réserve de force vitale, mais pour entrer dans la mort et s'intégrer dans le Tout; sa danse, son chant, son dessin vont passer dans l'univers, comme jadis le chant d'Orphée, dont une gravure orne la chambre du poète. « Son inachèvement et son innocence tiennent ouverte la porte de la tombe, si bien que, défunte, elle fait partie de ces puissances qui gardent la moitié de la vie fraîche et ouverte vers l'autre moitié à la blessure béante » (XIII, 338). Les feuilles douloureuses où Mme Ouckama-Knoop lui conta la maladie et la mort de sa fille Véra deviennent un ordre de la tombe, dont la voix va se faire entendre par sa bouche.

Aussi n'est-ce pas la suite des *Élégies* qui s'impose au poète, mais un recueil de sonnets, qu'il écrit comme un mausolée à la mémoire de la jeune fille et place sous le patronage d'Orphée, dont elle fut la prêtresse. Le 7 février 1922, il envoie à Mme Oukama-Knoop les vingt-cinq sonnets qui lui ont été « offerts » (geschenkt) en quelques jours (entre le 2 et le 5) alors qu'il pensait à une autre œuvre; bien que, seul, l'avant-dernier soit consacré à Véra, elle domine l'ensemble et en détermine le mouvement. Le 9 février, il lui adresse le « Chant de printemps des enfants » pour remplacer le vingt et unième sonnet, un de ceux qui ont simplement servi « pour le passage du courant » et, ensuite, sont restés vides; le 18 mars, enfin, il lui envoie une nouvelle rédaction du septième et le vingt-troisième, portant ainsi à vingt-six le nombre définitif.

En 1912, les treize poèmes de *La Vie de Marie* avaient précédé la naissance des élégies ; en 1922, les vingt-six sonnets préludèrent à leur achèvement du 7 au 11 février. Le 9, les élégies six à neuf sont achevées ; le 11, la dixième. Le 11, Rilke pouvait écrire à la princesse de Tour et Taxis : « Enfin, princesse, enfin, le jour béni, combien béni, où je puis vous annoncer l'achèvement... des *Élégies* : Dix... Tout cela en quelques jours, ce fut une tempête sans nom, un ouragan spirituel (comme jadis, à Duino) ; tout ce qui en moi est fibre et tissu a craqué ; de manger il ne fut jamais question. Dieu sait qui m'a nourri. Mais maintenant cela est. Est. Amen. J'ai donc tenu (überstanden) jusque-là, à travers tout. A travers tout. Et c'était bien ce qu'il fallait. Rien que cela » (XIII, 100-101). A ses amis les plus chers il annonce en des termes identiques et quasi religieux le miracle dont la grâce lui fut accordée, cette naissance qu'il espérait depuis dix ans. A Lou Andreas-Salomé il indique la date précise : le samedi 11 février, à 6 heures, et s'écrie : « Elles sont. Je suis sorti, et ce petit Muzot, qui me les protégea, qui enfin me les accorda, je l'ai caressé comme un animal grand et déjà vieux » (XIII, 102-103).

Pourtant, la tempête poétique n'était pas encore apaisée. Huit jours après, Rilke annonçait à Lou Andreas-Salomé l'élégie des Saltimbanques, destinée à remplacer la cinquième (celle-ci était d'abord, selon Cämmerer, le poème : « Lass dir, dass Kindheit war », qui figure dans les *Späte Gedichte*, pages 68-70) et aussi le deuxième cycle des Sonnets, aussi imprévu que le premier. Les *Élégies de Duino* et les *Sonnets à Orphée* parurent en 1923. Les poèmes contemporains, que le poète considérait comme les fragments d'un deuxième livre d'élégies, furent publiés dans le tome III des œuvres complètes (1927) sous le titre : *Letzte Gedichte und Fragmentarisches* ; ils formèrent ensuite, avec de nombreuses adjonctions, le volume des *Späte Gedichte* (1934). L'ensemble constitue un véritable triptyque, dont les *Élégies* formeraient le centre ; les *Sonnets* et les fragments poétiques, les deux panneaux latéraux. Rilke écrivait à son traducteur polonais, Witold von Hulewicz, le 13 novembre 1935 : « *Élégies* et *Sonnets* se prêtent les unes aux autres un appui constant —, et je vois une grâce infinie dans le fait d'avoir pu, du même souffle, emplir ces deux voiles : la petite voile couleur de rouille des *Sonnets* et la gigantesque voilure blanche des *Élégies*. » Cet ensemble incomparable annonce aux hommes l'Évangile de l'homme, apporte à la poésie allemande une couronne nouvelle.

L'ÉVANGILE DE L'HOMME

A la pensée théocentrique du Moyen Age, les temps modernes ont substitué une pensée anthropocentrique : la conception du monde ne s'est plus présentée sous la forme d'une pyramide qui trouve en Dieu son achèvement et aussi son origine, mais sous l'aspect d'une sphère, au centre de laquelle se dresse l'énigme de l'homme. Celui-ci ne se connaît plus comme un reflet de l'intelligence divine, qui lui explique l'univers en même temps que sa propre personne; il ignore son essence et ses rapports avec le reste du monde; aussi sa vie consciente n'est-elle qu'une quête de soi-même, un effort pour se situer dans le Tout. Après la multiplication des systèmes philosophiques du XIXe siècle, les penseurs ont même renoncé aux spéculations métaphysiques qui se détruisent l'une l'autre, pour scruter l'être et les phénomènes; philosophie existentielle, courant phénoménologique sont la manifestation de la tendance récente et actuelle à poser d'abord le problème de l'homme, à réaliser enfin une « anthropologie ». Mais cette tendance n'est pas l'apanage des philosophes; lorsque Heidegger connut les *Élégies de Duino*, il déclara me disait-on, que Rilke avait exprimé en langage poétique les mêmes idées que lui dans ses œuvres. Comme il y a une philosophie de l'être, il peut exister une poésie de l'être et, si les *Cahiers de Malte Laurids Brigge* sont, ainsi qu'on l'a dit, des œuvres d'André Gide, « un dialogue avec les possibilités de vivre », *Élégies* et *Sonnets* sont un dialogue avec les possibilités d'être homme, le chant de l'homme, le poème de sa servitude et de sa grandeur terrestres.

Au cœur de l'être humain est tapie la mort, problème essentiel, que le mouvement phénoménologique a réintroduit dans la philosophie[1]. Heidegger fait de la mort la grande certitude et la condition même de l'existence, dont le but est d'atteindre, face à elle, la liberté : « Freiheit zum Tode ». En 1912, dans les deux premières élégies, Rilke a posé le problème de la mort : l'homme est seul avec son existence qui ne cesse de s'évaporer; seul, en présence des anges impérissables; seul, devant les animaux qui se défient de lui, car ils le sentent en désaccord avec le monde; seul, parmi les choses qui, plus éphémères que lui, ont besoin de lui; il n'a pas encore

1. Voir dans WINDELBAND : *Lehrbuch der Geschichte der Philosophie*, édition 1935; HEIMSOETH : *Die Philosophie im 20. Jahrhundert*, p. 601.

trouvé sa raison d'être et la loi de son existence. Dans les élégies et les sonnets écrits en 1922 le poète va remplir sa tâche en révélant l'homme à lui-même, le situer sur cette échelle des êtres qui commence à l'infiniment petit et s'élève vers Dieu, lui dire l'enfance et l'amour, vaincre la mort en l'ajoutant à l'existence, lui assigner son rôle et sa mission, le justifier vis-à-vis de l'ange en lui donnant la terre et les choses de la terre.

1. *La mort et la naissance des créatures.*

C'est dans la huitième élégie qu'il faut chercher le centre. — Je dirais volontiers : le germe — de la conception rilkéenne. Après avoir, dans la septième, exalté la vie terrestre et le rôle de l'homme, le poète va montrer ce qui entrave l'être humain dans son mouvement vers la vie « ouverte » : la hantise de la mort. Il doit certainement une partie de ses idées à Schuler, visionnaire puissant, qu'il avait rencontré pendant la guerre et qu'il admirait beaucoup ; il écrivit d'ailleurs à Mme Claire Rilke, le 23 avril 1923 : « Dans les *Sonnets à Orphée*, il y a beaucoup de choses que Schuler aurait admises ; et même, qui sait si je ne dois pas à sa rencontre d'en avoir exprimé plus d'une si ouvertement et secrètement à la fois » (XIII, 197). Païen authentique et visionnaire puissant, Schuler évoquait avec une éloquence incomparable un souper romain, reconstruisait un palais ancien ; contempteur de la bourgeoisie, qui claquemure les hommes dans des conventions, il méprisait aussi le mariage, « sceau noir sur la vie fermée », mais admirait le XVIIIe siècle, qui sut encore vivre selon son grand principe : « Il faut que la vie soit ouverte. » Le souvenir de ses conférences et de ses entretiens s'est imposé certainement à Rilke dans la quatrième élégie, écrite à Munich, en 1915, c'est-à-dire à l'époque où il le connut, et dans la huitième, où la mort masque la vie.

Comme toujours, comme dans le *Livre d'heures*, en particulier, l'idée de la mort appelle celle de la naissance, donc celle du giron maternel, car c'est lui qui est tout. La « *petite* créature », qui vit à l'état larvaire, ne quitte pas le milieu où elle naît, se développe, évolue et meurt pour se fondre en lui ; elle ne se distingue pas de lui et ne distingue pas la vie de ce qui fut avant, ni de ce qui doit être après ; elle existe, pleinement inconsciente et inconsciemment heureuse. La mouche, née d'un œuf rapidement transformé en larve, sans avoir connu la chaleur maternelle, vit encore dans le bonheur, jusque dans l'accouplement, car ce qui naîtra d'elle, ce n'est pas un moucheron tendrement porté, mais un amas d'œufs qui ignoreront toujours leur origine. Une existence heureuse est accordée aussi aux plantes, aux fleurs, qui, enracinées dans le sol, restent fidèles à la terre ; du moins, elles connaîtraient le bonheur d'une vie légère et vécue jusqu'à son terme, si les jeunes filles ne les cueillaient pas, si nous n'étions pas des êtres pesants, qui se nourrissent des choses au lieu de les prendre pour guides (*Sonnets*, II, 7, 14). Avec l'oiseau, la situation déjà change. Il ne jouit que d'une demi-sécurité, car, si l'embryon ne se développe qu'après avoir quitté le sein maternel, l'œuf y fut créé ; d'autre part, il ne se transforme en être vivant qu'après avoir connu la chaleur de la couvaison. Il passe donc par cet état intermédiaire d'un être-chose qui, détaché du sein maternel, ignore encore la vie, bien qu'il en renferme le germe, et ignore la mort, puisqu'il n'est pas encore né. A cet état pré-vital succédera, dès l'éclosion, un état comparable à celui de l'homme : comme celui-ci, l'oiseau vivant portera en lui le germe de mort. Aussi paraît-il capable de recevoir l'âme d'un Étrusque, c'est-à-dire d'un de ces hommes qui furent, il y a des milliers d'années, des initiés (*Élégies*, VIII). Ame évadée du sarcophage, il peut voler dans l'espace et vivre sur la terre, apparenté à l'ange, que ses ailes empêchent de marcher, et à l'homme, que son poids empêche de voler.

L'animal enfin — Rilke cite le lion — voit « l'ouvert » et connaît la vie « ouverte », car il ignore la mort et se place en face du Tout, qu'il reflète sans angoisse ; il n'a pas conscience de sa décadence, son être est sans borne et sans limite et son regard pur ne se porte que vers l'avant. Pourtant, il ne goûte pas une félicité absolue, parce que, lui aussi, il naquit d'un sein, dont il garde la nostalgie, comme d'une première patrie, et trouve le monde « hybride et ouvert aux vents ». L'enfant partage, dans ses premières années, le sort de l'animal : il a connu la béatitude du séjour dans le sein maternel ; il a connu l'arrachement à cette première patrie par la naissance, qui le jeta dans la vie ; il connaîtra un deuxième arrachement par le sevrage ; il porte en lui le germe de la mort et bientôt il le saura. Tandis que l'animal vit inconscient et libre, tandis qu'il avance dans une éternité pure, un peu troublée par le souvenir, l'enfant qui grandit va vers la conscience et la souffrance.

2. *L'enfance.*

L'enfance est un des grands thèmes rilkéens et l'un des plus complexes, car, en s'appuyant sur certains passages des *Cahiers de Malte Laurids Brigge* ou des *Élégies* ou sur d'autres poèmes, on a vu en Rilke le chantre d'une enfance idyllique, tendrement protégée par un père compréhensif et une mère vigilante ; cela fait partie d'ailleurs d'une tendance assez générale à le minimiser en traçant de lui un portrait conventionnel, auquel la réalité ne correspond pas. Il a souffert, sans doute très tôt, de vivre à un foyer désuni et dans une ville qui lui resta étrangère, de se heurter à des camarades qui le blessaient et, plus tard, d'être jeté à l'École des Cadets. Il sait qu'on ne guérit pas de son enfance et qu'en elle déjà l'avenir est enclos. Aussi a-t-il voulu, en créant Malte, se recréer une jeunesse (eine Jugend leisten), qui lui permette de vivre ; en 1912, il ignore encore s'il le pourra et si, en 1922, il écrit, dans la septième élégie :
« Glaubt nicht, Schicksal sei mehr als das Dichte der Kindheit », il sait que l'enfance pourrait être le Destin, mais qu'elle s'en éloigne. De quelle densité d'existence sont riches ces heures où l'enfant ne voit devant lui que l'avenir, où, dans l'intervalle qui sépare le monde et le jouet, il connaît la joie de ce qui dure (*Élégies*, IV). L'enfant est capable de jouer avec la terre (*Sonnets*, I, 21) ; il peut vivre dans le monde de « l'ouvert », qui est celui de l'animal, qui est le domaine de l'être et de la vie. — Mais, écrivait Rilke dès 1898, dans son *Journal quotidien de Florence*, les parents, qu'une génération sépare de leurs enfants, ont le grave tort de leur imposer leurs conceptions ; il reprend cette idée dans la huitième élégie pour montrer comment ils les retournent et les obligent à regarder en arrière, comment ils les font passer dans le monde des formes (die Gestaltung), qui est le leur. Dès lors, l'enfant est condamné à ne voir de la vie que son reflet dans les yeux de l'animal ; il lui tourne le dos, il n'aperçoit plus que le miroitement de la vie libre obscurci par l'ombre de la mort. Et il se presse de grandir, un peu par amour pour les adultes qui, ayant perdu leur enfance, n'ont plus d'autre ressource que d'être grands (*Élégies*, IV). Et il perd lui-même son enfance dans ces villes de pierres où tout est faux, irréel, étranger (*Sonnets*, II, 8).

Grand et indicible tant qu'il vit dans l'inconscience et n'a pas compris qu'il est, dès l'aube de sa vie, un condamné à mort, l'enfant diminue à mesure qu'il grandit et se rend compte de sa fragilité ; quand il atteint l'adolescence, il subit l'épreuve de l'amour.

3. *L'amour.*

Cet autre grand thème rilkéen n'est pas moins complexe que celui de l'enfance. Dans les *Cahiers de Malte Laurids Brigge*, Rilke a dit la grandeur de l'amante, pour laquelle il a un tel culte qu'il désirera longtemps écrire un livre sur les grandes amoureuses. Dans les trois premières élégies, il célèbre encore l'amante, surtout l'amante délaissée, qu'il envie presque, et il cite de nouveau comme modèle Gaspara Stampa. Mais, déclare-t-il, les amants « ne font que se masquer l'un à l'autre leur sort » ; l'amour n'est qu'une solution trompeuse, car il ne prouve pas à l'être humain son existence ; les amants peuvent bien, par leurs caresses, essayer de retenir leurs corps, qui se dissolvent dans l'atmosphère, et se promettre l'éternité dans l'enlacement ; l'amour fuit leurs gestes de tendresse, car il n'exista que dans leurs premières et pures rencontres. La troisième élégie (1913) explique même le danger que l'amour fait courir à l'amant : la jeune fille qui s'avance vers lui, si légère et si tendre, l'ébranle, éveille en lui sa préhistoire, agite son sang, qui charrie les alluvions de toutes les générations ancestrales, le précipite dans l'obscurité de ce milieu trouble, duquel il ne pourra plus se libérer entièrement ; qu'elle s'efforce de l'apaiser en lui montrant la douceur de la tâche quotidienne !

Au début de 1914, Lou Andreas-Salomé lui communique — sans doute en manuscrit — *Trois lettres à un garçon* : les deux dernières constituent une véritable initiation sexuelle destinée à un garçon au seuil de l'adolescence. Rilke en est profondément troublé, comme le montre sa lettre du 20 février 1914 (XII, 346) ; il évoque les impressions qu'il ressentit en Égypte, devant certaines sculptures révélatrices. Dans les deux « lettres » écrites, l'une en novembre 1914, l'autre après la guerre et publiées sous le titre *Ueber Gott*, il intégra la sexualité dans sa conception religieuse en proclamant une véritable religion de la sexualité. Malgré cet apaisement tardif de ses inquiétudes, Rilke ne fournit pas, dans les dernières élégies, une réponse nette à la question de l'amour : il voit en lui un moyen de s'approcher de « l'ouvert », mais chacun des deux amants est toujours là, qui empêche l'autre de plonger ses regards, par-dessus lui, dans le monde où se meurt l'animal (*Élégies*, VIII). Il refuse avec un certain dédain de considérer l'amour et le chant d'amour comme une preuve d'existence (*Sonnets*, I, 3). Pourtant la septième élégie dresse l'amante parmi les grandes réalisations humaines, au-dessus même de Chartres et de la musique, et la neuvième place « la longue expérience de l'amour » parmi les acquisitions que nous emporterons avec nous, ainsi que la douleur et ce qui pèse, et tout cela est indicible. L'amour n'a donc pas résolu le problème humain, bien que Rilke l'ait déclaré « enfin *total* », enfin *sauf* (XIII, 333), il ne nous offre pas une solution, mais il constitue une épreuve qu'il faut affronter et surmonter ; il peut devenir un appui, qui nous aide à nous réaliser.

4. *Le danseur bourgeois et le pantin.*
Le saltimbanque et le héros.

Comment est-il possible de se réaliser et de vivre ? se demandait Rilke dans les *Cahiers de Malte Laurids Brigge* et dans la première des lettres *Sur Dieu*. Le monde et spécialement la grande ville nous offrent des exemples de réalisations qui sont des erreurs. Beaucoup d'hommes ont accepté l'existence banale, fabriquée en série, qui est celle du danseur-bourgeois (*Élégies*, IV). Ils sont dans l'erreur ; ils tournent le dos à « l'ouvert » et se contentent à trop bon compte d'une existence qui ne fut pas faite pour eux. Rilke les condamne avec vigueur, car, ainsi que le dit son ami Kassner, il repoussait ce qui est bourgeois ; il les écarte comme de simples masques et leur préfère la marionnette, qui est pleine. La vie est un théâtre vide, où l'enfant apporte sa curiosité inquiète, son désir de voir jouer un rôle, de se voir jouant son rôle, où il est seul, et la tendresse paternelle s'inquiète de le voir se préparer à son rôle futur. Il faut se faire marionnette, être un pantin dans les mains de l'ange qui, par-dessus nous, jouera.

L'enfant le savait bien, l'homme l'a oublié et ne produit pas sa vraie vie ; il devient un saltimbanque, un de ces athlètes que Rilke vit à Paris et retrouva sur un tableau de Picasso, où des bateleurs errants occupent le premier plan d'un immense paysage désertique comme la scène de la vie. Ces êtres, plus nomades encore que lui, vont-ils lui livrer le secret de l'homme ? Sans doute, il admire la force disciplinée et la souplesse nerveuse de ces corps affranchis des lois physiques, dressés en pyramide humaine par une volonté humaine. Mais *qui* sont-ils et quand *sont*-ils? Jouets d'un maître brutal, qui sans cesse les happe et les roule, ils mûrissent, pour l'amusement d'un cercle de badauds, un fruit artificiel; ils édifient en commun l'arbre factice du mouvement, dont l'apparence vie est plus rapide que la course de l'onde. Il n'y a de réalité ni dans leurs tours de force, ni dans la personne des exécutants, car aucun d'eux n'est lui-même : le vieux tambourineur n'est qu'une caricature de vie, le jeune athlète aux muscles tendus n'a même pas le temps de souffrir ou d'exprimer son amour à sa mère, la jeune fille, offerte en spectacle, ignore des joies les plus attrayantes (*Élégies*, V).

Comme il avait opposé le pantin au danseur-bourgeois, Rilke dresse en face des acrobates une autre pyramide humaine, volontaire et consciente : celle du héros (*Élégies*, VI). L'homme ne sait pas imiter le figuier, qui, au lieu de fleurir, mûrit son fruit; il s'attarde à fleurir et doit ensuite se presser pour se réaliser. Il devrait suivre l'exemple du héros, qui est toujours en avant de soi-même et devance son sourire, comme sur les images de Karnak, les coursiers précèdent le roi vainqueur. Son destin l'entraîne dans une existence qui n'est pas une simple durée, mais une ascension continue; chaque halte n'est qu'un arrêt qui prépare et permet un nouvel envol, chaque amour nouveau n'est qu'un tremplin, qui lui permet de bondir plus haut, vers lui-même.

L'enfant de la quatrième élégie était grand, parce que, *avant* la vie, il renfermait la mort sans devenir méchant; les saltimbanques de la cinquième devaient réaliser enfin les « grandes figures hardies de l'élan du cœur » dans le royaume de la mort; le héros de la sixième est « étrangement proche des jeunes morts ». Ces réalisations éphémères, artificielles ou exceptionnelles de l'homme débouchent dans la mort; elle est la menace et l'angoisse; vaincue, elle sera la possibilité de la vie « ouverte ».

5. *La mort et la métamorphose.*

Rilke est le grand poète de la mort, dont le bruissement, d'abord inquiétant, enfin rassurant, emplit et lie l'une à l'autre toutes ses grandes œuvres, depuis le *Livre d'heures* jusqu'aux *Élégies de Duino* et aux *Sonnets à Orphée*; l'une des plus célèbres est cette *Chanson d'amour et de mort du cornette Christophe Rilke*, dont le héros réunit les quatre thèmes essentiels de la poésie rilkéenne : la jeunesse, l'amour, l'héroïsme et la mort juvénile, la plus angoissée, ces *Cahiers de Malte Laurids Brigge*, où se déroule une véritable danse des morts. Quant aux *Élégies de Duino*, le poète lui-même disait dans sa lettre du 13 novembre 1925 à W. von Hulewicz : « Je les tiens pour une nouvelle mise en œuvre de ces propositions essentielles qui étaient déjà formulées dans le *Livre d'heures*, qui, dans les deux parties des *Nouveaux Poèmes*, se servent — jeu et essai à la fois — de l'image du monde, qui ensuite, dans *Malte*, rassemblées et opposées, refluent dans la vie, fournissant presque la preuve que cette vie, ainsi suspendue au-dessus d'un espace sans fond, est impossible. Dans les *Élégies*, en partant des mêmes données, la vie redevient possible; bien plus, elle y reçoit cette confirmation définitive, jusqu'à laquelle le jeune Malte, bien qu'il fût sur le bon et dur chemin des « longues études[1] », n'a pas pu la conduire. *Dans les Élégies, l'affirmation de la vie et celle de la mort se révèlent comme n'en formant qu'une*. Admettre l'une sans l'autre, c'est, ainsi que nous en célébrons ici la découverte, une limitation qui finalement exclut tout l'infini. La mort est le *côté de la vie* qui n'est pas tourné vers nous, ni éclairé par nous; il nous faut essayer de réaliser la plus grande conscience possible de notre existence, qui est chez elle *dans les deux royaumes illimités et se nourrit inépuisablement des deux*... La vraie forme de vie s'étend à travers les *deux* domaines, le sang du plus grand circuit roule à travers *tous les deux : il n'y a ni un en-deçà, ni un au-delà, mais la grande unité*, dans laquelle les êtres qui nous surpassent, les « Anges », sont chez eux. (XIII, 332-333.)

Dans le *Livre d'heures*, la mort était le germe que chacun porte en soi, comme le noyau dans le fruit, et mûrit au cours de son existence; Rilke reprenait une idée ancienne que Montaigne expose dans ses *Essais* (I, 20). « Le premier jour de votre naissance vous achemine à mourir comme à vivre... Le continuel ouvrage de votre vie, c'est bâtir la mort. Vous êtes en la mort quand vous êtes en vie. Car vous êtes après la mort quand vous n'êtes plus en vie. Ou, si vous aimez mieux ainsi, vous êtes mort après la vie; mais pendant la vie vous êtes mourant, et la mort touche bien plus rudement le mourant que le mort, plus vivement et essentiellement. » Il distinguait, lui aussi, la mort et « le mourir », il voulait habituer l'homme à la première pour lui rendre moins douloureux le passage dans

1. En français dans le texte.

l'au-delà. Dans les *Élégies de Duino*, il a, pour ainsi dire, extériorisé la mort, il la présente comme le complément même de la vie, comme l'autre moitié de la sphère; celui qui ne connaît que la vie ne sait pas toute la vie; il ne la possédera vraiment qu'après avoir plongé dans la mort et l'avoir annexée à son existence. Orphée est divin, parce qu'il éleva la lyre jusqu'à parmi les morts et mangea de leur pavot (*Sonnets*, I, 9), parce que, nourri des deux règnes, il circule librement dans le monde de « l'ouvert ».

Dès lors, la mort n'est plus le sombre passage dans un au-delà mystérieux, mais la transformation d'une forme d'être en une autre forme. C'est ce qu'exprimait magnifiquement Ronsard dans son hymne *De la mort* :

Ce qui fut, se refait; tout coule, comme une eau,
Et rien dessous le Ciel ne se voit de nouveau,
Mais la forme se change en une autre nouvelle,
Et ce changement-là, Vivre, au monde s'appelle,
Et Mourir, quand la forme en une autre s'en va.

Voilà ce que chantent avec splendeur deux des *Sonnets à Orphée* (II, 12 et 13) : « Veuille la transformation », proclame le premier; « Devance toujours la séparation, comme si elle était derrière toi... Sois toujours mort en Eurydice », conclut le deuxième, dont Rilke disait à Mme Ouckama-Knoop : « C'est celui qui, dans tout l'ensemble, m'est le plus proche, et, en fin de compte, d'une manière générale, le plus valable de tous » (XIII, 119). Le héros l'a compris, qui se dépouille librement de son être passé pour réaliser son être futur, et aussi les « élus de la mort précoce », qui passent dans leur monde nouveau avec la pure fraîcheur de leur humanité, avec la totalité de leur « élan vital » : leur vie s'était nourrie de la mort, leur mort se nourrira de vie. La mort a cessé d'être l'anéantissement pour devenir le prolongement de l'existence; l'homme enfin *est*, il peut remplir sa mission terrestre.

6. *L'homme et la terre.*

Dès 1912, dans les deux premières élégies, Rilke, après avoir montré l'homme écrasé par l'ange, suspect à l'animal, lui attribuait une mission : changer le printemps, percevoir les étoiles, évoquer le passé, devenir l'âme du violon, c'est-à-dire se faire le chantre de la nostalgie humaine, en particulier de l'amante, être unique abandonné par l'homme et anéanti par la mort. Vis-à-vis des jeunes morts, il lui assigne un autre devoir : détacher d'eux toute apparence d'injustice, afin qu'ils s'accoutument plus facilement à leur nouvel état et retrouvent plus vite un peu d'éternité. Le poète chantait même l'ange, au risque d'en périr, mais il n'ignorait pas que l'homme doit reconnaître l'existence d'êtres supérieurs à lui et se contenter de son humanité.

Dix ans plus tard, le poète connaît la mission de l'homme. La septième élégie sonne l'Annonciation, proclame avec splendeur la beauté de la terre et la grandeur de l'être humain. L'enfant le sait, lorsqu'il reprend haleine « après une course bienheureuse, qui n'avait pour but que le libre espace ». La jeune fille le sait et même celle qui connaît la déchéance des ruelles sordides, « car pour chacune il fut une heure, peut-être moins d'une heure entière, une durée à peine mesurable avec les mesures du temps, entre deux instants, où elle eut une existence. Tout. Les vaines pleines d'existence ». Le poète sait « qu'être ici est beaucoup et que nous semblons nécessaires à toutes les choses d'ici, ces éphémères, qui étrangement nous sollicitent, nous, plus éphémères que tout » (*Élégies*, IX). Lui qui, jadis, demandait aux choses le secret de l'existence, va maintenant les dire, et c'est son premier devoir envers le monde extérieur.

Dans sa lettre à M. von Hulewicz, Rilke, en des termes qui souvent s'apparentent aux *Scènes de la vie future* de G. Duhamel, montre son époque placée à un tournant de l'évolution humaine. Nos ancêtres ont vécu parmi des choses façonnées avec tendresse, conservées avec amour et, par suite, imprégnées d'humanité ; dans sa vieille tour de Muzot, parmi les meubles anciens qui formaient le décor de sa vie, Rilke se sentait comme entouré d'une « épargne d'humain ». Qu'ils étaient lourds de sens, les mots de « maison », « seuil », « fontaine », « vigne », « pomme » ! Mais toutes ces choses sont sur leur déclin ; au lieu de les remplacer, on leur substitue, « venues d'Amérique, des choses vides, indifférentes, des apparences de chose, *des attrapes de vie*[1] ». Nous avons le devoir « de conserver non seulement leur souvenir — ce serait peu et on ne pourrait s'y fier —, mais leur valeur humaine et larique (larique au sens de divinités de la maison) ». Nous devons « imprimer en nous

1. En français dans le texte.

cette terre provisoire et caduque, si profondément, si douloureusement et passionnément, que son essence ressuscite en nous, « invisible ». Nous sommes les abeilles de l'Invisible. *Nous butinons éperdument le miel du visible, pour l'accumuler dans la grande ruche d'or de l'Invisible*[1] » (XIII, 334-335). Les septième et neuvième élégies célèbrent l'Ascension du visible dans l'Invisible.

L'homme a une autre mission, car Rilke veut dire « oui » à l'existence comprise dans sa totalité ; il l'accepte avec la souffrance, il aime et glorifie la souffrance, qu'on emporte dans l'autre règne avec ce qui pèse et avec l'amour ; il la montre à l'ange (*Élégies*, IX). C'est de la douleur que naquit la musique : les hommes ne connurent que des sons desséchés et figés jusqu'au jour où, Linos étant mort, les pleureuses firent entendre, pour la première fois, le chant harmonieux qui maintenant nous emporte et nous console (*Elégies* I). La dixième élégie enfin constitue un hymne grandiose aux souffrances, qui sont vraiment « notre feuillage d'hiver, notre sombre pervenche, une des saisons de l'année secrète — non seulement saison, mais place, résidence, camp, sol, demeure ». C'est la souffrance qui règne au pays des Lamentations, où le jeune mort, l'Initié, s'engage dans la montagne de la douleur originelle.

A la fin de la neuvième élégie, le poète accepte enfin la terre avec la mort, qui est transformation, avec la souffrance, qui est rédemption. Il est parvenu « à l'issue de la terrible intuition » et lance son chant de triomphe vers les anges, qui l'approuvent. Il sait que l'homme s'élève par la souffrance à un plan supérieur ; sa douloureuse existence terrestre n'est qu'un stade dans l'évolution qui le conduit à l'épanouissement total ; la mort, qui l'introduit au royaume des Lamentations, lui fait reprendre contact avec la souffrance pure en vue d'une existence ultérieure. Il paraît impossible d'expliquer les conceptions de Rilke sans admettre la théorie des vies successives ; cela ressort surtout d'un passage des *Sonnets à Orphée* (II, 5) : « Dans laquelle de toutes les vies sommes-nous enfin ouverts et accueillants ? » Sans doute, Rilke ne s'est jamais exprimé sur ce point de façon décisive, mais si, comme je le crois, il a fait siennes certaines idées théosophiques, sa discrétion est normale. Elle ne l'empêche pas d'écrire, dans une lettre inédite du 21 décembre 1913[2] : « Qui sait si dans notre condition de l'au-delà

1. En français dans le texte.

2. Citée par Mlle Lilly Zarncke dans *R.M. Rilkes Frömmigkeit und ihre Beziehungen zu russischem und römisch-katholischem Christentum*, pp. 243-244.

nous ne dépendrons pas du fait qu'ici nous sommes parvenus à *cette* fin, qui nous fut préparée une fois » ; si, par le suicide, nous nous évadions de la vie avant son terme normal, peut-être nous trouverions-nous placés ensuite devant de nouvelles exigences, auxquelles nous ne serions pas préparés. C'est donc en accomplissant notre existence, en subissant l'épreuve de la terre que nous commencerons notre ascension vers l'ange.

7. *L'ange.*

L'ange est la grande figure des *Élégies de Duino* et, pour ainsi dire, leur clef de voûte ; l'œuvre de Rilke est donc encadrée par ces deux jaillissements surhumains que constituent Dieu et l'ange.

C'est Dieu qui emplit le *Livre d'heures*, un Dieu lointain, toujours futur, projeté dans l'infini du temps et de l'espace, réalisé lentement par l'effort des générations et leur ascension vers lui. « Ainsi, chaque génération s'élève comme une chaîne de Dieu en Dieu. Et chaque Dieu est tout le passé d'un monde, son sens dernier, son expression une et, en même temps, la possibilité d'une nouvelle vie... Je le sens donc : nous sommes les ancêtres d'un Dieu et, par nos plus profondes solitudes, nous plongeons dans les millénaires à venir jusqu'à son commencement. Voilà ce que je sens[1] ». Or, ce Dieu, jadis « le voisin » du poète, est presque absent des *Élégies* et remplacé par Orphée dans les *Sonnets*. Rilke, qui jadis vivait dans le monde du Père[2], vit maintenant dans le monde des choses et du réel. Il ne renie pas Dieu, car il en fait toujours l'objet de sa quête, la direction donnée à l'amour, a dit Malte, mais il le nie, car il a dépassé le stade des religions pour chercher la religion. D'avance il proteste contre toute interprétation chrétienne des *Élégies* : « *Ce n'est pas dans le sens chrétien* (duquel je m'éloigne de plus en plus passionnément), mais avec une conscience purement terrestre, profondément terrestre, bienheureusement terrestre, qu'il s'agit d'introduire ce qu'on a vu et touché *ici* dans un cercle plus vaste, dans le plus vaste de tous. » Et encore : « Si l'on commet la faute d'appliquer aux *Élégies* ou aux *Sonnets* les concepts *catholiques* de la mort, de l'au-delà et de l'éternité, on s'éloigne entièrement de leur conclusion et on se prépare une incompréhen-

1. *Tagebücher aus der Frühzeit*, p. 140.
2. Voir Kassner, *Narciss*, p. 127.

sion de plus en plus profonde. L'"ange" des *Élégies* n'a rien de commun avec l'ange du ciel chrétien (plutôt avec les figures d'anges de l'Islam). » (Lettre à W. von Hulewicz, XIII, p. 334 et 337.) Presque à la même époque, en octobre 1925, Rilke prenait par écrit certaines dispositions « pour le cas où une maladie me dépouillerait plus ou moins de ma personnalité » (« für den Fall einer mich mir mehr oder weniger enteignenden Krankheit »). La première était la suivante : « Si je devais tomber dans une maladie qui finalement me trouble également l'esprit, je prie, bien plus, je conjure mes amis de tenir éloignée de moi toute assistance d'un prêtre qui pourrait se proposer. Il est bien assez fâcheux que, dans les misères corporelles de ma nature, j'aie dû admettre l'intermédiaire et le négociateur en la personne du médecin ; pour le mouvement de mon âme orienté vers l'Ouvert, toute intercession ecclésiastique serait blessante et contraire. » (« Sollte ich in eine schwere Krankheit fallen, die am Ende auch den Geist verstört, so bitte, ja beschwöre ich meine Freunde, jeden priesterlichen Beistand, der sich andrängen könnte, von mir fernzuhalten. Schlimm genug, dass ich, in den körperlichen Nöthen meiner Natur, den Vermittler und Verhandler, im Arzte, zulassen musste ; der Bewegung meiner Seele, aufs Offene zu, wäre jeder geistliche Zwischenhändler kränkend und zuwider[1] »). C'est donc en partant de l'homme qu'il faut comprendre l'ange.

Dans toute l'œuvre de Rilke il n'y a sans doute pas de figure plus constamment présente que celle de l'ange, qui semble lui fournir la mesure de l'homme, apparaît déjà dans les *Chants angéliques* (1898) et n'est pas absente des poèmes français, écrits dans ses dernières années. Aucun des thèmes rilkéens ne révèle peut-être avec autant de netteté ce que Charles Du Bos appelait « l'épaississement » des traits. Il est certain que la mère du poète, secrètement et étroitement catholique, lui parla maintes fois de son ange gardien ; aussi ne nous étonnerons-nous pas qu'il ait d'abord considéré l'ange comme un habitant des cieux, où il entoure de son chant d'allégresse la Madone, comme un médiateur entre l'homme et le pays des chérubins. Mais déjà l'ange du *Livre des images* (1902), s'il reste encore l'hôte du jardin divin, le messager de Dieu, a conscience d'être éloigné de lui, comme la Madone elle-même, et aussi des hommes, *qui* d'ailleurs reconnaissent sa grandeur. Dans les *Nou-*

1. Cité par J.R. von Salis in *Rainer Maria Rilkes Schweizer Jahre*, p. 176 (Verlag Huber, Frauenfeld und Leipzig, 1936.)

veaux Poèmes (1907, 1908), l'ange n'est plus le messager de Dieu ou le confident de l'homme ; il s'est éloigné de l'un et de l'autre pour vivre dans la contemplation des choses éternelles, car il est déjà celui qui sait. En lui apparaît la figure grandiose que le poète dessinera dans *La Vie de Marie*, dans les deux premières élégies et dans certains poèmes contemporains. L'un d'eux est adressé « A l'ange » ; l'homme s'y incline devant lui :

> *Ce qui est nôtre, c'est de ne pas savoir l'issue*
> *qui mène hors du domaine de l'erreur ;*
> *toi, tu apparais sur nos obstacles*
> *et ton éclat les illumine comme une haute montagne.*
>
> *Ta joie est au-dessus de notre royaume,*
> *et nous en saisissons à peine le dépôt ;*
> *comme la pure nuit de l'équinoxe de printemps*
> *tu te dresses et sépares le jour du jour.* (III, 449-450.)

et il lance ce cri angoissé : « Je me meurs » (ich schwinde hin). Dans les *Élégies*, il n'est même plus capable de supporter la vue de l'ange, effrayant de beauté supra-terrestre ; si, malgré tout, il lui adresse son chant, au risque d'en mourir, c'est avec le sentiment qu'il n'y a pas de commune mesure entre lui, être condamné à s'évaporer sans cesse dans l'espace, et l'ange, « perfection première ». Le problème qui, en 1912, s'impose au poète n'est plus celui qu'il a essayé de résoudre dans le *Livre d'heures* : comment saisir, exprimer et proclamer Dieu ? mais : en face de l'ange, dont l'existence a une réalité, une densité qui nous écrase, comment dresser l'homme dans sa réalité et sa densité terrestres ?

Dans sa lettre à W. von Hulewicz, Rilke s'est expliqué aussi sur l'ange et nous a donné ce qu'on pourrait appeler le dernier état de sa pensée : « L'ange des *Élégies* est cette créature, dans laquelle la transformation du visible en invisible, que nous réalisons, apparaît comme déjà réalisée. Pour l'ange des *Élégies*, toutes les tours et tous les palais d'autrefois sont "existants", *parce que* depuis très longtemps invisibles, et les tours et les ponts de notre existence qui subsistent encore pour lui sont *déjà* invisibles, bien que (pour nous) ils durent encore dans leur matérialité. L'ange des *Élégies* est cet être qui se porte garant de reconnaître dans l'Invisible un degré supérieur de la réalité. – C'est pourquoi, "effrayant" pour nous, encore suspendus au visible, dont nous sommes les amants et les transformateurs. — Tous les mondes de l'univers se précipitent dans l'Invisible, comme dans leur plus proche et plus profonde réalité ; *quelques étoiles se sublimisent immédiatement et se perdent dans la conscience infinie des anges — d'autres doivent se contenter d'êtres qui lentement et péniblement les transforment, dans l'effroi et le ravissement desquels elles atteignent leur plus proche et invisible réalisation. Nous sommes*, soulignons-le une fois encore, *au sens des Élégies, nous sommes ces transformateurs de la terre ; notre existence entière, les vols et les chutes de notre amour, tout nous rend aptes à cette mission* (à côté de laquelle il n'en existe vraiment aucune autre). (Les *Sonnets* montrent certains détails de cette activité, qui apparaît ici placée sous le nom et la protection d'une jeune morte, dont l'inachèvement et l'innocence tiennent ouverte la porte de la tombe, si bien que, défunte, elle est une de ces puissances qui conservent la moitié de la vie fraîche et ouverte vers l'autre moitié à la blessure béante.) » (XIII, 337-338.)

L'ange est donc, pour Rilke, un être plus évolué que l'homme ; il a, dans des existences antérieures, subi l'épreuve et franchi, les bras chargés des fruits de la célébration, la porte qui donne accès à l'autre domaine (*Sonnets*, I, 7); il sait que, dans le circuit de la totale évolution, il n'y a pas d'arrêt, que par une série de métamorphoses l'être humain toujours doit s'élever en prenant congé de celui qu'il fut pour devenir celui qu'il peut être. L'homme ne sait pas encore, il ne fait qu'entendre la source de vie, à laquelle boivent les morts (*Sonnets*, II, 16), il n'est pas encore ; mais, dans la mesure où il consent à la douleur et à la mort, où il apprend à aimer, où il s'approche des choses pour les transformer en lui et les hausser dans l'Invisible, il s'élève vers l'ange, il entreprend son ascension vers la pure existence.

L'ARCHITECTURE DES ÉLÉGIES DE DUINO *ET DES* SONNETS A ORPHÉE

On pourrait croire que les *Élégies* et les *Sonnets*, poèmes inspirés, manquent, sinon d'unité, du moins de cohésion et d'ordre. Certes, on ne distingue pas en eux une composition modifiée régulière et comme compartimentée. Mais le poète avait conscience d'un ordre interne, d'une démarche ascensionnelle ininterrompue : non seulement il ne se proposait pas d'écrire plus de dix élégies, mais, lorsqu'il eut achevé la dixième, une onzième lui fut dictée, qui prit normalement la place de la cinquième; elle complétait l'ensemble de la manière la plus admirable, écrit-il; alors seulement le cycle des *Élégies* fut vraiment achevé (XIII, 104). Quel est leur ordre secret?

Trois groupes de trois apparaissent, dont le premier pourrait s'intituler : petitesse de l'homme. La première Élégie est un prélude, où Rilke entrelace les différents thèmes de sa méditation et déjà pressent leur épanouissement; la deuxième oppose l'homme à l'ange et montre l'impuissance de l'amour; la troisième explique cette impuissance et même le danger de l'amour par l'évolution intérieure de l'homme. Toutes trois peuvent être considérées comme négatives : elles s'appliquent à montrer que l'homme *n'est pas*. Les trois suivantes forment un deuxième groupe, où le poète présente des types humains qui constituent trois essais de réalisation positive; mais le danseur-bourgeois est une erreur et reste au-dessous de la poupée; les saltimbanques, qui dressent au centre même de l'œuvre leurs pyramides vers le ciel, ne créent pas de réalité; d'autre part, si le héros se réalise par une série de métamorphoses, un tel succès n'est possible que pour un petit nombre d'hommes, et d'ailleurs il éloigne de la terre, qui est le but du poète. Dans un troisième groupe qui chante la grandeur de l'homme, celle-ci enfin l'emporte : dès la septième Élégie, Rilke chante l'homme; dans la huitième, il peut comprendre « l'ouvert »; dans la neuvième enfin, il précise et proclame la « splendeur » de la terre et la grandeur de l'être humain, qui a pour mission de la rendre invisible. La dixième Élégie, transfiguration des neuf premières, montre la réalisation de cette mission par la mort : c'est elle qui introduit l'homme, le mort, dans le royaume des Lamentations.

Si, à propos des *Élégies de Duino*, qui sont le livre de l'être, on peut parler d'une architecture interne, le terme serait exagéré pour les *Sonnets à Orphée*, dont les cinquante-cinq poèmes forment le livre du devenir. Cependant les deux cycles présentent des groupes de poèmes dans lesquels les thèmes fondamentaux se développent comme des « leitmotive » et parfois se répondent ou s'opposent, avec des rappels de thèmes comparables aux rappels de teintes des peintres. Rilke lui-même les disait « involontaires, entièrement basés sur une dictée intérieure » et découvrait un parallélisme entre les deux parties (XIII, p. 191). Nous avons, en fait, une composition libre et lâche, analogue à celle de la fugue et donc, pourrait-on dire, « baroque », avec une influence picturale ; l'ordre est celui de l'inspiration souveraine. Le commentaire de chaque sonnet souligne les liaisons et les parallèles : on peut donc se contenter de quelques indications d'ensemble.

Dans la première partie, neuf sonnets sont d'abord consacrés à Orphée et à Véra ; ils en encadrent deux (n°s 4 et 8) qui annoncent l'être humain capable de hausser le visible dans l'Invisible ; c'est lui qui occupe les poèmes 10 à 12. Les fruits apparaissent ensuite (n°s 13 à 15), puis, après un sonnet isolé (n° 16), le thème de l'opposition entre le monde moderne et celui de jadis se développe amplement, du n° 18 au n° 24, interrompu d'ailleurs par les sonnets n°s 20 et 21, qui rappellent des souvenirs vécus. Le cycle enfin se termine sur la mort de Véra et d'Orphée, c'est-à-dire des deux « figures » qui lui servent de cadre.

La deuxième partie est moins étroitement associée au personnage d'Orphée, mais elle présente un plus grand nombre d'« applications » orphiques. Celles-ci apparaissent dès le début avec le thème de la métamorphose et de la création magique, qui éclatera dans les sonnets 11, 12 et 13. Aux fruits du premier cycle correspondent les fleurs (n°s 5 à 7), qui réapparaissent discrètement dans le poème n° 14, et les jardins (n°s 17 et 21). Quelques sonnets (n° 8, 15) rappellent des souvenirs personnels ; d'autres repoussent le monde nouveau (n°s 9, 10, 19), mais la fin de ce cycle reprend certains thèmes des *Élégies* : la mort (n°s 19, 20), la splendeur de la terre (n° 22), la nécessité de la louange (n° 25), la grandeur de l'homme malgré ses faiblesses (n°s 24, 26, 27). Le thème de la danse, si heureusement traité dans le quinzième sonnet du premier cycle, se développe avec ampleur (n°s 18, 28). Le dernier poème enfin n'est pas consacré à Orphée et à sa mort, mais à un ami de Véra et donc à la vie bienheureuse et totale. Alors que, justifiant leur titre, les *Élégies* débouchent dans l'au-delà de la mort omniprésente, et s'achèvent par le verbe : « tomber », les *Sonnets* bourdonnent de vie et de métamorphose et se terminent par l'affirmation de l'existence : « Je suis ».

Ainsi, Rilke n'a pas « manqué les espaces, les grands dispensateurs » (*Élégies*, VII). Il a lancé aux hommes son ultime message, cet Évangile de l'homme, cette affirmation de l'existence qui, sans en provenir directement, découle de Nietzsche, et, sans qu'on puisse parler d'influences réciproques, se rattache à la littérature du début du XXe siècle et parfois la devance. Les *Élégies de Duino* et les *Sonnets à Orphée* sont deux des plus beaux monuments de la poésie allemande, qui doit sans doute à Rilke ses plus grands progrès depuis Gœthe et Hölderlin, car il l'a enrichie de nouvelles possibilités d'expression. Aussi les dernières années du poète furent-elles embellies par les hommages qui lui parvenaient de tous pays; l'un d'eux lui fit un plaisir particulier, car il venait de France et portait ce titre éloquent : *Reconnaissance à Rilke*. Depuis sa mort, un public de plus en plus nombreux et fervent se presse autour de son souvenir, se nourrit de son œuvre, se groupe en une immense et fraternelle famille. Pour lui, ce chantre de l'homme a pris place dans cette lignée des « phares » qui, devant le trône de la Divinité, sont les ardents témoins de la grandeur humaine.

Élégies et *Sonnets* ne se livrent pas au lecteur sans combat. Rilke ne les a pas composés en penseur qui raisonne mais en poète qui sent; il procédait par intuition, par visions, par éclairs. Pour être comprises, ces œuvres exigent une série correspondante d'intuitions et de découvertes, que facilite la confrontation avec ses autres poèmes, allemands ou français, et avec ses lettres. Le 11 mars 1926, il priait son éditeur de lui faire parvenir un exemplaire des *Sonnets* et des *Élégies* avec des feuilles blanches intercalées; il pensait ajouter de brefs commentaires aux poèmes les plus difficiles, pour l'agrément de quelques amis et pour son propre usage : il était curieux de se rendre compte de la place de ses vers à l'intérieur de « ses propres proportions intérieures ». Il n'a sans doute jamais écrit ce commentaire et nous le regretterons toujours. Si lui-même en sentait la nécessité, comment le lecteur français pourrait-il s'orienter dans les *Élégies* et les *Sonnets* sans un guide? C'est pour lui que je les ai accompagnés de commentaires, où je me suis efforcé d'expliquer Rilke par lui-même.

Il n'est pas moins difficile de les traduire que de les comprendre. Leur grandeur, qui joint à la beauté plastique l'harmonie du chant, est d'une telle densité qu'elles inspirent presque au traducteur le même effroi que les anges. Si la traduction d'une œuvre poétique est toujours une gageure, car sa valeur propre risque de fuir avec le verbe qui l'exprime, traduire les *Élégies* et les *Sonnets* paraît un défi; ne sont-ils pas eux-mêmes un défi à tout ce qu'on appelait communément « poésie »? Ils révèlent, en particulier, plus qu'aucun autre poème allemand, un combat avec la langue, dont Rilke ne sortit vainqueur qu'en reculant à l'extrême les possibilités qu'elle offre. Mon effort constant fut de transposer son œuvre aussi fidèlement que possible, avec l'ardent désir de n'être qu'un médiateur spirituel, qui voudrait se faire oublier du lecteur pour lui permettre de mieux comprendre et aimer l'œuvre rilkéenne.

J.-F. ANGELLOZ.

ÉLÉGIES DE DUINO

DUINESER ELEGIEN[1]

1. Propriété de la princesse Marie de Tour et Taxis-Hohenlohe.
Aus dem Besitz der Fürstin Marie von Thurn und Taxis-Hohenlohe.

DIE ERSTE ELEGIE

Wer, wenn ich sehriee, hörte mich denn aus der Engel
Ordnungen? und gesetzt selbst, es nähme
einer mich plötzlich ans Herz : ich verginge von seinem
stärkeren Dasein. Denn das Schöne ist nichts
als des Schrecklichen Anfang, den wir noch grade ertragen,
und wir bewundern es so, weil es gelassen verschmäht,
uns zu zerstören. Ein jeder Engel ist schrecklich.
Und so verhalt ich mich denn und verschlucke den Lockruf
dunkelen Schluchzens. Ach, wen vermögen
wir denn zu brauchen? Engel nicht, Menschen nicht,
und die findigen Tiere merken es schon,
dass wir nicht sehr verlässlich zu Haus sind
in der gedeuteten Welt. Es bleibt uns vielleicht
irgend ein Baum an dem Abhang, dass wir ihn täglich
wiedersähen; es bleibt uns die Strasse von gestern
und das verzogene Treusein einer Gewohnheit,
der es bei uns gefiel, und so blieb sie und ging nicht.
O und die Nacht, die Nacht, wenn der Wind voller Weltraum
uns am Angesicht zehrt —, wem bliebe sie nicht, die ersehnte,
sanft enttäuschende, welche dem einzelnen Herzen
mühsam bevorsteht. Ist sie den Liebenden leichter?
Ach, sie verdecken sich nur miteinander ihr Los.
Weisst du's *noch* nicht? Wirf aus den Armen die Leere
zu den Räumen hinzu, die wir atmen; vielleicht dass die Vögel
die erweiterte Luft fühlen mit innigerm Flug.
Ja, die Frühlinge brauchten dich wohl. Es muteten manche

LA PREMIÈRE ÉLÉGIE

Qui donc, si je criais, m'entendrait parmi les hiérarchies
des anges ? et, en supposant que l'un d'eux soudain
me prenne sur son cœur : je succomberais, mort de
son existence plus forte. Car le beau n'est rien
que le premier degré du terrible ; à peine le supportons-nous,
et, si nous l'admirons ainsi, c'est qu'il néglige avec dédain
de nous détruire. Tout ange est effrayant.
Je me contiens donc et refoule en moi le cri d'appel
d'un sombre sanglot. Hélas ! à qui donc nous est-il possible
de recourir ? Ni aux anges, ni aux hommes,
et les animaux eux-mêmes s'aperçoivent d'instinct
que nous ne sommes pas des êtres sûrs, qui se sentent chez eux
dans le monde interprété. Il nous reste peut-être,
sur le versant, un arbre à revoir chaque jour ;
il nous reste le chemin d'hier
et la fidélité d'une habitude, enfant gâtée,
qui se plut chez nous et resta et ne partit point.
O et la nuit, la nuit, quand le vent plein des espaces du monde
nous ronge la face. – à qui ne resterait-elle pas, la désirée,
doucement décevante, épreuve qui devant le cœur isolé
dresse sa menace. Est-elle plus légère aux amants ?
Hélas ! ils ne font que se masquer l'un à l'autre leur sort.
Ne le sais-tu pas *encore* ? Jette hors de tes bras le vide
vers les espaces que nous respirons ; les oiseaux peut-être
sentent l'air plus vaste d'un vol plus intime.
Oui, c'est vrai, les printemps avaient besoin de toi. Maintes

Sterne dir zu, dass du sie spürtest. Es hob
sich eine Woge heran im Vergangenen, oder
da du vorüberkamst am geöffneten Fenster,
gab eine Geige sich hin. Das alles war Auftrag,
Aber bewältigtest du's? Warst du nicht immer
noch von Erwartung zerstreut, als kündigte alles
eine Geliebte dir an? (Wo willst du sie bergen,
da doch die grossen fremden Gedanken bei dir
aus und ein gehn und öfters bleiben bei Nacht.)
Sehnt es dich aber, so singe die Liebenden; lange
noch nicht unsterblich genug ist ihr berühmtes Gefühl.
Jene, du neidest sie fast, Verlassenen, die du
so viel liebender fandst als die Gestillten. Beginn'
immer von neuem die nie zu erreichende Preisung;
denk : es erhält sich der Held, selbst der Untergang war ihm
nur ein Vorwand, zu sein : seine letzte Geburt.
Aber die Liebenden nimmt die erschöpfte Natur
in sich zurück, als wären nicht zweimal die Kräfte,
dieses zu leisten. Hast du der Gaspara Stampa
denn genügend gedacht, dass irgend ein Mädchen,
dem der Geliebte entging, am gesteigerten Beispiel
dieser Liebenden fühlt : dass ich würde wie sie?
Sollen nicht endlich uns diese ältesten Schmerzen
fruchtbarer werden? Ist es nicht Zeit, dass wir liebend
uns vom Geliebten befrein und es bebend bestehn :
wie der Pfeil die Sehne besteht, um gesammelt im Absprung
mehr zu sein als er selbst. Denn Bleiben ist nirgends.

Stimmen, Stimmen, Höre, mein Herz, wie sonst nur
Heilige hörten : dass sie der riesige Ruf
aufhob vom Boden; sie aber knieten,
Unmögliche, weiter und achtetens nicht :
so waren sie hörend. Nicht dass du Gottes ertrügest
die Stimme, bei weitem. Aber das Wehende höre,
die ununterbrochene Nachricht, die aus Stille sich bildet.
Es rauscht jetzt von jenen jungen Toten zu dir.
Wo immer du eintratst, redete nicht in Kirchen
zu Rom und Neapel ruhig ihr Schicksal dich an?
Oder es trug eine Inschrift sich erhaben dir auf,
wie neulich die Tafel in Santa Maria Formosa.

étoiles s'attendaient à être perçues par toi. Voici que se soulevait,
s'approchait une vague du passé, ou que,
sur ton passage auprès de la fenêtre ouverte,
un violon s'abandonnait. Tout cela était mission.
Mais en vins-tu à bout ? N'y eut-il pas toujours
en toi la distraction de l'attente, comme si tout t'annonçait
une bien-aimée ? (Où veux-tu l'abriter,
alors que les grandes pensées étrangères chez toi
entrent et sortent et souvent s'attardent, la nuit.)
Mais, si ton âme est nostalgique, chante les amantes ; il est loin
d'être assez immortel, leur sentiment célèbre.
Chante-les — tu les envies presque — ces délaissées, qui te
parurent tellement plus amoureuses que les apaisées. Ne cesse
jamais de chanter l'inaccessible louange ;
pense que le héros toujours dure, que sa chute même fut
simplement un subterfuge pour être : sa dernière naissance.
Mais les amantes ! la nature épuisée les reprend
en elle, comme si elle n'avait pas deux fois assez de force
pour réussir une pareille création. As-tu de Gaspara Stampa
assez chanté le souvenir, pour que toute jeune fille
à qui le bien-aimé échappa, exaltant l'exemple d'une telle
amante, éprouve le désir de lui devenir semblable ?
Ces douleurs, les plus anciennes de toutes, ne vont-elles pas enfin
devenir plus fécondes ? N'est-il pas temps, pour nous qui aimons,
de nous libérer de l'objet aimé, vainqueurs frémissants :
comme le trait vainc la corde pour être, concentré dans le bond,
plus que lui-même ? Car nulle part il n'est d'arrêt.

Des voix, des voix. Écoute, mon cœur, comme jadis seuls
des saints écoutaient : au point que l'appel gigantesque
les soulevait du sol ; mais eux toujours restaient agenouillés,
inébranlables, et n'y prêtaient pas attention : [supporter
C'est ainsi qu'ils étaient, écoutant. Non que de Dieu tu puisses
la voix, il s'en faut. Mais écoute le souffle de l'espace,
le message incessant, qui est fait de silence.
Une rumeur maintenant monte de ces jeunes morts vers toi.
Dans tous les lieux où tu entras, dans les églises de Rome ou de Naples,
leur destinée ne te parla-t-elle pas un langage apaisé ?
Ou bien une inscription t'imposait sa grandeur,
comme récemment cette plaque de Santa Maria Formosa.

Was sie mir wollen? leise soll ich des Unrechts
Anschein abtun, der ihrer Geister
reine Bewegung manchmal ein wenig behindert.

Freilich ist es seltsam, die Erde nicht mehr zu bewohnen,
kaum erlernte Gebräuche nicht mehr zu üben,
Rosen, und andern eigens versprechenden Dingen
nicht die Bedeutung menschlicher Zukunft zu geben;
das, was man war in unendlich ängstlichen Händen,
nicht mehr zu sein, und selbst den eigenen Namen
wegzulassen wie ein zerbrochenes Spielzeug.
Seltsam, die Wünsche nicht weiterzuwünschen. Seltsam,
alles, was sich bezog, so lose im Raume
flattern zu sehen. Und das Totsein ist mühsam
und voller Nachholn, dass allmählich ein wenig
Ewigkeit spürt. – Aber Lebendige machen
alle den Fehler, dass sie zu stark unterscheiden.
Engel (sagt man) wüssten oft nicht, ob sie unter
Lebenden gehn oder Toten. Die ewige Strömung
reisst durch beide Bereiche alle Alter
immer mit sich und übertönt sie in beiden.

Schliesslich brauchen sie uns nicht mehr, die Früheentrückten,
man entwöhnt sich des Irdischen sanft, wie man den Brüsten
milde der Mutter entwächst. Aber wir, die so grosse
Geheimnisse brauchen, denen aus Trauer so oft
seliger Fortschritt entspringt – : *könnten* wir sein ohne sie?
Ist die Sage umsonst, dass einst in der Klage um Linos
wagende erste Musik dürre Erstarrung durchdrang,
dass erst im erschrockenen Raum, dem ein beinah göttlicher
[Jüngling
plötzlich für immer enttrat, das Leere in jene
Schwingung geriet, die uns jetzt hinreisst und tröstet und hilft.

Ce qu'ils veulent de moi ? Avec douceur je dois détacher d'eux
le semblant d'injustice qui parfois gêne un peu
leurs esprits dans leur mouvement pur.

Il est étrange, certes, de ne plus habiter la terre,
de ne plus suivre des usages qu'à peine on venait d'apprendre,
de ne donner ni à des roses, ni à des choses, dont chacune était
la signification de l'avenir humain ; [une promesse
de n'être plus ce qu'on était dans l'angoisse infinie des mains,
et d'abandonner jusqu'à son propre nom,
comme un jouet brisé.
Étrange de ne plus souhaiter les désirs. Étrange
de voir ce qui était lié flotter, détaché et libre,
dans l'espace. Être mort est plein de peine,
et il y a tant à retrouver pour sentir peu à peu
une parcelle d'éternité. Mais les vivants commettent
tous l'erreur de faire des distinctions trop fortes.
Les anges (dit-on) souvent ne sauraient pas s'ils passent parmi
des vivants ou des morts. L'éternel courant
à travers les deux règnes entraîne tous les âges
avec lui sans arrêt, et dans tous deux il domine leurs voix.

A tout prendre, ils n'ont plus besoin de nous, les jeunes que la mort enleva,
on se sèvre des choses terrestres doucement, comme avec douceur du sein
maternel on se détache en grandissant. Mais nous, qui avons besoin
de si grands mystères, nous, pour qui un progrès bienheureux si
naît du deuil : sans eux, *pourrions*-nous être ? [souvent
Est-ce une vaine légende de penser que jadis, pour pleurer Linos,
la première musique osa pénétrer la dureté de la matière inerte,
si bien qu'alors, dans l'espace effrayé auquel, si jeune et presque un Dieu,

soudain il échappait pour toujours, le vide, ébranlé, connut enfin cette
vibration, qui maintenant nous entraîne et nous console et nous aide.

DIE ZWEITE ELEGIE

Jeder Engel ist schrecklich. Und dennoch, weh mir,
ansing ich euch, fast tödliche Vögel der Seele,
wissend um euch. Wohin sind die Tage Tobiae,
da der Strahlendsten einer stand an der einfachen Haustür,

zur Reise ein wenig verkleidet und schon nicht mehr furchtbar;
(Jüngling dem Jüngling, wie er neugierig hinaussah).
Träte der Erzengel jetzt, der gefährliche, hinter den Sternen
eines Schrittes nur nieder und herwärts : hochauf-
schlagend erschlüg uns das eigene Herz. Wer seid ihr?

Frühe Geglückte, ihr Verwöhnten der Schöpfung,
Höhenzüge, morgenrötliche Grate
aller Erschaffung, — Pollen der blühenden Gottheit,
Gelenke des Lichtes, Gänge, Treppen, Throne,
Räume aus Wesen, Schilde aus Wonne, Tumulte
stürmisch entzückten Gefühls und plötzlich, einzeln,
Spiegel : die die entströmte eigene Schönheit
wiederschöpfen zurück in das eigene Antlitz.

Denn wir, wo wir fühlen, verflüchtigen; ach wir
atmen uns aus und dahin; von Holzglut zu Holzglut
geben wir schwächern Geruch. Da sagt uns wohl einer :
ja, du gehst mir ins Blut, dieses Zimmer, der Frühling
füllt sich mit dir... Was hilfts, er kann uns nicht halten,
wir schwinden in ihm und um ihn. Und jene, die schön sind,

LA DEUXIÈME ÉLÉGIE

Tout ange est effrayant. Et pourtant – malheur à moi ! –
je vous invoque, de l'âme oiseaux presque mortels,
en sachant qui vous êtes. Qu'il est loin le temps de Tobie,
où l'un des plus rayonnants se dressait devant la porte toute simple
[de la maison,
à peine déguisé pour le voyage, et déjà n'était plus effrayant ;
(Simple jeune homme pour le jeune homme aux regards curieux).
S'il venait maintenant, l'archange, le dangereux, derrière les étoiles,
si d'un seul pas il descendait et s'approchait, dans son élan vers lui,
le battement de notre propre cœur nous abattrait. Qui êtes-vous ?

Perfections premières, enfants gâtés de la création,
lignes de hauteurs, arêtes aux rougeurs d'aurore
de tout le monde créé, – pollen de la divinité en fleur,
articulations de lumière, couloirs, escaliers, trônes,
espaces faits d'essence, boucliers de félicité, tumultes
d'orageuse extase et soudain, isolés,
miroirs, qui épanchent à flots leur propre beauté
pour la reprendre ensuite dans leur propre visage.

Car pour nous toute sensation est dispersion ; hélas ! nous
nous exhalons et nous dissipons ; de flamboiement en flamboiement
nous donnons un plus faible parfum. Quelqu'un nous dit bien alors :
oui, tu passes dans mon sang ; cette chambre, le printemps
s'emplissent de toi... Qu'importe ! il ne peut pas nous retenir,
nous disparaissons en lui et autour de lui. Mais ceux-là, qui sont
[beaux

o wer hält sie zurück? Unaufhörlich steht Anschein
auf in ihrem Gesicht und geht fort. Wie Tau von dem Frühgras

hebt sich das Unsre von uns, wie die Hitze von einem
heissen Gericht. O Lächeln, wohin? O Aufschaun :
neue, warme, entgehende Welle des Herzens —;
weh mir : *wir sinds* doch. Schmeckt denn der Weltraum,
in den wir uns lösen, nach uns? Fangen die Engel
wirklich nur Ihriges auf, ihnen Entströmtes,
oder ist manchmal, wie aus Versehen, ein wenig
unseres Wesens dabei? Sind wir in ihre
Züge soviel nur gemischt wie das Vage in die Gesichter
schwangerer Frauen? Sie merken es nicht in dem Wirbel
ihrer Rückkehr zu sich. (Wie sollten sie's merken.)

Liebende könnten, verstünden sie's, in der Nachtluft
wunderlich reden. Denn es scheint, dass uns alles
verheimlicht. Siehe, die Bäume sind; die Häuser,
die wir bewohnen, bestehn noch. Wir nur
ziehen allem vorbei wie ein luftiger Austausch.
Und alles ist einig, uns zu verschweigen, halb als
Schande vielleicht und halb als unsägliche Hoffnung.

Liebende, euch, ihr in einander Genügten,
frag ich nach uns. Ihr greift euch. Habt ihr Beweise?

Seht, mir geschiehts, dass meine Hände einander
inne werden oder dass mein gebrauchtes
Gesicht in ihnen sich schont. Das gibt mir ein wenig
Empfindung. Doch wer wagte darum schon zu sein?

Ihr aber, die ihr im Entzücken des anderen
zunehmt, bis er euch überwältigt
anfleht : nicht *mehr* —; die ihr unter den Händen
euch reichlicher werdet wie Traubenjahre;
die ihr manchmal vergeht, nur weil der andre
ganz überhand nimmt : euch frag ich nach uns. Ich weiss,

ihr berührt euch so selig, weil die Liebkosung verhält,
weil die Stelle nicht schwindet, die ihr, Zärtliche,
zudeckt; weil ihr darunter das reine

ô, qui les retient ? Incessamment l'apparence
dans leur visage se lève et s'en va. Comme de l'herbe matinale la
[rosée
se retire de nous ce qui est nôtre, ou comme la chaleur qui monte
d'un mets chaud. O sourire, vers où ? O regard qui s'élève :
nouvelle et chaude vague du cœur qui s'échappe — ;
malheur à moi : cela, *c'est nous* pourtant. La saveur de l'univers
dans lequel nous nous dissolvons vient-elle de nous ? Les anges
ne reprennent-ils vraiment que ce qui est à eux, ce qui émana d'eux,
ou bien parfois, comme par mégarde, un peu
de notre essence s'y trouve-t-il aussi ? Sommes-nous mêlés
à leurs traits, simplement comme le vague dans les visages
de femmes enceintes ? Ils ne le remarquent pas dans le tourbillon
de leur retour en eux (comment le remarqueraient-ils !).

Les amants pourraient, s'ils le comprenaient, dans l'air nocturne
parler étrangement. Car il semble que tout
nous dissimule. Vois, les arbres, ils sont ; les maisons
que nous habitons demeurent encore. Nous seuls
passons auprès de tout comme un échange aérien.
Et tout conspire pour nous taire, à moitié
par honte peut-être, à moitié dans un espoir inexprimable.

Amants, vous qui, l'un dans l'autre, vous suffisez,
à vous je demande le secret de nous-mêmes. Vous vous saisissez.
[Avez-vous des preuves ?
Voyez, il m'arrive que mes mains l'une de l'autre
prennent conscience, ou que mon visage usé
en elles se ménage. Cela me donne un peu
conscience de moi-même. Qui cependant, pour cela seul, oserait
[être ?
Mais vous, qui dans l'extase de l'autre
vous accroissez jusqu'à ce que, dominé,
il vous implore : *assez* ; vous, qui sous vos mains
devenez abondants comme des années de raisins ;
vous, qui parfois cessez d'être, uniquement parce que l'autre
entièrement sur vous l'emporte : à vous je demande le secret de
[nous-mêmes. Je le sais,
il y a dans votre contact une telle félicité, parce que la caresse retient,
parce que la place ne disparaît pas, que votre tendresse
recouvre ; parce que vous sentez au-dessous la pure

Dauern verspürt. So versprecht ihr euch Ewigkeit fast
von der Umarmung. Und doch, wenn ihr der ersten
Blicke Schrecken besteht und die Sehnsucht am Fenster
und den ersten gemeinsamen Gang, *ein* Mal durch den Garten :
Liebende, seid ihrs dann noch? Wenn ihr einer dem andern
euch an den Mund hebt und ansetzt — : Getränk an Getränk :
o wie entgeht dann der Trinkende seltsam der Handlung.

Erstaunte euch nicht auf attischen Stelen die Vorsicht

menschlider Geste? war nicht Liebe und Abschied
so leicht auf die Schultern gelegt, als wär es aus anderm
Stoffe gemacht als bei uns? Gedenkt euch der Hände,
wie sie drucklos beruhen, obwohl in den Torsen die Kraft steht.
Diese Beherrschten wussten damit : so weit sind wirs,
dieses ist unser, uns so zu berühren; stärker
stemmen die Götter uns an. Doch dies ist Sache der Götter.
Fänden auch wir ein reines, verhaltenes, schmales
Menschliches, einen unseren Streifen Fruchtlands
zwischen Strom und Gestein. Denn das eigene Herz übersteigt uns
noch immer wie jene. Und wir können ihm nicht mehr
nachschaun in Bilder, die es besänftigen, noch in
göttliche Körper, in denen es grösser sich mässigt.

durée. Ainsi l'enlacement vous semble presque
une promesse d'éternité. Et pourtant, lorsque vous avez surmonté
l'effroi des premiers regards et l'attente nostalgique à la fenêtre
et la première promenade en commun, *une* fois, dans le jardin :
amoureux, l'êtes-vous donc encore ? Lorsque l'un l'autre
Vous vous portez aux lèvres et buvez — : breuvage contre breuvage :
ah ! comme le buveur alors de l'acte étrangement s'évade.

N'avez-vous pas vu avec étonnement sur les stèles attiques la
[prudence
du geste humain ? L'amour et l'adieu n'étaient-ils pas
légèrement posés sur les épaules, comme s'ils étaient d'une autre
matière que chez nous ? Rappelez-vous les mains
qui reposent sans peser, malgré la vigueur qui dresse les torses.
Maîtres d'eux-mêmes, ils voulaient dire : jusqu'ici va notre domaine,
ce qui est nôtre, c'est de nous toucher ainsi ; plus fortement
nous pressent les Dieux. Mais c'est l'affaire des Dieux.
Puissions-nous trouver, nous aussi, une pure et durable parcelle
de substance humaine, une bande de terre féconde qui serait nôtre
entre le fleuve et le roc. Car notre propre cœur nous dépasse
toujours comme eux. Et nous ne pouvons plus
le suivre du regard jusque dans les fictions qui l'apaisent, ni dans
les corps divins où, se dépassant, il se modère.

DIE DRITTE ELEGIE

Eines ist, die Geliebte zu singen. Ein anderes, wehe,
jenen verborgenen schuldigen *Fluss-Gott* des Bluts.
Den sie von weitem erkennt, ihren Jüngling, was weiss er
selbst von dem Herren der Lust, der aus dem Einsamen oft,
ehe das Mädchen noch linderte, oft auch als wäre sie nicht,

ach, von welchem Unkenntlichen triefend, das Gotthaupt
aufhob, aufrufend die Nacht zu unendlichem Aufruhr.
O des Blutes Neptun, o sein furchtbarer Dreizack.
O der dunkele Wind seiner Brust aus gewundener Muschel.
Horch, wie die Nacht sich muldet und höhlt. Ihr Sterne,
stammt nicht von euch des Liebenden Lust zu dem Antlitz
seiner Geliebten? Hat er die innige Einsicht
in ihr reines Gesicht nicht aus dem reinen Gestirn?

Du nicht hast ihm, wehe, nicht seine Mutter
hat ihm die Bogen der Braun so zur Erwartung gespannt.
Nicht an dir, ihn fühlendes Mädchen, an dir nicht
bog seine Lippe sich zum fruchtbarern Ausdruck.
Meinst du wirklich, ihn hätte dein leichter Aufritt
also erschüttert, du, die wandelt wie Frühwind?
Zwar du erschrakst ihm des Herz; doch ältere Schrecken
stürzten in ihn bei dem berührenden Anstoss.
Ruf ihn... du rufst ihn nicht ganz aus dunkelem Umgang.

Freilich, er *will*, er entspringt; erleichtert gewöhnt er
sich in dein heimliches Herz und nimmt und beginnt sich.

LA TROISIÈME ÉLÉGIE

C'est une chose de chanter l'amante. Une autre, hélas!
le grand *Dieu-Fleuve*, coupable et caché, du sang.
Celui qu'elle reconnaît de loin, son jeune aimé, que sait-il
lui-même du Maître de la joie, qui souvent, dans sa solitude,
avant que la jeune fille l'apaisât, souvent aussi comme si elle
[n'existait pas,
ah! dégouttant de quel inconnaissable! éleva sa tête de Dieu,
appelant la nuit à un tumulte infini.
O le Neptune du sang, ô son terrible trident
O le sombre souffle de sa poitrine, né d'une conque contournée.
Écoute, comme la nuit se vallonne et se creuse. O étoiles,
ne vient-il pas de vous, le désir qui pousse l'amant vers le visage
de sa bien-aimée? Le regard profond qu'il plonge
dans ses yeux purs ne lui vient-il pas des astres purs?

Ce n'est pas toi, hélas! ni sa mère,
qui as ainsi tendu dans l'attente l'arc de ses sourcils.
Non, jeune fille sensible, ce n'est pas à ton contact
que sa lèvre se recourba en une expression plus féconde.
Crois-tu vraiment que ton apparition légère l'aurait
ainsi ébranlé, toi qui passes comme le vent du matin?
Tu portas l'effroi dans son cœur, il est vrai; c'est que des effrois
plus anciens se précipitèrent en lui au choc de cet ébranlement.
Tu peux l'appeler, ton appel ne l'arrachera pas entièrement à son
[milieu sombre.
Certes, il le *veut*, il s'évade; plus léger, il va s'habituer
à l'intimité de ton cœur, où il puise et se commence.

Aber begann er sich je?
Mutter, du *machtest* ihn klein, du warsts, die ihn anfing;
dir war er neu, du beugtest über die neuen
Augen die freundliche Welt und wehrtest der fremden.
Wo, ach, hin sind die Jahre, da du ihm einfach
mit der schlanken Gestalt wallendes Chaos vertratst?
Vieles verbargst du ihm so; das nächtlich verdächtige Zimmer
machtest du harmlos, aus deinem Herzen voll Zuflucht
mischtest du menschlichern Raum seinem Nacht-Raum hinzu.
Nicht in die Finsternis, nein, in dein näheres Dasein
hast du das Nachtlicht gestellt, und es schien wie aus Freundschaft.
Nirgends ein Knistern, das du nicht lächelnd erklärtest,
so als wüsstest du längst, *wann* sich die Diele benimmt...

Und er horchte une linderte sich. So vieles vermochte
zärtlich dein Aufstehn; hinter den Schrank trat
hoch im Mantel sein Schicksal, und in die Falten des Vorhangs
passte, die leicht sich verschob, seine unruhige Zukunft.

Und er selbst, wie er lag, der Erleichterte, unter
schläfernden Lidern deiner leichten Gestaltung
Süsse lösend in den gekosteten Vorschlaf — :
schien ein Gehüteter... Aber innen : wer wehrte,
hinderte innen in ihm die Fluten der Herkunft?
Ach, da war keine Vorsicht im Schlafenden; schlafend,
aber träumend, aber in Fiebern : wie er sich einliess.
Er, der Neue, Scheuende, wie er verstrickt war,
mit des innern Geschehns weiterschlagenden Ranken
schon zu Mustern verschlungen, zu würgendem Wachstum, zu
[tierhaft
jagenden Formen. Wie er sich hingab —. Liebte.
Liebte sein Inneres, seines Inneren Wildnis,
diesen Urwald in ihm, auf dessen stummem Gestürztsein
lichtgrün sein Herz stand. Liebte. Verliess es, ging die

eigenen Wurzeln hinaus in gewaltigen Ursprung,

wo seine kleine Geburt schon überlebt war. Liebend
stieg er hinab in das ältere Blut, in die Schluchten,
wo das Furchtbare lag, noch satt von den Vätern. Und jedes

Mais se commença-t-il jamais?
Mère, *c'est toi* qui le fis, petit, c'est toi qui, à ses débuts, le façonnas;
pour toi il fut l'être nouveau, tu inclinas jusqu'à ses yeux tout neufs
le monde amical et écartas le monde étranger.
Qu'elles sont loin, hélas! les années où ta silhouette élancée
suffisait pour lui masquer le chaos moutonnant.
Que de choses tu lui cachas ainsi; la nuit suspecte de sa chambre,
tu la rendis inoffensive; dans ton cœur, refuge sans embûches,
tu puisas, pour le mêler à l'espace de sa nuit, un espace plus humain.
Ce n'est pas dans l'obscurité, non, mais dans ta présence plus proche
que tu plaças la lumière nocturne, comme une lumière d'amitié.
Nul craquement que ton sourire n'ait expliqué,
comme si, depuis toujours, tu savais *quand* le parquet se comporte [ainsi...
Et il écoutait et s'apaisait. Il y avait un tel pouvoir
en toi, qui te dressais avec tendresse; derrière l'armoire s'en allait,
grande dans son manteau, sa destinée, et dans les plis du rideau
se coulait son avenir inquiet aux lignes mouvantes.

Et lui-même, comme il gisait, dans quel soulagement, avec, sous
les paupières somnolentes, l'allégement de ton monde,
dont il fondait la douceur dans la saveur du sommeil tout proche :
il semblait un être en sûreté... Mais en lui : qui repoussait,
qui arrêtait, à l'intérieur de lui-même, l'afflux des origines?
Ah! il n'y avait aucune précaution dans le dormeur; dormant
mais rêvant, mais en proie aux fièvres : comme il s'y prêtait!
Lui, l'être nouveau, craintif, comme il était ligoté, déjà
captif des lianes envahissantes du devenir intérieur
enlacées pour former des échantillons humains, dont la croissance [l'étouffait,
de fuyantes formes d'animaux. Comme il s'abandonnait. – Aimait.
Aimait ce qu'il portait à l'intérieur de lui-même, ce chaos sauvage,
cette forêt ancestrale qui était en lui, car sur son écroulement
muet, lumineusement vert, son cœur s'érigeait. Aimait... puis il [l'abandonna,
suivit ses propres racines, les quitta pour entrer dans l'origine [puissante,
où sa petite naissance était déjà révolue. Aimant,
il descendit dans le sang plus ancien, dans les gorges,
où gisait l'épouvante, encore repue de ses ancêtres. Et chaque

Schreckliche kannte ihn, blinzelte, war wie verständigt.
Ja, das Entsetzliche lächelte... Selten
hast du so zärtlich gelächelt, Mutter. Wie sollte
er es nicht lieben, da es ihm lächelte. Vor dir
hat ers geliebt, denn, da du ihn trugs schon,
war es im Wasser gelöst, das den Keimenden leicht macht.

Siehe, wir lieben nicht, wie die Blumen, aus einem
einzigen Jahr; uns steigt, wo wir lieben,
unvordenklicher Saft in die Arme. O Mädchen,
dies : dass wir liebten in uns, nicht Eines, ein Künftiges, sondern
das zahllos Brauende; nicht ein einzelnes Kind,
sondern die Väter, die wie Trümmer Gebirgs
uns im Grunde beruhn; sondern das trockene Flussbett
einstiger Mütter –; sondern die ganze
lautlose Landschaft unter dem volkigen oder
reinen Verhängnis – : *dies* kam dir, Mädchen, zuvor.

Und du selber, was weisst du –, du locktest
Vorzeit empor in dem Liebenden. Welche Gefühle
wühlten herauf aus entwandelten Wesen. Welche
Frauen hassten dich da. Was für finstere Männer
regtest du auf im Geäder des Jünglings? Tote
Kinder wollten zu dir... O leise, leise,
tu ein liebes vor ihm, ein verlässliches Tagwerk, – führ ihn
nah an den Garten heran, gib ihm der Nächte
Uebergewicht......
Verhalt ihn......

terreur le connaissait, clignait des yeux, comme de connivence.
Et même, l'horreur souriait... Rarement
tu as souri si tendrement, mère. Comment ne l'aurait-il
pas aimée, puisqu'elle lui souriait. Avant toi
il l'a aimée, car, alors que tu le portais déjà,
elle était dissoute dans l'eau qui rend léger le germe vivant.

Vois, notre amour ne vient pas, comme celui des fleurs, d'une
seule saison ; dans nos bras monte, quand nous aimons,
une sève immémoriale. O jeune fille,
nous aimions *en* nous, non pas un être à venir, mais
l'innombrable fermentation ; non pas un enfant parmi tous,
mais les pères, ruines de montagnes
reposant dans nos profondeurs ; mais le lit fluvial desséché
des mères de jadis — ; mais tout le
paysage silencieux sous le Destin nuageux
ou pur ; *voilà*, jeune fille, ce qui te devança.

Et toi-même, que sais-tu ? Tu fis surgir
Dans l'amant sa préhistoire. Quels sentiments
se frayèrent un chemin hors des êtres disparus. Quelles
femmes là te haïrent. Quels hommes sombres
réveillas-tu dans les veines du jeune homme ? Des enfants morts
tendaient vers toi... O doucement, doucement,
fais pour le rassurer une des chères tâches quotidiennes — conduis-le
tout près du jardin, donne-lui la suprématie
des nuits...

retiens-le...

DIE VIERTE ELEGIE

O Bäume Lebens, o wann winterlich?
Wir sind nicht einig. Sind nicht wie die Zug-
vögel verständigt. Ueberholt und spät,
so drängen wie uns plötzlich Winden auf
und fallen ein auf teilnamslosen Teich.
Blühn und verdorrn ist uns zugleich bewusst.
Und irgendwo gehn Löwen noch und wissen,
solang sie herrlich sind, von keiner Ohnmacht.

Uns aber, wo wir Eines meinen, ganz,
ist schon des andern Aufwand fühlbar, Feindschaft
ist uns das Nächste. Treten Liebende
nicht immerfort an Ränder, eins im andern,
die sich versprachen Weite, Jagd und Heimat.
Da wird für eines Augenblickes Zeichnung
ein Grund von Gegenteil bereitet, mühsam,
dass wir sie sähen; denn man ist sehr deutlich
mit uns. Wir kennen den Kontur
des Fühlens nicht, nur was ihn formt von aussen.
Wer sass nicht bang vor seines Herzens Vorhang?
Der schlug sich auf : die Szenerie war Abschied.
Leicht zu verstehen. Der bekannte Garten,
und schwankte leise : dann erst kam der Tänzer.
Nicht *der*. Genug. Und wenn er auch so leicht tut,
er ist verkleidet und er wird ein Bürger
und geht durch seine Küche in die Wohnung.

LA QUATRIÈME ÉLÉGIE

O arbres de la vie, quand êtes-vous d'hiver?
Nous ignorons l'unité. Nous ne sommes pas à l'unisson
comme les oiseaux migrateurs. Dépassés et attardés,
nous nous imposons soudain aux vents
et retombons sur un étang indifférent.
Fleurir et se flétrir ne sont pas séparés dans notre conscience.
Et quelque part des lions passent encore, ignorant,
tant que dure leur splendeur, toute impuissance.

Mais nous, quand nous pensons l'Un entièrement,
nous sentons déjà le déploiement de l'Autre. L'hostilité
nous est plus proche que tout. Les amants ne se heurtent-ils pas
sans cesse à des limites, l'un dans l'autre,
eux qui se promettaient espace, course et patrie.
Alors se prépare pour une figure fugitive
un fond d'opposition, péniblement,
afin que nous la voyions; car on est très net
avec nous. Nous ne connaissons pas le contour
de la sensation, mais uniquement ce qui de l'extérieur le forme.
Qui ne fut jamais assis dans l'angoisse devant le rideau de son cœur?
Celui-ci se leva : sur le décor d'un adieu.
Facile à comprendre. Le jardin connu,
et il oscillait doucement : alors vint en premier lieu le danseur.
Pas *Lui*. Assez. Et, si légers que se fassent ses gestes,
il est déguisé, et devient un bourgeois,
et entre dans son appartement par la cuisine.

Ich will nicht diese halbgefüllten Masken,
lieber die Puppe. Die ist voll. Ich will
den Balg aushalten und den Draht und ihr
Gesicht aus Aussehn. Hier. Ich bin davor.
Wenn auch die Lampen ausgehn, wenn mir auch
gesagt wird : Nichts mehr –, wenn auch von der Bühne
das Leere herkommt mit dem grauen Luftzug,
wenn auch von meinen stillen Vorfahrn keiner
mehr mit mir dasitzt, keine Frau, sogar
der Knabe nicht mehr mit dem braunen Schielaug :
Ich bleibe dennoch. Es gibt immer Zuschaun.

Hab ich nicht recht? Du, der um mich so bitter
das Leben schmeckte, meines kostend, Vater,
den ersten trüben Aufguss meines Müssens,
da ich heranwuchs, immer wieder kostend
und, mit dem Nachgeschmack so fremder Zukunft
beschäftigt, prüftest mein beschlagnes Aufschaun, –
der du, mein Vater, seit du tot bist, oft
in meiner Hoffnung innen in mir Angst hast,
und Gleichmut, wie ihn Tote haben, Reiche
von Gleichmut, aufgibst für mein bisschen Schicksal,
hab ich nicht recht? Und ihr, hab ich nicht recht,
die ihr mich liebtet für den kleinen Anfang
Liebe zu euch, von dem ich immer abkam,
weil mir der Raum in eurem Angesicht,
da ich ihn liebte, überging in Weltraum,
in dem ihr nicht mehr wart... Wenn mir zumut ist,
zu warten vor der Puppenbühne, nein,
so völlig hinzuschaun, dass, um mein Schauen
am Ende aufzuwiegen, dort als Spieler
ein Engel hinmuss, der die Bälge hochreisst.
Engel und Puppe : dann ist endlich Schauspiel.
Dann kommt zusammen, was wir immerfort
entzwein, indem wir da sind. Dann entsteht
aus unsern Jahreszeiten erst der Umkreis
des ganzen Wandelns. Ueber uns hinüber
spielt dann der Engel. Sieh, die Sterbenden,
sollten, sie nicht vermuten, wie voll Vorwand
das alles ist, was wir hier leisten. Alles

Je ne veux pas de ces masques à demi pleins,
plutôt la poupée. Elle est pleine, elle. Je veux
supporter le pantin et le fil de fer et son
visage fait d'apparence. Ici, Me voici devant.
Même si les lampes s'éteignent, même si l'on me
dit : il n'y a plus rien –, même si de la scène
vient le vide avec le courant d'air gris,
même si de mes ancêtres silencieux aucun
n'est plus assis avec moi, aucune femme, même plus
le garçon dont l'œil brun louche :
je resterai pourtant. Il y a toujours à regarder.

N'ai-je pas raison ? Toi qui, pour moi, connus toute l'amertume
de la vie, en goûtant la mienne, mon père,
toi qui, tandis que je grandissais, goûtais et regoûtais
les premières infusions troubles de ma mission,
et, préoccupé par l'arrière-goût d'un avenir si étranger,
mettais à l'épreuve mon regard encore voilé, –
mon père, toi qui, depuis que tu es mort, souvent,
dans l'espoir que je porte en moi, as peur,
et qui, pour mon peu de destinée, abandonnes cette sérénité
que possèdent les morts, des royaumes de sérénité,
n'ai-je pas raison ? Et vous, n'ai-je pas raison,
vous qui m'aimiez pour le petit début
d'amour que je vous portais, et dont toujours je m'écartais
parce que l'espace qui était dans votre face,
tandis que je l'aimais, passait dans l'espace du monde,
où vous n'étiez plus... Lorsque j'ai la volonté
d'attendre devant la scène des marionnettes, non,
d'être tout entier regard, au point qu'à la fin,
pour rétablir l'équilibre, là-bas, en acteur,
un ange doit venir, qui redresse les pantins.
Ange et poupée : alors enfin il y a spectacle.
Alors s'assemble ce que sans cesse
notre existence même désunit. Alors seulement
naît de nos saisons le cycle
de la totale évolution. Par-dessus nous
l'ange alors joue. Vois, les mourants,
ne soupçonneraient-ils pas qu'il n'y a que prétexte
dans tout ce qu'ici nous produisons. Rien

ist nicht es selbst. O Stunden in der Kindheit,
da hinter den Figuren mehr als nur
Vergangnes war und vor uns nicht die Zukunft.
Wir wuchsen freilich und wir drängten manchmal,
bald gross zu werden, denen halb zulieb,
die andres nicht mehr hatten, als das Grossein.
Und waren doch in unserem Alleingehn
mit Dauerndem vergnügt und standen da
im Zwischenraume zwischen Welt und Spielzeug,
an einer Stelle, die seit Anbeginn
gegründet war für einen reinen Vorgang.

Wer zeigt ein Kind, so wie es steht? Wer stellt
es ins Gestirn und gibt das Mass des Abstands
ihm in die Hand? Wer macht den Kindertod
aus grauem Brot, das hart wird, — oder lässt
ihn drin im runden Mund so wie den Gröps
von einem schönen Apfel?... Mörder sind
leicht einzusehen. Aber dies : den Tod,
den ganzen Tod, noch *vor* dem Leben so
sanft zu enthalten und nicht bös zu sein,
ist unbeschreiblich.

n'est Cela vraiment. O heures de l'enfance,
où, derrière les figures, il y avait plus que
du passé, où devant nous n'était pas l'avenir !
Nous grandissions, il est vrai, pressés parfois
d'être bientôt grands, à moitié par amour pour ceux
qui n'avaient plus autre chose que « d'être grand ».
Et nous avions pourtant, sur notre route solitaire,
la joie que donne ce qui dure, et nous nous tenions là,
dans l'intervalle qui sépare le monde et le jouet,
à une place qui dès l'origine
fut créée pour un événement pur.

Qui montrera un enfant tel qu'il est ? Qui le placera
dans la constellation et mettra la mesure de la distance
dans sa main ? Qui façonnera la mort de l'enfant
avec ce pain gris qui durcit, – ou la laissera
dans la bouche ronde, comme le trognon
d'une belle pomme ?... Des meurtriers
sont faciles à deviner. Mais cela : contenir la mort,
toute la mort, dès *avant* la vie si
doucement la contenir et n'être pas méchant,
cela est ineffable.

DIE FÜNFTE ELEGIE

Wer aber *sind* sie, sag mir, die Fahrenden, diese ein wenig
Flüchtigern noch als mir selbst, die dringend von früh an
wringt ein wem — wem zuliebe
niemals zufriedener Wille? Sondern er wringt sie,
biegt sie, schlingt sie und schwingt sie,
wirft sie und fängt sie zurück; wie aus geölter,
glatterer Luft kommen sie nieder
auf dem verzehrten, von ihrem ewigen
Aufsprung dünneren Teppich, diesem verlorenen
Teppich im Weltall.
Aufgelegt wie ein Pflaster, als hätte der Vorstadt-
Himmel der Erde dort wehegetan.
Und kaum dort,
aufrecht, da und gazeigt : des Dastehns
grosser Anfangsbuchstab..., schon auch, die stärksten
Männer, rollt sie wieder, zum Scherz, der immer
kommende Griff, wie August der Starke bei Tisch
einen zinnenen Teller.

Ach und um diese
Mitte, die Rose des Zuschauns :
blüht und entblättert. Um diesen
Stampfer, den Stempel, den von dem eignen
blühenden Staub getroffnen, zur Scheinfrucht
wieder der Unlust berfuchteten, ihrer

LA CINQUIÈME ÉLÉGIE

Dédiée à Mme Hertha König

Mais qui *sont*-ils, dis-moi, les errants, ces hommes un peu
plus fugitifs encore que nous-mêmes, que presse très tôt,
que tord – pour qui, par amour pour qui ? – une
volonté toujours insatisfaite ? Elle les tord en vrille
et les plie et les lie et les hisse,
les lance et les reprend ; comme d'un air huilé,
plus lisse, ils redescendent
sur le tapis usé, aminci par leur éternel
élancement, ce tapis perdu
dans l'univers.
Posé ainsi qu'un cataplasme, comme si le ciel de banlieue,
à cet endroit, avait fait mal à la terre.
Et à peine là,
debout, pour présenter : de l'être dressé
la grande initiale..., mais déjà la griffe qui toujours revient
les roule de nouveau, même les plus forts, par jeu,
comme Auguste le Fort, à table, faisait
d'une assiette d'étain.

Ah ! et, autour de ce
centre, la rose de la contemplation :
fleurit et se défait. Autour de ce
pilon, le pistil, qui au contact de son propre pollen
devient par une nouvelle fécondation l'illusion fruit
du déplaisir, sans jamais en avoir conscience,

niemals bewussten, – glänzend mit dünnster
Oberfläche leicht scheinlächelnden Unlust.

Da, der welke, faltige Stemmer,
der alte, der nur noch trommelt,
eingegangen in seiner gewaltigen Haut, als hätte sie früher
zwei Männer enthalten, und einer
läge nun schon auf dem Kirchhof, und er überlebte den andern,
taub und manchmal ein wenig
wirr, in der verwitweten Haut.

Aber der junge, der Mann, als wär er der Sohn eines Nackens
und einer Nonne : prall und starmmig erfüllt
mit Muskeln und Einfalt.

O ihr,
die ein Leid, das noch klein war,
einst als Spielzeug bekam, in elner seiner
langen Genesungen...

Du, der mit dem Aufschlag,
wie nur Früchte ihn kennen, unreif
täglich hundert Mal abfällt vom Baum der gemeinsam
erbauten Bewegung, (der, rascher als Wasser, in wenig
Minuten Lenz, Sommer und Herbst hat) –
abfällt und anprallt ans Grab :
manchmal, in halber Pause, will dir ein liebes
Antlitz entstehn hinüber zu deiner selten
zärtlichen Mutter; doch an deinen Körper verliert sich,
der es flächig verbraucht, das schüchtern
kaum versuchte Gesicht... Und wieder
klatscht der Mann in die Hand zu dem Ansprung, und eh dir
jemals ein Schmerz deutlicher wird in der Nähe des immer
trabenden Herzens, kommt das Brennen der Fussohln
ihm, seinem Ursprung, zuvor mit ein paar dir
rasch in die Augen gejagten leiblichen Tränen.
Und dennoch, blindlings,
das Lächeln...

Engel! o nimms, pflücks, das kleinblütige Heilkraut.

et qui, sous l'éclat de la plus ténue
des surfaces, semble sourire légèrement.

Voici l'athlète fané et fripé,
le vieux, qui ne fait plus que tambouriner,
ratatiné dans sa peau puissante, comme si jadis elle avait
contenu *deux* hommes, dont l'un
serait déjà au cimetière, tandis que l'autre lui survivrait ici
sourd et parfois un peu
égaré, dans la peau veuve.

Mais le jeune, l'homme, qui semble né d'une nuque
et d'une nonne : tendu et roidi par la plénitude
des muscles et de la simplicité.

O vous,
qu'une souffrance, encore petite alors,
reçut jadis comme jouet, dans une de ses
longues convalescences...

Toi qui, dans une chute
que seuls les fruits connaissent, sans avoir mûri,
te détaches cent fois par jour de l'arbre du mouvement
édifié en commun (qui, plus rapide que l'eau, a en peu
de minutes printemps, été, automne) –
te détaches et rebondis sur la tombe :
parfois, dans une demi-pause, un visage d'amour
en toi veut naître, se tourner vers ta mère et sa rare
tendresse ; mais ton corps absorbe,
pour l'user en surface, ce visage qu'avec timidité
tu essayais à peine... Et pour un nouvel élan
l'homme frappe dans ses mains, et, avant que te
devienne plus distincte une douleur dans le voisinage du cœur
toujours bondissant, la brûlure de la plante des pieds devance
celle qui fut sa cause, en faisant jaillir dans tes yeux,
rapidement, quelques larmes de ton corps.
Et cependant, avec une hâte aveugle,
le sourire...

Ange, ô prends, cueille la plante salutaire aux petites fleurs.

Schaff eine Vase, verwahrs! Stells unser jene, uns noch nicht
offenen Freuden; in lieblicher Urne
rühms mit blumiger schwungiger Aufschrift : „Subrisio Saltat.".

Du dann, Liebliche,
du, von den reizendsten Freuden
stumm Uebersprungne. Vielleicht sind
deine Fransen glücklich für dich –,
oder über den jungen
prallen Brüsten die grüne metallene Seide
fühlt sich unendlich verwöhnt und entbehrt nichts.
Du, auf alle des Gleichgewichts schwankende Wagen
immerfort anders
hingelegte Marktfrucht des Gleichmuts,
öffentlich unter den Schultern.

Wo, o wo ist der Ort, – ich trag ihn im Herzen –,
wo sie noch lange nicht *konnten*, noch von einander
abfieln, wie sich bespringende, nicht recht
paarige Tiere; –
wo die Gewichte noch schwer sind;
wo noch von ihren vergeblich
wirbelnden Stäben die Teller
torkeln...

Und plötzlich in diesem mühsamen Nirgends, plötzlich
die unsägliche Stelle, wo sich das reine Zuwenig
unbegreiflich verwandelt –, umspringt
in jenes leere Zuviel.
Wo die vielstellige Rechnung
zahlenlos aufgeht.

Plätze, o Platz in Paris, unendlicher Schauplatz,
wo die Modistin, Madame Lamort,
die ruhlosen Wege der Erde, endlose Bänder,
schlingt und windet und neue aus ihnen
Schleifen erfindet, Rüschen, Blumen, Kokarden, künstliche Früchte
[–, alle

Apporte un vase, conserve-la! Place-la parmi des joies qui ne nous sont
pas encore ouvertes; dans une urne qui plaise
célèbre-la par cette inscription à l'envol fleuri : *Subrisio saltat*[1].

Toi ensuite, charmante,
toi, que les joies les plus attrayantes
ont dépassée d'un bon muet. Peut-être sont-
elles heureuses pour toi, tes franges –,
peut-être sur tes jeunes
seins tendus la soie verte aux reflets de métal
se sent-elle infiniment gâtée, sans que rien lui manque.
Toi, sur toutes les balances oscillantes de l'équilibre
toujours différemment
allongée, fruit indifférent, fruit de marché,
en spectacle parmi les épaules.

Oh! où donc est l'endroit, – je le porte dans le cœur–
où ils étaient bien loin de ce *pouvoir*, et se détachaient encore
l'un de l'autre, semblables à des animaux qui se couvrent
et sont mal accouplés; –
où les poids pèsent encore;
où des vains tourbillons de leurs bâtons
les assiettes encore
tombent en tournoyant...

Et soudain, dans ce pénible « nulle part », soudain
la place indicible, où l'insuffisance pure
incompréhensiblement se transforme et se change
en cette surabondance vide.
Où le compte aux postes nombreux
sans un chiffre se clôt.

Place, ô place de Paris, place au spectacle infini,
où la modiste, Madame Lamort,
entrelace les chemins sans repos de la terre, rubans sans fin,
et les tresse et invente avec eux de nouvelles
écharpes, des ruchés, des fleurs, des cocardes, des fruits artificiels –,

1. « Le sourire danse » : *Subrisio, onis*, fut introduit dans la langue latine au IVe siècle par saint Jérôme.

unwahr gefärbt, – für die billigen
Winterhüte des Schicksals.

. . . .

Engel : es wäre ein Platz, den wir nicht wissen, und dorten,
auf unsäglichem Teppich, zeigten die Liebenden, die's hier
bis zum Können nie bringen, ihre kühnen
hohen Figuren des Herzschwungs,
ihre Türme aus Lust, ihre
längst, wo Boden nie war, nur aneinander
lehnenden Leitern, bebend, – und *könntens,*
vor den Zuschauern rings, unzähligen lautlosen Toten :
Würfen die dann ihre letzten, immer ersparten,
gültigen Münzen des Glücks vor das endlich
wahrhaft lächelnde Paar auf gestilltem
Teppich ?

aux couleurs toujours mensongères –, pour les peu coûteux
chapeaux d'hiver du destin.

. . . .

Ange, il y aurait une place, que nous ne connaissons pas, et là,
sur un tapis indicible, les amants qui jamais, ici,
ne parviennent à les réaliser, montreraient leurs grandes
figures hardies de l'élan du cœur,
leurs tours faites de joie, leurs échelles qui, depuis longtemps,
là où le sol toujours manqua, n'étaient qu'appuyées
l'une à l'autre, tremblantes, – et ils le *pourraient*,
entourés de spectateurs, d'innombrables morts silencieux :
Ceux-ci jetteraient-ils alors leurs dernières pièces, toujours épargnées,
toujours cachées, que nous ne connaissons pas, éternellement
valables, les effigies du bonheur, devant le couple enfin
souriant, d'un sourire vrai, sur le tapis
apaisé?

DIE SECHSTE ELEGIE

Feigenbaum, seit wie lange schon ists mir bedeutend,
wie du die Blüte beinah ganz überschlägst
und hinein in die zeitig entschlossene Frucht,
ungerühmt, drängst dein reines Geheimnis.
Wie der Fontäne Rohr treibt dein gebognes Gezweig
abwärts den Saft und hinan : und er springt aus dem Schlaf,
fast nicht erwachend, ins Glück seiner süssesten Leistung.
Sieh : wie der Gott in den Schwan.
...Wir aber verweilen,
ach, uns rühmt es zu blühn, und ins verspätete Innre
unserer endlichen Frucht gehn wir verraten hinein.
Wenigen steigt so stark der Andrang des Handelns,
dass sie schon anstehn und glühn in der Fülle des Herzens,
wenn die Verführung zum Blühn wie gelinderte Nachtluft

ihnen die Jugend des Munds, ihnen die Lider berührt :
Helden vielleicht und den frühe Hinüberbestimmten,
denen der gärtnernde Tod anders die Adern verbiegt.
Diese stürzen dahin : dem eigenen Lächeln
sind sie voran, wie das Rossegespann in den milden
muldigen Bildern von Karnak dem siegenden König.

Wunderlich nah ist der Held doch den jugendlich Toten. Dauern
ficht ihn nicht an. Sein Aufgang ist Dasein; beständig
nimmt er sich und tritt ins veränderte Sternbild
seiner steten Gefahr. Dort fänden ihn wenige. Aber,

LA SIXIÈME ÉLÉGIE

Figuier, depuis si longtemps déjà il me paraît lourd de sens
que tu sautes presque entièrement la floraison
et que, dans le fruit à temps résolu,
sans apparat, tu presses ton pur secret.
Comme le tuyau du jet d'eau ta ramure recourbée pousse
la sève vers les côtés et vers le haut : elle jaillit hors du sommeil,
sans presque s'éveiller, dans le bonheur de son fruit le plus doux.
Vois : tel le Dieu entrant le cygne.
... Mais nous, toujours nous nous attardons,
ah! nous mettons notre gloire à fleurir, et dans l'intérieur attardé
de notre fruit terminal nous pénétrons à contretemps.
Peu d'hommes sentent monter en eux un besoin d'agir assez fort
pour se dresser avec flamme dans la plénitude de leur cœur,
dès que l'enjôlement de la floraison, comme une brise nocturne plus
[douce,
effleure la jeunesse de leur bouche et leurs paupières :
les héros peut-être et les élus du précoce trépas,
aux veines desquels le Jardinier-Mort donne une autre courbure.
Eux, ils foncent : ils devancent leur propre sourire,
comme les coursiers du char sur les douces
images en creux de Karnak précèdent le roi vainqueur.

Étrangement proche des jeunes morts est le héros. Durer
ne le touche pas. Son ascension est existence; sans cesse
il s'enlève et entre dans la constellation transformée
de son incessant péril. Là peu le trouveraient. Mais

das uns finster verschweigt, das plötzlich begeisterte Schicksal
singt ihn hinein in den Sturm seiner aufrauschenden Welt.

Hör ich doch keinen wie ihn. Auf einmal durchgeht mich
mit der strömenden Luft sein verdunkelter Ton.

Dann, wie verbärg ich mich gern vor der Sehnsucht : O wär ich,

wär ich ein Knabe und dürft es noch werden und sässe
in die künftigen Arme gestützt und läse von Simson,
wie seine Mutter erst nichts und dann alles gebar.

War er nicht Held schon in dir, o Mutter, begann nicht
dort schon, in dir, seine herrische Auswahl?
Tausende brauten im Schooss und wollten *er* sein,
aber sieh : er ergriff und liess aus, wählte und konnte.
Und wenn er Säulen zerstiess, so wars, da er ausbrach
aus der Welt deines Leibs in die engere Welt, wo er weiter
wählte und konnte. O Mütter der Helden,
o Ursprung reissender Ströme! Ihr Schluchten, in die sich
hoch von dem Herzrand, klagend,
schon die Mädchen gestürzt, künftig die Opfer dem Sohn.
Denn hinstürmte der Held durch Aufenthalte der Liebe,
jeder hob ihn hinaus, jeder ihn meinende Herzschlag,

abgewendet schon, stand er am Ende der Lächeln, anders.

le destin qui nous voile de silence sombre, soudain enthousiasmé,
l'emporte en chantant dans la tempête de son monde qui se met à
[gronder.
Car je n'entends personne autant que lui. Tout à coup me traverse
avec le torrent du vent son chant obscurci.

Alors, comme je voudrais me cacher de cette nostalgie : O que ne
[suis-je,
que ne suis-je un enfant, que ne puis-je le devenir encore, être assis,
appuyé sur les bras à venir, et lire l'histoire de Samson,
dont la mère, d'abord stérile, ensuite enfanta tout.

En toi, mère, n'était-il pas déjà le héros, ne commençait-il pas
déjà là, en toi, son choix impérieux ?
Des milliers fermentaient dans ton sein et voulaient être *Lui*,
mais vois : il prit et refusa, choisit et fut doué de pouvoir.
Et lorsqu'il brisa les colonnes, ce fut pour faire irruption
hors du monde de ton corps dans le monde plus étroit, où il ne cessa pas
de choisir et de pouvoir. O mères des héros !
O origine des fleuves impétueux ! Vous, gorges, dans lesquelles,
du rebord élevé du cœur, gémissantes,
s'étaient déjà précipitées les jeunes filles, victimes réservées au fils.
Car le héros s'élançait à travers les stations de l'amour,
chacune le transportait plus haut, chaque pulsation d'un cœur battant
[pour lui,
mais, déjà détourné, il était à la limite des sourires, un autre.

DIE SIEBENTE ELEGIE

Werbung nicht mehr, nicht Werbung, entwachsene Stimme,
sei deines Schreies Natur; zwar schrieest du rein wie der Vogel,

wenn ihn die Jahreszeit aufhebt, die steigende, beinah vergessend,
dass er ein kümmerndes Tier und nicht nur ein einzelnes Herz sei,
das sie ins Heitere wirft, in die innigen Himmel. Wie er, so
würbest du wohl, nicht minder –, dass, noch unsichtbar,

dich die Freundin erführ, die stille, in der eine Antwort
langsam erwacht und über dem Hören sich anwärmt, –
deinem erkühnten Gefühl die erglühte Gefühlin.
O und der Frühling begriffe, – da ist keine Stelle,
die nicht trüge den Ton Verkündigung. Erst jenen kleinen
fragenden Auflaut, den mit steigernder Stille
weithin umschweigt ein reiner bejahender Tag.
Dann die Stufen hinan, Ruf-Stufen hinan zum geträumten
Tempel der Zukunft –; dann den Triller, Fontäne,
die zu dem drängenden Strahl schon das Fallen zuvornimmt
im versprechlichen Spiel... Und vor sich, den Sommer.
Nicht nur die Morgen alle des Sommers –, nicht nur
wie sie sich wandeln in Tag und strahlen vor Anfang.
Nicht nur die Tage, die zart sind um Blumen, und oben,

um die gestalteten Bäume, stark und gewaltig.
Nicht nur die Andacht dieser entfalteten Kräfte,
nicht nur die Wege, nicht nur die Wiesen im Abend,

LA SEPTIÈME ÉLÉGIE

Quêter! non, plus de quête, mais une voix jaillie de toi-même,
que telle soit la nature de ton cri; tu criais, il est vrai, avec la pureté
[de l'oiseau,
quand le soulève la saison qui monte, oubliant presque
qu'il est un animal chétif en même temps qu'un cœur isolé,
qu'elle jette dans l'azur serein, dans l'intimité des cieux. Comme lui
sans doute tu demanderais, autant que lui, que l'amie encore
[invisible
te découvrît, la silencieuse, dans laquelle une réponse
lentement s'éveille et, à tes paroles, peu à peu s'échauffe, –
ardente amie sensible à ton sentiment enhardi.
Oh! et le printemps comprendrait, – là, il n'est nulle place
qui ne sonnerait l'Annonciation. D'abord, ce léger éveil du son
qui interroge et qu'entoure au loin d'un silence exaltant
un jour pur à la muette approbation.
Puis voici les degrés à gravir, les degrés de l'appel jusqu'au temple rêvé
de l'avenir –; ensuite, les trilles, jaillissement
que, dans le jet d'eau impétueux, devance déjà la chute
en un jeu prometteur... Et devant lui, l'été.
Non seulement les matins, tous les matins de l'été, non seulement
leur transformation en jour et leur rayonnement de prélude.
Non seulement les jours qui se font tendres auprès des fleurs, et,
[là-haut,
autour des arbres à la forme achevée, forts et puissants.
Non seulement la ferveur de ces forces déployées,
non seulement les chemins, non seulement les prairies dans le soir,

nicht nur, nach spätem Gewitter, das atmende Klarsein,
nicht nur der nahende Schlaf und ein Ahnen, abends...
sondern die Nächte! Sondern die hohen, des Sommers,
Nächte, sondern die Sterne, die Sterne der Erde.
O einst tot sein und sie wissen unendlich,
alle die Sterne : denn wie, wie sie vergessen!

Siehe, da rief ich die Liebende. Aber nicht sie nur
käme... Es kämen aus schwächlichen Gräbern
Mädchen und ständen... Denn, wie beschränk ich,
wie, den gerufenen Ruf? Die Versunkenen suchen
immer noch Erde. – Ihr Kinder, ein hiesig
einmal ergriffenes Ding gälte für viele.
Glaubt nicht, Schicksal sei mehr als das Dichte der Kindheit;

wie überholtet ihr oft den Geliebten, atmend,
armend nach seligem Lauf, auf nichts zu, ins Freie.

Hiersein ist herrlich. Ihr wusstet es, Mädchen, ihr auch,
die ihr scheinbar entbehrtet, versankt –, ihr, in den ärgsten

Gassen der Städte, Schwärende, oder dem Abfall
Offene. Denn eine Stunde war jeder, vielleicht nicht
ganz eine Stunde, ein mit den Massen der Zeit kaum
Messliches zwischen zwei Weilen, da sie ein Dasein
hatte. Alles. Die Adern voll Dasein.
Nur, wir vergessen so leicht, was der lachende Nachbar
uns nicht bestätigt oder beneidet. Sichtbar
wollen wirs heben, wo doch das sichtbarste Glück uns
erst zu erkennen sich gibt, wenn wir es innen verwandeln.

Nirgends, Geliebte, wird Welt sein, als innen. Unser
Leben geht hin mit Werwandlung. Und immer geringer
schwindet das Aussen. Wo einmal ein dauerndes Haus war,
schlägt sich erdachtes Gebild vor, quer, zu Erdenklichem

völlig gehörig, als ständ es noch ganz im Gehirne.
Weite Speicher der Kraft schafft sich der Zeitgeist, gestaltlos

wie der spannende Drang, den er aus allem gewinnt.
Tempel kennt er nicht mehr. Diese, des Herzens, Verschwendung

non seulement la clarté qui respire après un orage tardif,
non seulement l'approche du sommeil et un pressentiment, le soir...
mais les nuits! Mais les hautes nuits, celles de l'été,
mais les étoiles, les étoiles de la terre.
Oh! être mort un jour et les connaître infiniment,
toutes les étoiles : car comment, comment, comment les oublier!

Voici qu'alors j'appellerais l'amante. Mais elle ne serait pas seule
à venir... De tombes sans force viendraient
des jeunes filles et elles se dresseraient là... Car, comment limiter,
oui, comment, l'appel lancé? Les engloutis sont toujours en quête
de terre. – Enfants, une chose d'ici,
une fois saisie, vaudrait pour beaucoup.
Ne croyez pas que le destin soit plus que ce qui est condensé dans
[l'enfance;
que de fois vous avez dépassé l'amant, respirant,
respirant après une course bienheureuse qui n'avait d'autre but que
[le libre espace.
Être ici est une splendeur. Vous le saviez, jeunes filles, vous aussi,
qui sembliez misérables, englouties –, vous qui, dans les plus
[affreuses
ruelles des villes, étiez purulentes ou bien à la déchéance
ouvertes. Car pour chacune il fut une heure, peut-être moins
d'une heure entière, une durée à peine mesurable avec les mesures
du temps, entre deux instants, où elle eut une existence.
Tout. Les veines pleines d'existence.
Mais nous oublions si facilement ce que le voisin rieur
ne nous confirme pas ou ne nous envie pas. Aux yeux de tous
nous voulons le relever, car le bonheur le plus visible
ne se révèle à nous qu'une fois transformé au cœur de nous-mêmes.

Nulle part, bien-aimée, le monde n'existera, sauf en nous. Notre
vie se passe à transformer. Et, toujours plus réduit,
ce qui est extérieur disparaît. A la place où existait une maison stable
se présente une construction fantaisiste, de travers, relevant de la
[pensée
seule, comme si elle se dressait encore tout entière dans le cerveau.
L'esprit de l'époque se crée de vastes greniers de force, lui qui est
[sans forme,
comme l'impulsion tendue qu'il puise en toutes choses.
Les temples, il ne les connaît plus. Ces créations du cœur prodigue

sparen wir heimlicher ein. Ja, wo noch eins übersteht,
ein einst gebetetes Ding, ein gedientes, geknietes –,
hält es sich, so wie es ist, schon ins Unsichtbare hin.
Viele gewahrens nicht mehr, doch ohne den Vorteil,
dass sie's nun *innerlich* baun, mit Pfeilern und Statuen, grösser!

Jede dumpfe Umkehr der Welt hat solche Enterbte,
denen das Frühere nicht und noch nicht das Nächste gehört.
Denn auch das Nächste ist weit für die Menschen. Uns soll

dies nicht verwirren; es stärke in uns die Bewahrung
der noch erkannten Gestalt. Dies *stand* einmal unter Menschen,
mitten im Schicksal stands, im vernichtenden, mitten
im Nichtwissen-Wohin stand es, wie seiend, und bog

Sterne zu sich aus gesicherten Himmeln. Engel,
dir noch zeig ich es, da! in deinem Anschaun
steh es gerettet zuletzt, nun endlich aufrecht.
Säulen, Pylone, der Sphinx, das strebende Stemmen,
grau aus vergehender Stadt oder aus fremder, des Doms.
War es nicht Wunder? O staune, Engel, denn *wir* sinds,
wir, o du Grosser, erzähls, dass wir solches vermochten, mein Atem

reicht für die Rühmung nicht aus. So haben wir dennoch
nicht die Räume versäumt, diese gewährenden, diese
unseren Räume. (Was müssen sie fürchterlich gross sein,
da sie Jahrtausende nicht unseres Fühlns überfülln.)
Aber ein Turm war gross, nicht wahr? O Engel, er war es, –
gross, auch noch neben dir? Chartres war gross – und Musik
reichte noch weiter hinan und überstieg uns. Doch selbst nur
eine Liebende, o, allein am nächtlichen Fenster...
reichte sie dir nicht ans Knie –?
Glaub nicht, dass ich werbe.
Engel, und würb ich auch! Du kommst nicht. Denn mein
Anruf ist immer voll Hinweg; wider so starke
Strömung kannst du nicht schreiten. Wie ein gestreckter
Arm ist mein Rufen. Und seine zum Greifen
oben offene Hand bleibt vor dir
offen, wie Abwehr und Warnung,
Unfasslicher, weitauf.

deviennent notre épargne plus secrète. Oui, là où subsiste encore une
de ces choses jadis adorées, une chose qu'on a servie à genoux
elle s'engage déjà, telle qu'elle est, dans l'Invisible.
Beaucoup ne la remarquent plus, mais sans avoir l'avantage
de la reconstruire *intérieurement*, avec des piliers et des statues, plus
[grande.

Chaque retournement inconscient du monde a de tels déshérités,
auxquels ce qui fut n'appartient pas et ce qui va être pas encore.
Car même les choses les plus proches sont lointaines pour les
[hommes.
Que cela ne nous trouble pas, mais nous aide à conserver en nous
la figure encore reconnue. Cela *se dressait* jadis parmi les hommes,
au milieu du destin qui détruit cela se dressait ; au milieu
de l'incertitude des routes cela se dressait, comme doué d'être, et
[attirait
à soi les étoiles hors des cieux qui étaient sûrs. Ange,
à toi je le montre encore, là ! devant ton regard,
que cela se dresse, sauvé enfin, maintenant enfin debout !
Colonnes, pylônes, sphinx, ascension arc-boutée de la cathédrale,
qui émerge, grise, de la ville mourante ou de la ville étrangère.
N'était-ce pas miracle ? O étonne-toi, ange, car c'est *le nôtre* ;
ô grand ange, c'est nous qui avons pu de telles choses ; proclame-le,
[mon souffle
serait trop court pour le célébrer. Ainsi, malgré tout,
nous n'avons pas manqué les espaces, les grands dispensateurs, ces
espaces qui sont *nôtres*. (Qu'ils doivent être effroyablement grands,
puisque des millénaires de notre sentiment ne les comblent pas.)
Mais une tour était grande, n'est-ce pas ? O ange, elle l'était,
grande, même à côté de toi ? Chartres était grande et la musique
allait plus loin, plus haut encore, et nous dépassait. Et même
une simple amante, ô seule à la fenêtre nocturne...
n'atteignait-elle pas à ton genou ?
Ne crois pas que j'adresse une demande.
Ange, et même si je te demandais ! Tu ne viendras pas. Car mon
invocation est toujours pleine de refus ; contre un si fort
courant tu ne peux pas aller. Semblable à un bras tendu
est mon appel. Et sa main, qui pour saisir
s'ouvre vers le haut, reste devant toi
ouverte, comme une défense et un avertissement,
ô toi, Insaisissable, largement ouverte.

DIE ACHTE ELEGIE

Rudolf Kassner zugeeignet

Mit allen Augen sieht die Kreatur
das Offene. Nur unsre Augen sind
wie umgekehrt und ganz um sie gestellt
als Fallen, rings um ihren freien Ausgang.
Was draussen ist, wir wissens aus des Tiers
Antlitz allein; denn schon das frühe Kind
wenden wir um und zwingens, dass es rückwärts
Gestaltung sehe, nicht das Offne, das
im Tiergesicht so tief ist. Frei von Tod.
Ihn sehen wir allein; das freie Tier
hat seinen Untergang stets hinter sich
und vor sich Gott, und wenn es geht, so gehts
in Ewigkeit, so wie die Brunnen gehen.
Wir haben nie, nicht einen einzigen Tag,
den reinen Raum vor uns, in den die Blumen
unendlich aufgehn. Immer ist es Welt
und niemals Nirgends ohne Nicht :
das Reine, Unüberwachte, das man atmet und
unendlich weiss und nicht begehrt. Als Kind
verliert sich eins im Stilln an dies und wird
gerüttelt. Oder jener stirbt und *ists*.
Denn nah am Tod sieht man den Tod nicht mehr
und starrt hinaus, vielleicht mit grossem Tierblick.

Liebende, wäre nicht der andre, der

LA HUITIÈME ÉLÉGIE

Dédiée à Rudolf KASSNER.

De tous ses yeux la créature voit
« l'Ouvert ». Nos yeux seuls sont
comme inversés et tout à fait placés autour d'elle
ainsi que des pièges, disposés en cercle autour de sa libre issue.
Ce qui est au-dehors, nous ne le connaissons que par le visage
de l'animal ; car, le jeune enfant, déjà
nous le retournons et le contraignons à regarder en arrière
le monde des formes, non pas l'Ouvert, qui
dans le visage de l'animal est si profond. Libre de mort.
Elle, nous ne voyons qu'elle ; l'animal libre
a toujours son déclin derrière lui,
et devant lui Dieu, et lorsqu'il avance, il avance
dans l'Éternité, comme coulent les sources.
Mais nous, jamais, pas un seul jour, nous n'avons
devant nous le pur espace, dans lequel les fleurs
infiniment s'épanouissent. Toujours c'est le monde,
et jamais ce qui n'est nulle part et que rien ne limite :
le pur, l'insurveillé, que l'on respire,
que l'on *sait* infini et ne convoite pas. Dans son enfance
tel s'y perd en silence et en est
ébranlé. Tel autre meurt et il *l'est*.
Car, près de la mort, on ne voit plus la mort
et l'on regarde fixement en avant, peut-être, avec un grand regard
[animal.

Ceux qui aiment, n'était l'autre qui

die Sicht verstellt, sind nah daran und staunen...
Wie aus Versehn ist ihnen aufgetan
hinter dem andern... Aber über ihn
kommt keiner fort, und wieder wird ihm Welt.
Der Schöpfung immer zugewendet, sehn
wir nur auf ihr die Spiegelung des Frei'n,
von uns verdunkelt. Oder dass ein Tier,
ein stummes, aufschaut, ruhig durch uns durch.
Dieses heisst Schicksal : gegenüber sein
und nichts als das und immer gegenüber.

Wäre Bewusstheit unsrer Art in dem
sicheren Tier, das uns entgegenzieht
in anderer Richtung –, riss' es uns herum
mit seinem Wandel. Doch sein Sein ist ihm
unendlich, ungefasst und ohne Blick
auf seinen Zustand, rein, so wie sein Ausblick.
Und wo wir Zukunft sehn, dort sieht es Alles
und sich in Allem und geheilt für immer.

Und doch ist in dem wachsam warmen Tier
Gewicht und Sorge einer grossen Schwermut.
Denn ihm auch haftet immer an, was uns
oft überwältigt, – die Erinnerung,
als sei schon einmal das, wonach man drängt,
näher gewesen, treuer und sein Anschluss
unendlich zärtlich. Hier ist alles Abstand,
und dort wars Atem. Nach der ersten Heimat
ist ihm die zweite zwitterig und windig.
O Seligkeit der *kleinen* Kreatur,
die immer *bleibt* im Schoosse, der sie austrug;
o Glück der Mücke, die noch *innen* hüpft,
selbst wenn sie Hochzeit hat : denn Schooss ist Alles.
Und sieh die halbe Sicherheit des Vogels,
der beinah beides weiss aus seinem Ursprung,
als wär er eine Seele der Etrusker,
aus einem Toten, den ein Raum empfing,
doch mit der ruhenden Figur als Deckel.
Und wie bestürzt ist eins, das fliegen muss
und stammt aus einem Schooss. Wie vor sich selbst

masque la vue, en sont proches et s'étonnent...
Comme par mégarde leur est ouvert
derrière l'autre... Mais l'autre,
nul ne peut le franchir, et de nouveau c'est pour eux le monde.
Vers la création toujours tournés, nous ne voyons
sur elle que le miroitement de ce qui est libre,
par nous obscurci. Ou bien il arrive qu'un animal,
muet, lève les yeux, nous traversant de son calme regard.
Voilà ce qui s'appelle Destin : être en face
et rien que cela et toujours en face.

S'il y avait une conscience comme la nôtre dans l'
animal sûr, qui vient à nous
en sens inverse –, il nous retournerait et nous entraînerait
dans sa direction. Mais son être est pour lui
sans fin, sans limites et sans regard
sur son état, pur, ainsi que son regard vers l'avant.
Et, là où nous voyons l'avenir, il voit tout
et se voit en tout et sauvé pour toujours.

Et pourtant, dans l'animal vigilant et chaud
il y a le poids et le souci d'une grande et lourde mélancolie.
Car à lui aussi adhère toujours ce qui nous
domine souvent, – le souvenir,
comme si une fois déjà cela, vers quoi nous tendons,
avait été plus proche, plus fidèle, avec, dans ce rattachement,
une infinie douceur. Ici, tout est espacement,
là-bas, tout était respiration. Après la première patrie
la deuxième lui paraît hybride et ouverte aux vents.
O félicité de la *petite* créature,
qui toujours *reste* dans le sein, qui la porta jusqu'à son terme ;
ô bonheur de la mouche, qui *intérieurement* sautille encore,
même à l'heure du mariage : car le sein est tout.
Et vois la demi-sécurité de l'oiseau,
qui par son origine sait presque l'une et l'autre chose,
comme s'il était l'âme d'un Étrusque,
issue d'un mort, que l'espace reçut,
mais avec la figure au repos comme couvercle.
Et quel est le trouble de celui qui doit voler
et qui provient d'un sein. Comme avec la peur de soi-même

erschreckt, durchzuckts die Luft, wie wenn ein Sprung
durch eine Tasse geht. So reisst die Spur
der Fledermaus durchs Porzellan des Abends.

Und wir : Zuschauer, immer, überall,
dem allen zugewandt und nie hinaus!
Uns überfüllts. Wir ordnens. Es zerfällt.
Wir ordnens wieder und zerfallen selbst.

Wer hat uns also umgedreht, dass wir,
was wir auch tun, in jener Haltung sind
von einem, welcher fortgeht? Wie er auf
dem letzten Hügel, der ihm ganz sein Tal
noch einmal zeigt, sich wendet, anhält, weilt –,
so leben wir und nehmen immer Abschied.

il sillonne l'air, et l'on dirait qu'une fêlure
fend une tasse. Ainsi la trace
d'une chauve-souris raye la porcelaine du soir.

Et nous : spectateurs, en tous temps, en tous lieux,
tournés vers tout, sans regard vers l'avant!
Cela nous submerge. Nous l'organisons. Cela tombe en morceaux.
Nous l'organisons de nouveau et tombons nous-mêmes en morceaux.

Qui nous a ainsi retournés que nous,
quoi que nous fassions, nous avons cette allure
de celui qui s'en va? Et comme, sur
la dernière colline, d'où sa vallée entière se montre à lui,
une fois encore, il se retourne, s'arrête, s'attarde –,
ainsi nous vivons et toujours prenons congé.

DIE NEUNTE ELEGIE

Warum, wenn es angeht, also die Frist des Daseins
hinzubringen, als Lorbeer, ein wenig dunkler als alles
andere Grün, mit kleinen Wellen an jedem
Blattrand (wie eines Windes Lächeln) — : warum dann
Menschliches müssen — und, Schicksal vermeidend,
sich sehnen nach Schicksal?...
                                        Oh, nicht, weil Glück ist,
dieser voreilige Vorteil eines nahen Verlusts.
Nicht aus Neugier, oder zur Uebung des Herzens,
das auch im Lorbeer *wäre*.....
Aber weil Hiersein viel ist, und weil uns scheinbar
alles das Hiesige braucht, dieses Schwindende, das
seltsam uns angeht. Uns, die Schwindendsten. Einmal

jedes, nur einmal. *Ein*mal und nichtmehr. Und wir auch
*ein*mal. Nie wieder. Aber dieses
*ein*mal gewesen zu sein, wenn auch nur *ein*mal :
irdisch gewesen zu sein, scheint nicht widerrufbar.

Und so drängen wir uns und wollen es leisten,
wollens enthalten in unseren einfachen Händen,
im überfüllteren Blick und im sprachlosen Herzen.
Wollen es werden. Wem es geben? Am liebsten
alles behalten für immer.... Ach, in den andern Bezug,
wehe, was nimmt man hinüber? Nicht das Anschaun, das hier
langsam erlernte, und kein hier Ereignetes. Keins.

LA NEUVIÈME ÉLÉGIE

Pourquoi, alors qu'il est possible de passer ainsi notre peu d'existence
en laurier, un peu plus sombre que tous
les autres verts, avec de petites vagues à chaque
rebord de feuille (semblables au sourire d'une brise) — : pourquoi
faut-il alors vivre en homme — et, en évitant le destin,
aspirer au destin ?...
Oh ! non point parce que le bonheur *est*
cet avantage prématuré d'une perte prochaine.
Non point par curiosité ou pour exercer le cœur,
qui *serait* aussi dans le laurier...
Mais parce qu'être ici est beaucoup, et parce que nous semblons
nécessaires à toutes les choses d'ici, ces éphémères, qui
étrangement, nous sollicitent. Nous, plus éphémères que tout. Une
[fois
chacune, *Une* fois, pas seulement. *Une* fois, pas davantage. Et nous
[aussi
une fois. Jamais plus. Mais avoir été cela
une fois, ne serait-ce qu'*Une* fois :
avoir été terrestre ne semble pas révocable.

Et ainsi nous nous pressons et voulons l'accomplir,
voulons le contenir dans nos mains simples,
dans le regard plus comblé et dans le cœur sans voix.
Voulons le devenir. A qui le donner ? de préférence
tout retenir pour toujours... Ah ! dans L'autre règne,
hélas ! qu'emporte-t-on ? Ni l'art de voir, ici
lentement appris, ni aucun événement d'ici. Non.

Also die Schmerzen. Also vor allem das Schwersein,
also der Liebe lange Erfahrung, – also
lauter Unsägliches. Aber später,
unter den Sternen, was solls : *die* sind *besser* unsäglich :
Bringt doch der Wanderer auch vom Hange des Bergrands
nicht eine Hand voll Erde ins Tal, die allen unsägliche, sondern

ein erworbenes Wort, reines, den gelben und blaun
Enzian. Sind wir vielleicht hier, um zu sagen : Haus,
Brücke, Brunnen, Tor, Krug, Obstbaum, Fenster, –
höchstens : Säule, Turm.... aber zu *sagen*, verstehs,
oh zu sagen so, wie selber die Dinge niemals
innig meinten zu sein. Ist nicht die hiemliche List
dieser verschwiegenen Erde, wenn sie die Liebenden drängt,
dass sich in ihrem Gefühl jedes und jedes entzückt?
Schwelle : was ists für zwei
Liebende, dass sie die eigne ältere Schwelle der Tür
ein wenig verbrauchen, auch sie, nach den vielen vorher
und vor den Künftigen..., leicht.

Hier ist des *Säglichen* Zeit, *hier* seine Heimat.
Sprich und bekenn. Mehr als je
fallen die Dinge dahin, die erlebbaren, denn,
was sie verdrängend ersetzt, ist ein Tun ohne Bild.
Tun unter Krusten, die willig zerspringen, sobald

innen das Handeln entwächst und sich anders begrenzt.
Zwischen den Hämmern besteht
unser Herz, wie die Zunge
zwischen den Zähnen, die doch,
dennoch die preisende bleibt.

Preise dem Engel die Welt, nicht die unsägliche, ihm

kannst du nicht grosstun mit herrlich Erfühltem; im Weltall,
wo er fühlender fühlt, bist du ein Neuling. Drum zeig

ihm das Einfache, das, von Geschlecht zu Geschlechtern gestaltet,
als ein Unsriges lebt neben der Hand und im Blick.
Sag ihm die Dinge. Er wird staunender stehn; wie du standest

Donc, les souffrances. Donc, avant tout, ce qui pèse,
donc, la longue expérience de l'amour, – donc,
rien que l'Indicible. Mais plus tard,
parmi les étoiles, qu'importe ? *elles* sont *tellement mieux* indicibles.
Du penchant de la montagne le voyageur n'apporte pas
non plus dans la vallée une poignée de terre, pour tous indicible,
[mais
un mot acquis, pur, la jaune et la bleue
gentiane. Sommes-nous peut-être *ici*, pour dire : maison,
pont, fontaine, porte, cruche, arbre fruitier, fenêtre, –
tout au plus : colonne, tour… ? mais pour *dire*, comprends-le,
ô pour dire tout ce que les choses elles-mêmes jamais
ne pensèrent être dans leur intimité. N'est-ce pas une ruse cachée
de cette terre qui toujours se tait, lorsqu'elle presse les amants,
pour que dans leur sentiment chaque chose, chacune, se transfigure ?
Seuil : qu'est-ce pour deux
amants que d'user un peu le seuil plus ancien qu'eux de leur propre
maison, de l'user, eux aussi, après tous ceux qui vinrent,
avant ceux qui viendront, légèrement.

Voici le temps des *choses dicibles*, *voici* leur patrie.
Parle et proclame. Plus que jamais
déclinent et passent les choses que l'on peut vivre, car
celles qui les chassent pour les remplacer sont des outils sans âme.
Des outils sous des croûtes, qui éclateront d'elles-mêmes, aussitôt
[que
d'eux l'action s'échappera et autrement se limitera.
Entre les marteaux subsiste
notre cœur, comme entre les dents
la langue, qui pourtant,
malgré tout, reste la louangeuse.

Chante à l'ange la louange du monde, non pas du monde indicible,
[car à lui
tu n'en imposeras pas avec la splendeur de ce que tu sentis ;
qu'il sent avec plus de sensibilité, tu es un novice ; aussi, montre-lui
[dans l'univers,
la chose simple qui, ayant pris forme de génération en génération,
est devenue la nôtre et vit à côté de la main et dans le regard.
Dis-lui les choses. Il en sera plus stupéfait, comme tu l'étais

bei dem Seiler in Rom, oder beim Töpfer am Nil.
Zeig ihm, wie glücklich ein Ding sein kann, wie schuldlos und [unser,
wie selbst das klagende Leid rein zur Gestalt sich entschliesst,

dient als ein Ding, oder stirbt in ein Ding, — und jenseits
selig der Geige entgeht. Und diese, von Hingang
lebenden Dinge verstehn, dass du sie rühmst; vergänglich,
traun sie ein Rettendes uns, den Vergänglichsten, zu.
Wollen, wir sollen sie ganz im unsichtbarn Herzen verwandeln

in — o unendlich — in uns! wer wir am Ende auch seien.

Erde, ist es nicht dies, was du willst : unsichtbar
in uns erstehn? — Ist es dein Traum nicht,
einmal unsichtbar zu sein? — Erde! unsichtbar!
Was, wenn Verwandlung nicht, ist dein drängender Auftrag?
Erde, du liebe, ich will. Oh glaub, es bedürfte
nicht deiner Frühlinge mehr, mich dir zu gewinnen, einer,
ach, ein einziger ist schon dem Blute zu viel.
Namenlos bin ich zu dir entschlossen, von weit her.
Immer warst du im Recht, und dein heiliger Einfall
ist der vertrauliche Tod.
Siehe, ich lebe. Woraus? Weder Kindheit noch Zukunft
werden weniger..... Ueberzähliges Dasein
entspringt mir im Herzen.

auprès du cordier de Rome ou du potier des bords du Nil.
Montre-lui comme une chose peut être heureuse, innocente et nôtre,

comme la douleur qui se lamente elle-même purement consent à la
[forme,
devient chose qui sert ou meurt pour être chose –, puis, au delà,
s'échappe avec félicité du violon –. Et ces choses, dont la vie
est déclin, comprennent que tu les célèbres; périssables,
elles nous prêtent le pouvoir de sauver, à nous, les plus périssables.
Elles veulent qu'au fond de notre cœur invisible nous les
[transformions
en – ô infini... – en nous! quelle que soit finalement notre nature.

Terre, n'est-ce pas ce que tu veux : invisible
en nous renaître? – N'est-ce pas ton rêve
d'être une fois invisible? – Terre! invisible!
Quelle mission imposes-tu, si ce n'est la transformation?
Terre, toi que j'aime, je le veux. Oh! crois qu'il ne serait plus besoin
de tes printemps pour me gagner à toi, l'un d'eux,
ah! un seul est déjà trop pour le sang.
Indiciblement je consens à toi, de loin je viens à toi.
Toujours tu avais raison, et ton inspiration sainte
est la mort familière.
Vois, je vis. De quoi? Ni l'enfance, ni l'avenir
ne diminuent... Une existence surabondante
jaillit dans mon cœur.

DIE ZEHNTE ELEGIE

Dass ich dereinst, an dem Ausgang der grimmigen Einsicht,
Jubel und Ruhm aufsinge zustimmenden Engeln.

Dass von den klargeschlagenen Hämmern des Herzens
keiner versage an weichen, zweifelnden oder
reissenden Saiten. Dass mich mein strömendes Antlitz
glänzender mache; dass das unscheinbare Weinen
blühe. O wie werdet ihr dann, Nächte, mir lieb sein,
gehärmte. Dass ich euch knieender nicht, untröstliche Schwestern,

hinnahm, nicht in euer gelöstes
Haar mich gelöster ergab. Wir, Vergeuder der Schmerzen.

Wie wir sie absehn voraus, in die traurige Dauer,
ob sie nicht enden vielleicht. Sie aber sind ja
unser winterwähriges Laub, unser dunkeles Sinngrün,
eine der Zeiten des heimlichen Jahres –, nicht nur
Zeit –, sind Stelle, Siedelung, Lager, Boden, Wohnort.

Freilich, wehe, wie fremd sind die Gassen der Leid-Stadt,

wo in der falschen, aus Uebertönung gemachten
Stille, stark, aus der Gussform des Leeren der Ausguss,
prahlt der vergoldete Lärm, das platzende Denkmal.
O, wie spurlos zerträte ein Engel ihnen den Trostmarkt,

den die Kirche begrenzt, ihre fertig gekaufte :

LA DIXIÈME ÉLÉGIE

Qu'un jour, à l'issue de la terrible intuition,
mon chant d'allégresse et de gloire monte vers les anges
[approbateurs.
Que des marteaux du cœur au clair métal
nul ne fasse défaut sur des cordes détendues, hésitantes ou
cassantes. Que ma face inondée de pleurs me donne
plus d'éclat : que la simple larme
fleurisse. O nuits, comme alors vous me serez chères,
nuits d'affliction ! Que ne me suis-je agenouillé davantage,
[inconsolables sœurs,
pour vous accueillir ? Pourquoi dans votre chevelure défaite
ne me suis-je pas défait avec plus d'abandon ? Nous, gaspilleurs des
[douleurs.
Comme nos yeux cherchent, loin devant nous, dans la triste durée,
leur terme possible. Mais elles sont vraiment
notre feuillage d'hiver, notre sombre pervenche,
une des saisons de l'année secrète –, non seulement
saison –, mais place, résidence, camp, sol, demeure.

Hélas ! qu'elles sont étrangères, il est vrai, les ruelles de la
[Ville-Souffrance,
où, dans un faux silence, fait de fracas,
avec violence, coulée sortie du moule du vide,
éclate le bruit de l'or, s'étale le monument criard.
O comme, sans en laisser trace, un ange foulerait aux pieds leur
[marché de consolation,
que limite l'église, leur église achetée toute faite :

reinlich und zu und enttäuscht wie ein Postamt am Sonntag.

Draussen aber kräuseln sich immer die Ränder von Jahrmarkt.
Schaukeln der Freiheit! Taucher und Gaukler des Eifers!
Und des behübschten Glücks figürliche Schiesstatt,
wo es zappelt von Ziel und sich blechern benimmt,
wenn ein Geschickterer trifft. Von Beifall zu Zufall

taumelt er weiter; denn Buden jeglicher Neugier
werben, trommeln und plärrn. Für Erwachsene aber
ist noch besonders zu zehn, wie das Geld sich vermehrt, anatomisch,
nicht zur Belustigung nur : der Geschlechtsteil des Gelds,
alles, das Ganze, der Vorgang –, das unterrichtet und macht
fruchtbar.........
.... Oh aber gleich darüber hinaus,
hinter der letzten Planke, beklebt mit Plakaten des « Todlos »,

jenes bitteren Biers, das den Trinkenden süss scheint,
wenn sie immer dazu frische Zertreuungen kaun...,
gleich im Rücken der Planke, gleich dahinter, ists wirklich.
Kinder spielen, und Liebende halten einander, – abseits,
ernst, im ärmlichen Gras, und Hunde haben Natur.
Weiter noch zieht es den Jüngling; vielleicht, dass er eine junge

Klage liebt... Hinter ihr her kommt er in Wiesen. Sie sagt :
Weit. Wir wohnen dort draussen...
Wo? Und der Jüngling
folgt. Ihn rührt ihre Haltung. Die Schulter, der Hals –, veilleicht
ist sie von herrlicher Herkunft. Aber er lässt sie, kehrt um,
wendet sich, winkt... Was solls? Sie ist eine Klage.

Nur die jungen Toten, im ersten Zustand
zeitlosen Gleichmuts, dem der Entwöhnung,
folgen ihr liebend. Mädchen
wartet sie ab und befreundet sie. Zeigt ihnen leise,
was sie an sich hat. Perlen des Leids und die feinen
Schleier der Duldung. – Mit Jünglingen geht sie
schweigend.
Aber dort, wo sie wohnen, im Tal, der Aelteren eine der Klagen

nimmt sich des Jünglinges an, wenn er fragt : – Wir waren,

proprette et fermée et déçue ainsi qu'un bureau de poste, le
[dimanche.
Mais, au-dehors, c'est toujours la foire au pourtour irrégulier.
Balançoires de la liberté! Plongeurs et bateleurs à boniments !
Et le tir à figures du bonheur attifé,
où tout gigote, pendu au but, et fait son bruit de fer-blanc,
quand un tireur plus habile l'atteint. Au gré des applaudissement et
[des hasards
il continue en titubant; car des boutiques racolent chaque curiosité,
tambourinent et piaillent. Mais, pour les adultes,
il y a surtout à voir comment l'argent se multiplie, anatomiquement,
non comme simple amusement : l'organe génital de l'argent,
tout, l'ensemble, l'acte –, cela instruit et rend
fécond.....
.............Oh! mais sitôt après,
derrière la dernière planche, couverte des affiches de « Tue la
[Mort »,
cette bière amère, que les buveurs trouvent douce,
lorsqu'ils la boivent en mâchant sans cesse de fraîches distractions...,
sitôt la planche dépassée, sitôt après, c'est le réel.
Des enfants jouent et des amoureux se tiennent l'une l'autre à l'écart,
graves, dans l'herbe rare, et des chiens suivent la nature.
Le jeune homme se sent attiré plus loin encore; peut-être aime-t-il
[une jeune
Lamentation... A sa suite il arrive dans les prés. Elle dit :
loin. Nous habitons là-bas, bien loin...
Où? Et le jeune homme
la suit. Son attitude le touche. L'épaule, le cou –, peut-être
est-elle d'une noble origine. Mais il la laisse, se retourne,
se détourne, fait signe... A quoi bon? Elle est une Lamentation.

Seuls, les jeunes morts, dans le premier état
de l'indifférence intemporelle, celui de la désaccoutumance,
la suivent par amour. Les jeunes filles,
elle les attend, elle gagne leur amitié. Leur montre doucement
ce qu'elle porte sur elle. Des perles de douleur et les fins
voiles de la souffrance consentie. – Avec les jeunes gens, elle marche
en silence.
Mais là-bas, où elles habitent, dans la vallée, une des plus vieilles
[Lamentations
s'occupe du jeune homme, qui questionne : – Nous fûmes,

sagt sie, ein grosses Geschlecht, einmal, wir Klagen. Die Väter
trieben den Bergbau dort un dem grossen Gebirg; bei Menschen

findest du manchmal ein Stück geschliffenes Urleid
oder, aus altem Vulkan, schlackig versteinerten Zorn.
Ja, das stammte von dort. Einst waren wir reich. –

Und sie leitet ihn leicht durch die weite Landschaft der Klagen,
zeigt ihm die Säulen der Tempel oder die Trümmer
jener Burgen, von wo Klage-Fürsten das Land
einstens weise beherrscht. Zeigt ihm die hohen
Tränenbäume und Felder blühender Wehmut,
(Lebendige kennen sie nur als sanftes Blattwerk);
zeigt ihm die Tiere der Trauer, weidend, – und manchmal
schreckt ein Vogel und zieht, flach ihnen fliegend durchs Aufschaun,
weithin das schriftliche Bild seines vereinsamten Schreis. –
Abends führt sie ihn hin zu den Gräbern der Alten
aus dem Klage-Geschlecht, den Sibyllen und Warn-Herrn.
Naht aber Nacht, so wandeln sie leiser, und bald
mondets empor, das über alles
wachende Grab-Mal. Brüderlich jenem am Nil,
der erhabene Sphinx – : der verschwiegenen Kammer
Antlitz.
Und sie staunen dem krönlichen Haupt, das für immer,
schweigend, der Menschen Gesicht
auf die Waage der Sterne gelegt.

Nicht erfasst es sein Blick, im Frühtod
schwindelnd. Aber ihr Schaun,
hinter dem Pschent-Rand hervor, scheucht es die Eule. Und sie,
streifend im langsamen Abstrich die Wange entlang,
jene der reifesten Rundung,
zeichnet weich in das neue
Totengehör, über ein doppelt
aufgeschlagenes Blatt, den unbeschreiblichen Umriss.

Und höher, die Sterne. Neue. Die Sterne des Leidlands.
Langsam nennt sie die Klage : « Hier,
siehe : den *Reiter*, den *Stab*, und das vollere Sternbild

dit-elle, une grande race, jadis, nous, les Lamentations. Nos pères
exploitaient la mine là-bas, dans la grande montagne; chez les
[hommes
tu trouves parfois un morceau de douleur originelle taillée
ou, jaillies d'un ancien volcan, des scories de colère pétrifiée.
Oui, cela vint de là-bas. Jadis, nous fûmes riches. –

Et, légère, elle le guide à travers le vaste paysage des Lamentations,
lui montre les colonnes des temples ou les ruines
de ces châteaux forts, d'où jadis les Princes des Lamentations
avec sagesse gouvernaient le pays. Lui montre les grands
arbres de larmes et les champs de la mélancolie en fleur,
(les vivants n'en connaissent qu'un doux feuillage);
lui montre les animaux du deuil, au pâturage –, et parfois
un oiseau effrayé, traversant horizontalement le champ de leur vision,
dessine dans l'espace l'image écrite de son cri solitaire. –
Le soir, elle le conduit vers les tombes des anciens
de la race des Lamentations, les Sibylles et les Prophètes.
La nuit venue, ils vont plus doucement, et bientôt
se lève, lunaire, le monument funèbre
qui veille sur tout, frère de celui du Nil,
le Sphinx auguste – :
visage
de la chambre secrète.
Et ils contemplent, étonnés, la tête royale qui, pour toujours,
en silence, a posé le visage des hommes
sur la balance des étoiles.

Insaisissable pour lui : la mort récente
emplit ses yeux de vertige. Mais elle, en regardant
derrière le bord du pschent, effarouche la chouette. Qui,
glissant dans un lent effleurement le long de la joue
à la courbure la plus mûre,
trace doucement dans la nouvelle
ouïe du mort, sur une double
feuille ouverte, l'ineffable contour.

Et, plus haut, les étoiles. Nouvelles. Les étoiles du pays de la douleur.
Lentement la Lamentation les nomme : « Ici,
regarde : le "Cavalier", le "Bâton", et cette constellation plus pleine,

nennen sie : *Fruchtkranz*. Dann, weiter, dem Pol zu :
Wiege, Weg, das brennende Buch, Puppe, Fenster.
Aber im süddlichen Himmel, rein wie im Innern
einer gesegneten Hand, das klar erglänzende *M*,
das die Mütter bedeutet... »

Doch der Tote muss fort, und schweigend bringt ihn die ältere
Klage bis an die Talschlucht,
wo es schimmert im Mondschein :
die Quelle der Freude. In Ehrfurcht
nennt sie sie, sagt : « Bei den Menschen
ist sie ein tragender Strom. »

Stehn am Fuss des Gebirgs.
Und da umarmt sie ihn, weinend.

Einsam steigt er dahin, in die Berge des Urleids.
Und nicht einmal sein Schritt klingt aus dem tonlosen Los.

Aber erweckten sie uns, die unendlich Toten, ein Gleichnis,
siehe, sie zeigten vielleicht auf die Kätzchen der leeren.
Hasel, die hängenden, oder
meinten den Regen, der fällt auf dunkles Erdreich im Frühjahr.

Und wir, die an *steigendes* Glück
enken, empfänden die Rührung,
die uns beinah bestürzt,
wenn ein Glückliches *fällt*.

on l'appelle “Couronne de fruits”. Ensuite, plus loin, vers le pôle :
le “berceau”, le “chemin”, le “livre ardent”, la “poupée”, la “fenêtre”.
Mais dans le ciel du Sud, pur comme dans la paume
d'une main bénie, le clair éclat de l'M,
qui signifie les Mères... »

Cependant le mort doit continuer et, en silence, la plus vieille
Lamentation le conduit jusqu'à la gorge de la vallée,
où l'on voit briller au clair de lune
la source de la joie. Avec respect
elle la nomme, dit : « Chez les hommes
elle est un fleuve qui porte. »

Les voici au pied de la montagne.
Et là, elle l'embrasse en pleurant.

Solitaire, il s'enfonce dans les montagnes de la Douleur originelle.
Et son pas lui-même ne sonne pas dans le sort insonore.

Mais, s'ils faisaient naître en nous, les infiniment morts, un symbole,
vois, ils montreraient peut-être les chatons
qui pendent au noisetier vide, ou ils
indiqueraient la pluie qui tombe sur le sombre royaume de la terre au
[printemps.

Et nous, dont la pensée voir *monter* le bonheur,
nous éprouverions l'attendrissement,
qui nous déconcerte presque,
lorsqu'une chose heureuse *tombe*.

COMMENTAIRES

COMMENTAIRE DE LA PREMIÈRE ÉLÉGIE

Sur la falaise de Duino, un jour d'ouragan : ciel bleu, vent violent, mer tumultueuse ; Rilke, qui écrivit un admirable poème sur le « souffle des origines venu de la mer », eut dans cette atmosphère de tempête sa grande révélation : une voix jaillie des nuages lui dicta le début des Élégies.

Le poète est seul en face du ciel où jadis il pouvait apercevoir le but de sa quête nostalgique : Dieu ; mais, dans *Le Livre d'heures* déjà celui-ci apparaissait comme un être à venir, que lentement l'homme créera. Et les anges, qui avaient empli de leur vol rassurant tant de poèmes, maintenant ignorent l'homme ; cela vaut mieux du reste : le père de *Malte* a trop douloureusement conscience de sa fragilité, de sa fugacité, pour ne pas redouter la présence de l'être céleste, dont l'existence a une telle densité que l'être humain s'anéantirait devant lui, comme Faust devant l'Esprit de la Terre. Toute beauté, tout ce qui atteint à l'existence totale et pure, écrase l'homme, qui est prêt à crier d'angoisse et doit refouler ses sanglots ; il se voit renvoyé à sa solitude, rendue plus douloureuse encore. Qui donc nous apportera la preuve de notre existence ? Nous avons pu interpréter le monde, car l'esprit de l'homme est puissant ; nous n'avons pas pu expliquer l'homme, donner un sens à sa présence sur la terre, et les animaux eux-mêmes, qui connaissent d'instinct leur place dans le monde et agissent en conséquence, sentent notre angoisse ; seules nous restent les choses : un arbre, un chemin, une habitude. Nous avons aussi la nuit ; chère à Novalis, douloureuse à Malte, elle est peut-être légère aux amants. Rilke la considère, ainsi qu'il l'expliquera dans la deuxième élégie, comme une épreuve décevante, et il élève à nouveau son regard vers les espaces célestes auxquels aspire notre nostalgie, vers les oiseaux qui peuvent se perdre en eux, parce qu'ils ne sont pas nés, comme nous, d'un sein maternel. S'adressant au lecteur — ou à lui-même — il lui conseille d'ouvrir ses bras, qui voulaient se refermer sur sa bien-aimée, la nuit, et de projeter le vide qu'ils enserrent dans l'espace, qui est notre fils (*Sonnets*, II, 1); notre place y est marquée.

En effet, si faible que soit l'homme, si infime en face des anges, si gauche en présence du monde, sa vie a un sens; la réponse que le ciel lui refuse, le poète la découvre dans sa mission : dire le printemps, les étoiles, le passé, le violon. Lui, « le grand vaincu de ce qui le dépasse » (II, 138), il doit donner une voix à la nature, une vie à ce qui est mort, une forme à ce qui était musique et abandon; c'est le rôle que lui assignera la neuvième élégie.

Mais le poète ne pouvait réussir cette œuvre d'incessant dévouement, alors qu'il attendait dans la fièvre, comme si tout lui annonçait une amante. Il n'avait même pas compris qu'il ne pourrait l'abriter qu'après avoir préparé son âme à l'accueillir en chassant tout ce qui n'était pas amour et attente de l'amour. L'homme peut avoir la nostalgie de l'amour, la femme seule le connaît. Jamais le poète ne dira toute la grandeur de l'amante, surtout de celle que l'amant délaissa. La nature produit des héros qui meurent pour renaître et se réaliser (sixième Élégie); elle est impuissante à créer deux fois une amante; elle la reprend dans son sein après l'avoir révélée au monde, après avoir donné à la jeune délaissée l'exemple de Gaspara Stampa[1]. Et maintenant nous comprenons le sens de l'amour : ne cherchons pas uniquement à le réaliser, car les amants ne font que se masquer l'un à l'autre la vie (première et huitième Élégie); ne cherchons pas à être aimés, soyons seulement avides d'aimer, comme l'enfant prodigue qui s'en alla (V, 291); ne cherchons pas à retenir l'être aimé, car il doit

1. Gaspara Stampa, née à Padoue en 1523, morte à Venise en 1554, aima pendant plusieurs années Collaltino di Collalto, prince de Trévise, qui parut répondre à son amour puis l'oublia. Longtemps elle chanta sa douleur et chercha une distraction dans la religion; elle venait de trouver la consolation dans un autre amour lorsqu'elle mourut. Elle a laissé un recueil de poésies lyriques presque entièrement consacré à son premier amour dont elle retrace l'histoire avec un accent sincère et passionné. Rilke a sans doute vu en elle, comme dans E. Barrett-Browning, une poétesse de l'amour.

se libérer de nous pour se dépasser : soyons simplement la corde qui permet à la flèche son envol, la plénitude de sa courbe dont le mouvement est la loi. « Ce qui s'enferme dans l'immobilité déjà est pétrifié » et nous devons « vouloir la transformation » (*Sonnets*, II, 12).

De même que Méphistophélès, caché dans le chien errant, s'agite quand il entend l'interprétation de Faust : « Au début était l'action », de même des voix se font entendre, qui parlent non pas à l'esprit impuissant mais au cœur aimant. Jadis des saints écoutaient, agenouillés, anéantis en Dieu, au point qu'ils ne sentaient même pas qu'un appel gigantesque les soulevait du sol. C'est ainsi que le poète écoute. Il n'entendra pas Dieu, dont il ne supporterait pas la voix, mais le message silencieux, mystérieux, de la mort : « Nulle part il n'est d'arrêt » ; la mort elle-même n'est un arrêt que pour nos sens grossiers ; ceux qui moururent jeunes, avant que l'existence leur enlevât leur inconscience presque angélique, savent bien qu'elle est un passage nécessaire, qui donne accès au monde total. L'homme est injuste pour elle quand il pense qu'elle interrompt brusquement et prématurément une vie humaine, et, le croyant, il entrave les esprits qui, par elle, accédèrent à la sphère du « mouvement pur ». Dans les églises d'Italie, les inscriptions gravées sur les tombeaux de ceux qui moururent jeunes imposèrent au poète une mission : rendre justice à la mort.

L'homme s'unit à la terre par un certain nombre de liens : les usages d'ici-bas, l'importance qu'il accorde aux roses et aux choses, son nom, ses désirs ; il plane dans un monde de « rapports » (die Welt der Bezüge) que la nécessité a créé, ou sa sensibilité, ou son imagination. Il est étrange de quitter tout cela, de voir se défaire ces liaisons familières et d'entrer dans un monde inconnu, auquel on devra s'adapter avant de retrouver la conscience des choses éternelles. Enfants, nous avions dû faire l'apprentissage du monde où la naissance nous avait projetés ; morts, nous serons de nouveau des apprentis dans un monde supérieur. Mais nous devons imiter les anges qui, contrairement à ce que font les vivants, ne distinguent pas très nettement les deux mondes et parfois les confondent. Un courant vital éternellement passe de l'un à l'autre, emportant avec lui les générations ; c'est lui que perçoit le poète qui, ayant vaincu la mort, l'ajoute à la vie terrestre comme la deuxième moitié de notre sphère incomplète. Seul celui qui, tel Orphée descendu aux enfers pour leur arracher Eurydice, éleva sa lyre parmi les ombres, peut chanter l'hymne de vie (*Sonnets*, I, 9).

Gardons-nous de plaindre ceux qui moururent jeunes, car ils peuvent encore se détacher avec douceur du sein de la terre, comme un enfant que l'on sèvre. Prenons-les pour guides; en pénétrant dans le royaume de la mort, ils sont devenus ceux qui savent (dixième Élégie); nous qui avons encore besoin de déchiffrer les grands mystères, nous ne pourrons y parvenir qu'avec leur aide; la mort devient ainsi une source de vie et de progrès. Le poète en donne un exemple : c'est à la mort que nous devons la musique. Il paraît avoir mêlé dans sa pensée la légende d'Orphée animant la matière inerte, celle de Linos pour lequel on composa le premier chant funèbre et enfin la grande conception de l'harmonie des sphères. C'est pour pleurer Linos, dit-il, que la musique osa pénétrer l'inanimé; alors, l'espace qui entoure la terre, effrayé de voir ce jeune demi-Dieu lui échapper pour toujours, commença cette oscillation, dont l'harmonie emporte le monde, console et aide l'homme. Ainsi la mort créa la musique, ce merveilleux enrichissement, dans lequel Rilke verra un des grands miracles humains (neuvième Élégie); elle peut apporter encore plus d'un « progrès bienheureux ».

La première Élégie constitue l'ouverture musicale d'une grande symphonie poétique, le prélude inspiré, où passent les « leitmotive » qui vont être orchestrés plus largement dans les neuf autres : l'ange et l'homme, le ciel et la terre, la vie et la mort, le héros et l'amante. Elle apporte plus encore; Rilke ne pose pas seulement ces problèmes éternels, il annonce déjà les réponses dont l'ensemble constitue son message de poète : il prend parti pour l'homme, pour la terre, pour la mort et pour l'amour. Sans connaître encore toutes les révélations qui lui seront dictées dans les six élégies écrites en 1922 il assigne à l'homme cette triple mission : chanter l'amour, dire les choses, célébrer la mort.

COMMENTAIRE DE LA DEUXIÈME ÉLÉGIE

Écrite immédiatement après la première (1912), la deuxième élégie s'épanouit dans une atmosphère semblable ; elle répond à deux des questions qui s'y trouvaient posées : l'ange et l'amour. Il semble que Rilke ait vécu avec l'obsession d'un paradis perdu ou de l'âme d'or païen. La souffrance a commencé pour l'homme quand les Dieux se sont retirés de lui et du monde, quand il a dû déterminer sa place dans la hiérarchie des êtres, échelle de Jacob au sommet de laquelle vit l'Éternel. Et le poète ne peut pas éluder cette question : si, en face de l'ange, il ne dresse pas l'homme, celui-ci perdra sa raison d'être.

Avec un grand souci de liaison Rilke reprend le thème de la première élégie : tout ange est effrayant. Pas plus que le « disciple à Saïs » de Schiller il n'a le droit de soulever le voile qui lui cache le mystère : l'ange que son âme conçoit et crée pourrait être pour l'initié, l'oiseau porteur de mort. Il le fait cependant avec une gravité religieuse, en regrettant l'époque où l'envoyé du ciel était pour le fils de Tobie un compagnon de route et un guide, où une splendeur céleste illuminait l'entrée de l'humble chaumière, comme Orphée transformait un abri en temple (*Sonnets*, I, 1) ; maintenant, nous ne pourrions plus supporter la vue de l'archange ; dans un élan vers lui notre cœur se briserait, car, en face de cette plénitude de l'être, il sentirait trop fortement son inexistence. Avec courage le poète pose la question : « Qui êtes-vous ? »

De célestes orgues répondent. Dans un très beau poème : *La présentation de Marie au temple* (II, 298-299), Rilke, pour faire comprendre au lecteur ce qu'était alors la Vierge, l'avait invité à évoquer d'abord un lieu où des colonnes agiraient sur lui, des degrés, des arches pleines de dangers franchissant l'abîme et l'espace, jusqu'à ce qu'en lui tout fût pierre, escalier et voûte ; alors, en tirant un peu le grand rideau placé devant lui, il verrait parmi des nuages d'encens les palais vertigineux que surpasserait encore la jeune fille élue pour être la mère du Christ. De même il a recours ici à une véritable cascade d'évocations pour exprimer la nature des anges, qui implique l'idée de hauteur et d'ascension (crêtes, arêtes, escaliers), de profondeur (couloirs), de lumière, d'épanouissement, de splendeur, d'exaltation ; surtout ils sont des miroirs, lieux d'échange entre le ciel et la nature, seuils de l'Invisible pour les choses qui sont, portes du visible pour l'ange des transformations qui va s'épancher dans le monde des formes puis rentrer en lui-même avec sa richesse nouvelle. (Voir Introduction : *L'ange*[1].)

C'est en le comparant à l'ange qu'on peut mesurer la grande détresse de l'homme fait d'une matière périssable. L'ange est une créature que Dieu réussit à parfaire (« Perfections premières »), l'homme est une créature inachevée, qui s'échappa trop tôt de ses mains inattentives. (Voir le « Conte des mains de Dieu » dans les *Histoires du bon Dieu*.) Avec autant de puissance que de poésie, Rilke le montre condamné à s'évaporer sans cesse, à emplir de sa substance, de sa propre saveur, une atmosphère qui l'absorbe sans jamais rien lui restituer ; tout ce qui le constitue, tout, jusqu'à son sourire, son regard, l'élan de son cœur, va se fondre dans l'espace du monde et la beauté meurt. L'ange, au contraire, peut reprendre dans cette même atmosphère ce qui émana de lui, peut-être aussi un peu de la substance humaine ; il est donc assuré d'une existence sans fin, il *est*, tandis que la vie de l'homme se ramène à une mort incessante. Mais l'homme ne semble pas différer de l'ange par sa nature, et même il lui donne peut-être ce vague émouvant que l'on découvre sur les visages des femmes enceintes ; s'il parvenait à vaincre la mort il se rapprocherait donc de lui, comme le moine du *Livre d'heures* se rapprochait de Dieu au point de l'appeler : « Voisin ».

Si, pour découvrir la nature de l'homme, il est impossible

1. Sur ces évocations des anges par Rilke on trouvera de nombreuses indications dans les ouvrages de Cämmerer (p. 19 à 21) et de Guardini (p. 33 à 41).

d'interroger les anges à qui la mort est inconnue, les amants en révéleront-ils le secret ? Ils peuvent savoir bien des choses, car ils connaissent la nuit, l'heure où, l'obscurité ayant réalisé autour de nous la grande unité, notre existence paraît encore plus dissimulée et se fond dans le Tout. Les arbres, nos maisons demeurent là ; nous, au contraire, aspirés par les astres du ciel, dont nous avons la nostalgie, nous passons auprès de tout ce qui est stable et durable « comme un échange aérien » et toutes les choses sont d'accord pour nous taire, soit qu'elles aient honte de notre constante dispersion, soit qu'elles gardent un espoir indicible : sans doute attendent-elles que nous les découvrions pour les élever dans l'Invisible. S'ils le comprenaient, les amants pourraient parler étrangement. Dans ce monde où nous ne faisons que passer, moins pour vivre que pour mourir à nous-mêmes, nous prouveront-ils notre existence ; nous permettront-ils d'atteindre à cette conscience de nous que nous demandons au contact de nos deux mains, à la sensation de notre visage doucement posé sur elles ? Dans son livre sur Rodin, Rilke avait montré qu'à l'endroit où deux corps se touchent un troisième prend naissance ; d'autre part, avec Rodin, il a aimé les êtres riches d'une double nature comme les Centaures ; enfin, dans *Ueber Gott* il parle de l'acte sexuel avec religion. Deux êtres qui vivent l'un pour l'autre et, l'un dans l'autre, se suffisent, n'ont-ils pas conscience d'« être » ? Oui, pour un instant ils ont vaincu la mort : le corps qu'ils recouvrent de leur tendresse et de leurs caresses échappe un instant à l'anéantissement ; l'acte d'amour leur apporte un accroissement d'eux-mêmes tel que leur enlacement est une promesse d'éternité ; l'union de leurs deux corps éphémères crée l'ange qui demeure. Mais jusque dans l'amour se manifeste la déchéance de l'homme : l'amour vivait, inquiet, dans les premiers regards, impatient, dans l'attente, heureux, dans la première promenade en commun ; il n'est plus au contraire dans l'acte d'amour, geste de buveur impétueux qui ne fait qu'assouvir la soif ; l'amante est d'autant plus grande qu'elle reste inapaisée.

Que les hommes regardent les stèles attiques, comme Rilke l'avait fait en Italie (XII, 160) ! Ils verront que l'amour et l'adieu se posaient avec douceur sur les épaules. A cette époque les hommes connaissaient encore « l'humain » et ses limites ; en présence de la mort et de l'amour ils conservaient la modération qui leur convient et laissaient aux Dieux le droit à tout ce qui dépasse l'homme, même le droit à l'excès, dont, maîtres d'eux-mêmes, ils savaient se garder. S'ils se voyaient dépassés par l'élan de leur cœur ils apaisaient leur fièvre en créant de belles images ou des mythes divins. Nous, hommes modernes, nous ignorons la modération et n'avons plus le pouvoir de canaliser notre élan par la création d'images ou de mythes. Le poète aspire donc à découvrir cette étroite bande d'humanité qui sera le vrai domaine de l'homme entre le fleuve et le roc (Guardini suggère que Rilke l'avait découverte dans le Valais, entre le Rhône impétueux et la montagne au pied de laquelle se trouve Muzot), entre l'eau, qui est écoulement sans fin, et la pierre stérile.

C'est donc sur une perspective peu encourageante que s'achève la deuxième Élégie. L'amour, qui triomphait dans les *Cahiers de Malte Laurids Brigge*, n'est plus pour Rilke la raison d'être de l'homme, car il l'exalte un instant, mais le laisse retomber plus bas encore : il a simplement déchaîné à l'intérieur de l'homme les puissances du sang, que le poète évoquera bientôt dans la troisième Élégie.

COMMENTAIRE DE LA TROISIÈME ÉLÉGIE

En 1912, lorsque Rilke écrivait la deuxième Élégie, il n'était déjà plus entièrement celui qui, dans les *Cahiers de Malte Laurids Brigge*, avait peint une galerie des grandes amoureuses et exalté l'amour ; il avait commencé cette évolution vers la sexualité qui lui dictera les deux « lettres » publiées sous le titre : *Ueber Gott* ; à l'amour féminin il va opposer le désir masculin. C'est lui qui empêche l'homme de se réaliser, car il vient du sang, véhicule des générations et, si l'amante paraît à Rilke d'autant plus grande qu'elle reste inapaisée, c'est sans doute parce que, échappant au désir, son amour croît en pureté et en intensité.

Brutalement, la voix qui dicta les débuts de toutes les élégies évoque, après l'amante, le Dieu-Fleuve du sang. La femme réalisait l'amour ; l'homme, dans son élan viril, ne peut l'atteindre, parce qu'en lui roule un sang chargé de tous les apports ancestraux ; elle s'élevait vers Dieu, lui est la proie des forces obscures de la terre et de la vie. Avec quelle allégresse la jeune fille voit venir à elle celui qui lui fut destiné ; elle le reconnaît, mais il ne se connaît pas lui-même, car en lui règne le « Maître de la joie », l'hôte inconnu de ses veines, le Désir, qui l'avait tourmenté jusqu'à ce qu'il connût sa bien-aimée, qui le tourmentera encore, puisqu'elle ne saura pas toujours apaiser le tumulte de ses sens, soulevés par le « Neptune du sang ». L'élan du jeune homme vers le visage de l'amante, le regard qu'il plonge dans ses yeux purs, viennent peut-être des étoiles, qui lui imposent leur loi et lui assignent une compagne, mais il semble bien que ces forces aient perdu leur pureté céleste lorsqu'elles furent emprisonnées dans le labyrinthe de ses veines, où les attendait ce que le poète appelait plus haut : « l'Inconnaissable »; aussi la nuit, qui aurait pu confier aux amants tant de mystères, devient-elle une nuit de révolte et de trouble. Quand l'adolescent atteignit l'âge viril, ses sourcils se plièrent en arc, et ses lèvres, jusqu'alors sans expression, devinrent celles de l'homme qui attend. Ni la jeune fille ni sa mère ne créèrent en lui cette virilité. La jeune amante, qui déjà l'aimait et s'avançait vers lui avec légèreté, a pu croire qu'elle provoquait en lui ce trouble, mais elle ne fut que l'occasion d'un tel ébranlement; il a suffi de son contact si léger pour éveiller au fond de lui-même les ancêtres morts qui attendent de revivre en lui; alors il essaya de fuir ce monde, dont il avait peur, parce qu'il n'était pas réellement le sien, de se former, de se commencer, grâce à cette jeune fille qui lui offrait son cœur fervent; à l'amante, qui *est*, il demanda la révélation de l'être.

Mais il avait commencé à vivre bien avant sa naissance à la vie terrestre, avant que sa mère le formât et le fît vivre dans un monde amical en écartant de lui tout ce qui l'effrayait. Oh! puissance de la mère! Il lui suffisait de se dresser auprès de lui pour que le Monde cessât d'être chaotique et hostile, pour que l'obscurité ne fût plus inquiétante, pour que l'incertitude qui rendait redoutable sa destinée, chassée par une telle tendresse, allât se réfugier derrière l'armoire ou se cacher dans les plis du rideau. Ainsi le monde de la lumière, celui de la mère et de la confiance, se substituait au monde réel, au présent sombre, à l'avenir inquiétant; elle voyait son enfant dormir, apaisé, car il se sentait en sûreté. Elle avait tort de croire son œuvre réalisée; cette sécurité n'était qu'extérieure; la mère pouvait rassurer les sens en leur présentant le monde expliqué et léger qu'elle avait créé, elle restait impuissante contre le sang de l'enfant, où s'élaborait l'être nourri de tout le passé ancestral. Là grouillait tout ce qui, jadis, s'était rassemblé pour former un jour cet enfant endormi, impuissant contre son hérédité. Dans un rêve de fièvre il consentait à refaire la longue et lente route du devenir humain; il aimait ce chaos de formes végétales ou animales qui retombaient, inertes, après un effort inutile pour s'élever jusqu'à ce cœur brillant comme une étoile lumineusement verte et qui devait être un jour le sien. Il dut encore, après avoir suivi le chemin de l'homme, suivre celui que jalonnait la lignée de ses ancêtres à lui et, remontant le cours du sang, il entra dans ces gorges sombres, où restait tapie l'épouvante, qui jadis s'était repue de ses pères; elle souriait à leur descendant et il aima ce sourire ineffable, il aima l'horreur, dans laquelle, avant de naître, il avait flotté, germe humain condamné à revivre en quelques mois les millénaires révolus.

Voilà ce qui fait la grandeur tragique de l'amour viril ; tandis que l'épanouissement des fleurs naît de la terre en une seule saison, l'amour de l'homme naît de cette « sève immémoriale » qu'est le sang. Avant que la jeune fille s'offrît à son amour, il a aimé tout ce qui fermente en lui ; au lieu d'aller tout simplement vers elle, il doit suivre les gorges où gisent les restes de ses pères, les vallées où jadis ses mères ont passé. En l'aimant, la jeune fille a ressuscité dans son amant sa préhistoire et, devant elle, si tendrement consentante, surgissent, fantômes vivants, des femmes jalouses, des hommes sombres, des enfants morts[1]. Qu'elle l'arrache avec douceur au chaos du Désir en lui montrant la grandeur apaisante du labeur quotidien ; qu'elle le conduise auprès de ce monde apaisé et intime qu'est le jardin ; qu'elle lui donne la nuit, porteuse d'infini, où les astres purs lui offriront ce regard pur et chaste qu'il plonge dans ses yeux ; qu'elle l'empêche de s'abandonner au sang qui est celui de ses ancêtres et non le sien, qu'elle le retienne !

Au début de la première Élégie le poète contenait (ich verhalte) l'appel de ses sanglots ; dans la deuxième il a montré les amants qui, par leurs caresses, empêchaient un instant leurs corps de se dissiper dans le monde extérieur (verhält), puis il a souhaité trouver l'humanité pure et durable (verhaltenes). Pour la quatrième fois il reprend ce verbe et en fait la mission de la jeune fille (verhalt ihn). Nous sommes donc en présence d'une des idées maîtresses de Rilke : si l'ange demeure refermé sur lui-même, l'homme ne cesse de se perdre ; rien ne le retient et sa vie n'est qu'une mort continue ; bien plus, pendant sa vie, il cesse parfois d'être lui-même, il se perd, car, dans les « instants arides », il arrive que nous nous « vidions » de ce qui est nôtre, en conservant seulement ce qui nous vient de nos ancêtres (*Poèmes français*, p. 32). Comment, dès lors, peut-il découvrir quand il *est ?* Où peut-il trouver la preuve qu'il

1. Cf. Et des enfants, des enfants !
Tous ceux que le sort refuse,
en nous exercent la ruse
d'exister pourtant.

(*Poèmes français*, p. 12.)

est? Dans les *Cahiers de Malte Laurids Brigge* Rilke avait fait de l'amour la preuve et le but de la vie ; l'homme devait apprendre à aimer pour s'élever à la hauteur de la femme. Dans la première Élégie (1912) l'amante reste grande, mais l'amour n'est plus qu'un passage sur le chemin de l'être, un moyen pour l'homme de se réaliser. Maintenant il n'accorde à l'amante qu'un rôle en partie négatif; empêcher l'amant de se perdre dans le monde de la sensualité tout en lui apportant le stimulant du désir, en lui fournissant, par son amour, la possibilité de l'élan qui lui permettra de se dépasser (sixième Élégie). La conception de Rilke a donc considérablement évolué ; à ses yeux, ce n'est pas l'amour qui témoigne de l'existence humaine.

COMMENTAIRE DE LA QUATRIÈME ÉLÉGIE

Né de la femme, l'homme connaît d'abord le monde de la mère et celui de l'amante, que Rilke évoqua dans la troisième Élégie ; ni l'une ni l'autre ne peuvent le détacher de ce chaos ancestral qu'elles lui ont transmis ou révélé et qu'il aime comme son sol nourricier. Le poète se trouve toujours en face de l'angoissante énigme humaine : entre l'ange qui le domine (première et deuxième Élégie) et l'animal qui l'emporte sur lui par son ignorance de la mort (huitième Élégie) quelle place doit occuper l'homme qui, encore prisonnier du devenir ancestral, veut s'élever vers l'ange ? Quel rôle doit-il jouer sur la scène de la vie ?

La quatrième Élégie débute de nouveau par un cri d'angoisse, que dicta sans doute l'approche de la saison froide, annoncée par la fuite des oiseaux migrateurs : « O arbres de la vie, quand êtes-vous d'hiver ? » Mais il serait faux de supposer que le poète aspire à l'hiver comme à la mort unanime ; il voit en lui le temps du repos pour la nature et celui du retour pour l'oiseau migrateur, qui est accordé au rythme des saisons ; l'homme, au contraire, est en désaccord avec lui-même et avec la nature, il ne sait ni fleurir, ni fructifier, ni surtout se flétrir à temps (sixième Élégie), il s'envole et se pose à contretemps. Le poète va définir l'être humain en le confrontant avec les animaux, avec la poupée et l'enfant.

Cette évolution de l'animal, qui passe, comme un leitmotiv, à travers les élégies pour se développer dans la huitième, s'explique par une poésie contemporaine (VIII, 83), où Rilke, après avoir montré l'homme éloigné par ses efforts mêmes du centre vital, poussé à la fois vers la clarté et vers l'obscurité, « disjoint et un », (zertrennt und einig), espère en la venue de celui qui lui permettra d'être les deux à la fois, c'est-à-dire d'avoir la conscience de la vie individuelle mêlée à la vie cosmique.

Que ne pouvons-nous, en dormant,
au moins séjourner dans les sphères intérieures
et, éveillés, savoir qu'en bas nous fûmes
scarabée, ver, larve, à nous-mêmes cachés,
non pas un insecte s'accouplant dans la félicité,
mais, si l'on veut, un insecte aux ailes de voile
à demi détruites, qui avait déjà renoncé
à une partie de ses jambes, dont la place était marquée
dans le plan de vie de la simplicité inconsciente...
Qu'une fois au moins nous avons fait partie de l'Un!

Ici, comme dans la huitième Élégie, Rilke célèbre le bonheur de l'animal qui n'est qu'une partie du grand Tout, de l'oiseau que l'instinct guide selon les lois de la nature, en accord avec le déroulement des saisons, du lion qui connaît l'épanouissement sans pressentir le déclin. Il leur oppose l'homme détaché de la grande unité cosmique, jeté dans un monde étranger, hostile, où toute chose appelle son contraire, où même l'accroissement créé par l'exaltation amoureuse trouve bientôt et toujours sa limite, où derrière l'instant qui passe et pourrait être du bonheur, se déploie un fond sombre destiné à rappeler son caractère cruellement éphémère. On découvre là comme un rappel du thème de l'amour, développé dans les élégies précédentes. Les amants se promettaient espace, course, patrie, c'est-à-dire l'ampleur de l'existence, l'élan de la vie ardente et le refuge où l'on se sent à l'abri; or, chacun des deux n'a pas été multiplié mais, au contraire, diminué par l'autre, et son propre mariage avait démontré à Rilke que deux personnalités fortes ne peuvent pas se développer côte à côte sans se nuire.

Le ton change alors, devient progressivement très personnel. Jusqu'alors le poète employait le « nous »; maintenant, il pose une question : « Qui ne fut jamais assis dans l'angoisse devant le rideau de son cœur? », et nous sentons bien qu'il pense à lui, à son enfance; quelques vers plus loin apparaîtra le « je ». M. Werner Günther, qui prépare un livre sur Rilke, estime que le poète s'est représenté lui-même dans cette élégie; elle est certainement celle qui renferme le plus de souvenirs vécus et, écrite pendant la guerre de 1914-1918, elle reflète l'angoisse du poète à cette époque. Nous savons, en effet, par les souvenirs de la princesse de Tour et Taxis, qu'il désespérait d'achever l'œuvre entreprise à Duino et envisageait de la publier sous sa forme tronquée. Or, s'il a écrit les *Cahiers de Malte Laurids Brigge* pour se créer une jeunesse qui lui permît de vivre, il a dû plus d'une fois et spécialement vers 1915 se placer devant le théâtre de son cœur, devant son enfance et devant le spectacle de son évolution pour s'expliquer son impuissance; d'autre part, il a voulu « tenir » afin de surmonter les obstacles. C'est pourquoi il nous donne maintenant ce qu'on pourrait appeler « le film de sa vie », vu à travers ses expériences et lié à sa conception de l'existence.

L'homme, qui n'est pas accordé au monde extérieur, s'en détourne pour se placer devant le « rideau de son cœur »; celui-ci semble bien dépendre de lui seul et devrait lui permettre de comprendre la vie et de jouer dans sa plénitude son rôle humain. Mais quand le rideau se lève, que découvre-t-il? Le décor habituel de l'existence, qui est un adieu à la vraie vie, une négation de l'existence totale; il ne voit que le jardin traditionnel dont les panneaux de planches et de papier oscillent doucement. Et le premier personnage qui se présente est le danseur. Cette figure énigmatique représente-t-elle, comme le déclare M. Werner Günther, le jeune Rilke, ou, comme l'expose M. Justus Schwarz (*Die Kultur*. Deuxième année, n° 2, 1927, p. 206), un certain type d'intellectuel contemporain défini par Kassner, l'ami du poète, et caractérisé par l'exagération du geste, la démarche vaniteuse, l'absence de pensées concrètes, l'érotisme et l'affectation? Les deux interprétations sont possibles et n'en excluent pas d'autres. Rilke a exalté la « vie ouverte », telle que la connut encore le XVIIIe siècle et dont nous n'avons su garder que le décor charmant pour y loger une société embourgeoisée. D'autre part, il a exalté la danse, créatrice du monde orphique, rite religieux (*Sonnets*, I, 15; II, 18), et il souffre de la voir caricaturée par un cabotin prétentieux. Il condamne avec force le danseur de commande, prêt à jouer tous les rôles sans en vivre un seul, bourgeois déguisé, qui du théâtre rentrera chez lui en passant par la cuisine; il le condamne comme un masque et lui préfère la poupée, car, si son visage n'est fait que d'apparence, du moins elle est pleine.

Il est possible que cette évocation de la poupée lui ait été suggérée par Kleist que, dans les dernières pages de sa vie, il lisait et admirait. Rapprochant la quatrième Élégie des pages bien connues de Kleist : *Sur le théâtre de marionnettes*, Herbert Borris (*Die Schildgenossen*. Neuvième année, n° 4, juillet-août 1920, p. 315) admet l'équivalence des équations Dieu-pantin articulé (Kleist) et ange-poupée (Rilke). Le poète a certainement voulu découvrir l'état l'équilibre où l'ange et la poupée, c'est-à-dire l'esprit et la matière, s'unissaient pour former, par une véritable synthèse, l'être humain. Il est probable qu'il fut amené à méditer sur la poupée par l'exposition de Mme Lotte Pritzel pour laquelle il écrivit, en 1914, des pages intéressantes (IV, 265-277). Ces poupées de cire, lui semble-t-il, ne peuvent exister que si le monde des enfants n'est plus, car elles ont dû se détacher de tout ce qui agite l'enfant pour pénétrer dans l'irréalité de leur propre vie. Mais la poupée irréelle nous a permis de commencer à construire notre monde réel ; nous avions en effet besoin d'un objet pour nous orienter, comme le poisson a besoin du tesson qu'on place dans son aquarium. Nous avons d'ailleurs reconnu bien vite qu'elle n'était ni une chose, ni un être humain, et nous l'avons alors dédaignée. Cependant nous cherchions, au-dessus d'elle, ce qui la dépasse : son âme. On pouvait bien sentir la présence d'une âme, qui nous emportait et parfois nous dominait, dans le cheval à bascule ou le tram ou la trompette, mais on ne pouvait jamais savoir où était l'âme de la poupée. Et voici que de cette poupée longtemps délaissée, de l'âme que Dieu ne lui donna pas, les mites s'envolent vers une mort prochaine, avides, semble-t-il, de se consumer dans une belle flamme.

Dans la quatrième Élégie, Rilke passe avec décision du masque bourgeois à la marionnette et cette aisance même confirme qu'il évoque des souvenirs personnels. Puisque l'homme ne sait plus jouer son rôle sur la scène de la vie, le poète se transporte devant ce théâtre de marionnettes qu'il connut dans son enfance et qui maintenant est vide ; il n'y a même pas « le garçon dont l'œil brun louche », vraisemblablement le petit Erik des *Cahiers de Malte Laurids Brigge* (V, 26, 139-142). On a beau lui dire que le spectacle est terminé — et peut-être faut-il entendre par là qu'on lui reprocha jadis son impuissance devant la vie et devant l'art — il restera. Dans cette salle de spectacle effroyablement vide, il connaît le même isolement qu'à Munich, en cette année 1915, mas il restera, même seul. On n'est jamais seul d'ailleurs et jamais l'on ne devrait dire « je », car en nous vivent tous nos ancêtres, et le père apparaît.

Ainsi que pour la mère dans la troisième Élégie, le poète montre l'action du père sur la formation de son fils, dont il vécut l'enfance comme celui-ci vit ses pantins. Le père regardait son fils grandir, marcher vers son destin étranger, réaliser dès sa jeunesse, quoique d'une manière confuse, un rêve, qui n'est pas d'un bourgeois ; il l'a mis à l'épreuve, car il doutait de sa puissance à vaincre les obstacles ; même dans la mort il éprouve encore cette angoisse paternelle qui s'impose à son fils jusque dans ses heures d'espoir. Cette union intime nous permet de supposer que Rilke pensait à son propre père. Il existe une union comparable, quoique moins intime, entre le spectateur solitaire et ceux qu'il commença d'aimer jadis, parce que sur leur visage il avait cru découvrir l'espace ouvert auquel il aspirait, et qu'il cessa d'aimer quand il vit cet espace se dissiper dans le monde des formes conventionnelles où ils n'étaient plus eux-mêmes, où ils n'étaient que des danseurs-bourgeois.

Aucun d'eux ne peut donc lui révéler le secret qu'il cherche, mais tous l'approuvent d'attendre devant la scène abandonnée. En effet, son regard a une telle intensité, une telle densité que pour rétablir l'équilibre rompu à son profit, un acteur vient redresser les pantins ; c'est l'ange qui, animant la poupée, va donner le spectacle. Ainsi, là où l'homme et l'amant avaient échoué, la poupée réussit, parce qu'elle se soumet à l'ange et lui laisse jouer le rôle qui lui était assigné ; l'homme doit être cet enfant, assis en silence devant la scène, et qui permet à l'ange de jouer par-dessus lui, qui voit et qui vit alors le spectacle de l'existence humaine accordée au grand cycle de l'existence cosmique.

La vie humaine n'est qu'un accident passager, qui arrête un instant l'évolution nécessaire, et les mourants soupçonnent qu'elle est un simple intermède, une danse vaine, dont l'agitation rompt le cycle des saisons. Nous savons maintenant que la chaîne des hommes passe du germe vivant à l'épanouissement puis à l'anéantissement dans l'hiver ; chacune des existences humaines est comparable à une des années de l'infini du temps ; acceptons le rythme de ce flux vital et acceptons la mort, complément de la vie, où se réalise cela, vers quoi nous tendons, où s'achève notre rôle.

Quelle ne sera pas alors notre admiration pour l'enfant, à qui toutes choses apparaissent dans un éternel présent ! Il n'est qu'une poupée aux mains de l'ange ; il ne distingue pas nettement le passé du présent ; il n'a pas le sentiment de la fuite du temps et, comme il ignore l'avenir, il connaît cette « durée pure » à laquelle aspirent les amants ; il vit dans « le temps retrouvé » (Marcel Proust). Heureux enfant ! Et nous le poussons à désirer « être grand », pour notre plaisir personnel, alors qu'il vit entre le monde et le jouet, dans l'écoulement pur de l'existence. Demi-Dieu qui s'ignore, il tient à la main le roseau d'or avec lequel on mesure toutes choses et la vie et la mort. Comment dire la grandeur de l'enfant, qui est tout entier vie, élan, accroissement, et cependant porte en lui, trognon où mûrit la semence de l'arbre futur, la mort autour de laquelle tout se meut. Ange inconscient, il est ineffable.

L'enfant, poupée qu'anime l'ange, est donc une première preuve de l'existence de l'homme ; il lui révèle sa loi. Rilke, qui l'a maintes fois évoqué, qui, dans les *Cahiers de Malte Laurids Brigge*, essaya de se plonger en lui pour se découvrir a trouvé avec lui cette voie du « retour » (Umkehr) qu'il cherche. Mais nous savons qu'il a proclamé sa propre faillite en déclarant qu'il n'avait pas, malgré tout, « produit sa jeunesse ». Une telle révélation d'ailleurs doit aboutir à une déception : la vie pure de l'enfant est pleine d'une inconscience que le monde sans cesse érode et effrite ; elle est un jeu, qui cesse à son entrée dans « le pays des hommes » (R. Tournaud) ; elle est un éphémère passage entre la naissance à l'existence terrestre et l'accession au monde humain.

COMMENTAIRE DE LA CINQUIÈME ÉLÉGIE

Si étrange que puisse paraître l'évocation des saltimbanques, nous savons que Rilke fut toujours hanté par ceux qu'il vit, notamment à Paris. Chez Mme Hertha König, où il séjourna quelque temps pendant la guerre, lors de son voyage en Westphalie, il découvrit un tableau de Picasso qui devait lui inspirer la cinquième Élégie, dont il fit hommage à son hôtesse. Ainsi, l'art plastique une fois de plus servait d'appui au poète qui voulait exprimer ses conceptions[1]. Ce poème fut écrit après l'achèvement des Élégies et, pour lui donner sa place convenable, il élimina celle qui portait le numéro cinq. Nous ne saurions trop méditer ces faits que Rilke lui-même rapporte dans sa lettre du 20 février 1922 à Mme Lou Andreas-Salomé (XIII, 104-105) : il a voulu dresser au centre de son œuvre la pyramide édifiée par les acrobates entre le ciel et la terre, entre l'ange et l'être humain.

1. Mme Hertha König nous a fort aimablement communiqué une reproduction de ce tableau et nous lui en exprimons notre reconnaissance. Il présente, au premier plan d'un paysage tragiquement nu qui s'étend à l'infini, un groupe de « bateleurs », dans lequel figurent un homme jeune en costume d'arlequin, un gros personnage, un adolescent qui semble porter un tambour, une fillette, un garçonnet et, assise seule à l'écart, une jeune femme. Il nous paraît vraisemblable que le souvenir de ce groupe d'errants, de bateleurs nomades, dicta au poète le début de la cinquième Élégie. Il est possible également que Rilke ait connu d'autres tableaux ou gravures de Picasso représentant des saltimbanques, en particulier ces enfants souffreteux que la misère semble anéantir.

Günther a montré (p. 304, n. 29) l'influence de Baudelaire (Le vieux saltimbanque) dans *Spleen de Paris*; il pense avec raison que cette influence a été plus importante qu'on ne l'estime généralement.

La cinquième Élégie, placée au milieu du deuxième groupe, nous apparaît à la fois comme l'achèvement d'un premier cycle et le début du second. Les quatre premières sont plus négatives que positives ; elles ont montré l'inexistence de l'homme qui n'*est* que dans son enfance inconsciente. Le poète va maintenant rechercher ceux qui, en se réalisant, ont créé l'être humain, comme jadis il cherchait ceux qui créaient l'être divin. Les saltimbanques sont-ils les maîtres du secret ? Dans son livre sur *L'Esprit des Formes* Élie Faure intitule un chapitre : « L'acrobate, image de Dieu » ; Rilke place au centre de son œuvre les acrobates, images de l'homme.

Qui sont-ils donc ? Il décrit en des vers bondissants ces êtres dont le corps, trompant la pesanteur qui l'enchaîne, crée sans cesse des figures nouvelles ; lui, dont l'âme trop souvent doit se soumettre à son enveloppe charnelle, ne peut s'empêcher d'admirer ceux qui se servent d'un corps libéré des entraves physiques pour réaliser l'équilibre de la pyramide et la multiplicité des métamorphoses. S'amusent-ils vraiment sur ce tapis usé par leur perpétuel envol, comme Auguste le Fort s'amusait à plier et rouler des assiettes d'étain ? Est-ce un jeu qu'admirent les spectateurs qui viennent grossir le cercle des badauds, « rose de la contemplation », puis s'en vont, satisfaits de ce divertissement public ? Ou un acte d'amour et d'élan vers l'inconnu ?

Non, il n'y a là ni jeu, ni réalité, mais une simple apparence, où seule la douleur est réelle et sainte. Il n'y a qu'apparence dans ce groupe humain qui semble montrer la grandeur de l'être, dressé comme une initiale gigantesque, car c'est une figure factice et éphémère. Il n'y a qu'apparence dans le fruit artificiel ainsi réalisé, sans qu'il l'ait voulu, sans même qu'il en ait conscience, et dans le sourire artificiel qui erre à la surface des visages. Il n'y a qu'apparence dans ce vieux tambourineur, dont la peau semble avoir abrité deux hommes, et c'est l'autre, le défunt, qui est réel.

A ces apparences d'homme semblent s'opposer deux êtres réels : le jeune athlète aux muscles tendus qu'on dirait né d'une union de la force virile et de l'ardeur féminine, comme si le comte de Chamilly avait donné un fils à « la religieuse portugaise », et la jeune fille au buste épanoui. Mais tous deux sont les jouets d'une souffrance destinée à grandir avec eux. Lui devient un fruit qui, sans avoir suivi la loi de la maturation lente, cent fois par jour retombe d'un artificiel arbre humain, destiné à passer plus vite encore que l'onde et, dans sa chute, risque la mort ; il n'a même plus le temps ni le droit de se créer un visage aimant pour répondre à la tendresse de sa mère, car il n'est pas le maître de son corps ; il le doit aux badauds qui forment le monde extérieur, il doit réserver cet élan du cœur à son corps qui le gaspille en l'offrant à des indifférents. La jeune fille n'a pas eu davantage le temps de cueillir les joies même les plus attrayantes, elle vit sans pensée, fruit humain étalé comme un fruit de marché au sommet d'une figure vivante. Son corps peut-être est comblé, ses jeunes seins peut-être ne désirent rien que s'offrir à l'admiration des spectateurs, mais elle a sans doute oublié la vie réelle, la solitude et l'amour.

Dans la quatrième Élégie, Rilke avait repoussé le danseur comme une solution trop facile du grand problème de la vie, et nous savons que, depuis 1902, il fuyait la facilité qui ne résout rien, pour rechercher la difficulté dont la densité nous porte. Un des *Derniers Poèmes*, intitulé : « *Pesanteur* » (VIII, 156), révèle sa pensée : le centre attire toutes choses, mais cette attraction, à laquelle jadis il avait comparé l'attraction divine, traverse l'homme debout presque sans le toucher ; elle s'exerce au contraire avec toute sa force sur l'homme couché et l'enrichit infiniment. Rilke a pu jadis tendre vers Dieu, aimer l'ascension des cathédrales ou l'envol des saltimbanques ; maintenant, il veut adhérer à la terre par toute sa substance et la « direction donnée à l'amour », qu'il appelait : Dieu, a cessé d'être verticale pour s'allonger sur les choses. Dès lors, il n'admet plus ces figures trop réussies, unions factices d'êtres humains mal accouplés, ces poids qui ne pèsent pas, ces jongleries avec des assiettes qui ne retombent pas ; les saltimbanques, jouets d'une volonté extérieure, celle du chef de la troupe, ne réalisent pas un élan vers le ciel, parce qu'ils n'adhèrent pas à la terre. Dans la huitième Élégie le poète s'efforcera de retrouver ce qu'il appelle : le « Nirgends ohne Nicht », c'est-à-dire l'espace ouvert où rien ne limite le regard ; il n'y parvient qu'avec peine (mühsam), et voici que tout à coup lui apparaissent les acrobates qui, comme tous les hommes, contenaient une trop petite parcelle d'humanité, mais à l'état pur (das reine Zuwenig) ; d'une manière incompréhensible pour tous ceux qui sont soumis à la pesanteur, ils ont transformé cette insuffisance d'être en une surabondance d'être, mais elle est vide de substance (jenes leere Zuviel) ; de la pyramide illusoire il ne restera rien ; l'addition des efforts individuels destinés à créer « la grande initiale de l'être dressé » donne un zéro (zahlenlos aufgeht). Sur cette place de Paris le poète voit encore un autre spectacle, celui de Madame Lamort, dont le nom est un sinistre jeu de mots : elle ne fait que parer de fanfreluches mensongères des chapeaux peu coûteux, qui, eux aussi, ne sont qu'apparence.

Où donc est la réalité ? Le poète fournit une triple réponse : dans la douleur, dans l'amour, dans la mort. Le jeune athlète a pleuré : la souffrance, que lui causa la brûlure de ses pieds toujours bondissants, fit jaillir une larme ; nul ne la vit, car il s'empressa du sourire aux badauds, mais l'ange la conservera parmi les joies qui seront offertes à l'homme le jour où il en pourra comprendre la grandeur. Après avoir montré la jeune fille exposée aux regards de tous comme un « fruit de marché », le poète déclare qu'il connaît l'endroit où la pesanteur s'exerce encore. Il le porte dans son cœur. Il pense sans doute à l'amour, par lequel la femme exprime le meilleur d'elle-même, par lequel elle se réalise. Mais ce jeune athlète et cette jeune fille ne pourront sourire vraiment que dans un lieu, connu des anges seuls, où les amants réalisent l'amour total. Ici-bas, l'homme n'est qu'un apprenti, la douleur lui enseignera ce que la femme déjà connaît, ce qui fera la gloire éternelle de Gaspara Stampa et de la religieuse portugaise. Lorsqu'ils seront entourés de l'innombrable foule des morts silencieux, ils réaliseront les grandes figures de l'amour humain et de la joie humaine. Sur terre, ils ne peuvent qu'appuyer l'une contre l'autre les échelles qui permettent à l'homme son ascension ; là-bas ils auront sous leurs pieds un sol réel et, au lieu d'un tapis usé, perdu dans l'univers, un tapis apaisé, indicible. Ils n'y parviendront qu'après avoir enrichi la vie de son complément nécessaire : la mort. Alors, au lieu du sourire de commande qu'offrait aux spectateurs la pyramide humaine, au lieu du sourire factice que le jeune athlète, malgré sa douleur et ses larmes, créait pour eux, le couple humain connaîtra le sourire vrai, fait d'amour et de joie.

Dans la quatrième Élégie, le spectacle de la vie ne commençait qu'après l'intervention de l'ange ; dans la cinquième, le spectacle qui nous est offert n'est qu'une contrefaçon de la destinée humaine parce qu'il lui manque ses éléments réels : la douleur, l'amour et la mort. Dans un poème écrit pour une amie, en tête d'un exemplaire des *Elégies*, et intitulé : *Balançoire du cœur*, Rilke se refusait à l'élan qui l'aurait emporté au-delà de la courbe que modelait la pesanteur. C'est qu'il veut accepter les lois physiques de la terre pour connaître le réel, se soumettre aux contraintes de la vie humaine pour savoir ce qu'est l'homme, consentir à la mort pour avoir la révélation de la vie.

L'ouvrage de Eudo C. Mason, *Lebenshaltung und Symbolik bei R.M. Rilke*, offre au lecteur (pages 131 à 175) une étude très fouillée sur le symbolisme des saltimbanques dans l'œuvre de Rilke, comme aussi sur celui de la poupée (pages 82 à 130).

COMMENTAIRE DE LA SIXIÈME ÉLÉGIE

Au saltimbanque qui échoue, car il ne produit qu'un fruit artificiel, Rilke oppose le héros qui réussit à se réaliser par une série de choix et de transformations. Deux des *Sonnets à Orphée* contiennent pour ainsi dire le germe de cette élégie : celui que Rilke considérait comme « le plus valable » de tous : « Veuille la transformation » et celui qui le suit : « Devance tout adieu ». L'homme ne doit pas s'arrêter, se complaire dans la dernière figure qu'il a réalisée, mais aller toujours de l'avant, oublier ce qui fut, devancer ce qui sera, pour créer ce qui doit être.

De même que dans la quatrième Élégie, la nature apparaît au début de celle-ci avec le figuier que depuis longtemps le poète admire, parce qu'il est un arbre qui connaît sa mission : produire ses fruits; il ne s'attarde donc pas à fleurir et peut, avec la simple grandeur de ceux qui surent décider à temps, s'épanouir en figues. Il connaît ainsi la douceur de l'accomplissement total, comme le Dieu qui dans le cygne prenait conscience d'être devenu, par l'union amoureuse, un oiseau (III, 120).

Si le figuier, de même que les oiseaux migrateurs au début de la quatrième Élégie, est en accord avec la nature, nous mettons sottement notre gloire à nous épanouir en vaine floraison et, n'ayant pu prendre à temps la décision nécessaire, nous ne réalisons qu'imparfaitement, hâtivement, le fruit qui est notre mission. Il faut résister à « l'enjôlement de la floraison » pour nous devancer nous-mêmes dans notre propre destin, alors que nous sentons encore en notre cœur toute l'abondance de la sève humaine. Seuls, peut-être, ceux qui sont morts jeunes le savent, et les héros, car ils ont ordonné leur vie en vue et en fonction de la mort, qui est le grand jardinier de notre existence, comme il est aussi le fruit que nous mûrissons en nous.

Des premiers le poète avait déjà parlé dans la deuxième Élégie ; il ne les évoque donc pas, mais décrit le héros qui, du reste, leur ressemble étrangement.

Le héros sait que vivre n'est pas durer, entasser de vaines minutes, mais prouver son existence par une ascension continue. Toujours en danger de périr il est toujours en marche, par une suite de naissances et de re-naissances, vers celui qu'il doit être. Il s'emporte au-delà de ce qu'il est, disparaît dans son nouveau destin, échappe à notre vue comme un Dieu mort pour ressusciter et, s'élevant toujours plus haut, lance à travers le grondement des éléments son chant toujours plus lointain.

Le poète a entendu l'appel de l'action trop tard pour qu'il puisse être ce héros ; dans sa nostalgie douloureuse il voudrait redevenir enfant, voir s'ouvrir devant lui toute la vie et relire l'histoire de Samson. Déjà dans le sein de sa mère Samson était un héros ; parmi les milliers d'individualités qui s'offraient à lui comme autant de possibilités d'être, il choisit celles qui lui convenaient et fut celui qui peut tout. Et, transposant le récit biblique, Rilke le voit qui brise les colonnes du temple, non pour périr avec ses bourreaux sous les ruines, mais pour s'arracher au sein maternel et naître à la vie humaine.

De même que dans la troisième Élégie, la jeune fille va succéder à la mère et contribuer à former le héros en se sacrifiant pour lui, comme la première Élégie déjà le demandait à ceux qui aiment ; elle est la victime réservée au fils, victime consentante, qui s'offre ainsi qu'une station de l'amour sur le chemin de ce Calvaire triomphant. Et lui, s'élevant de plus en plus haut, grâce à ces amours qui sont comme des battements d'ailes, il sourit de se sentir plus grand. La troisième Élégie avait montré quel obstacle l'homme rencontrait en lui-même, dans le monde cosmique du sang ; le cœur de la jeune fille lui aurait permis de commencer à se former, mais elle ne pouvait le sauver du flux venu de sa plus lointaine origine. Maintenant, le rôle de l'amour se précise : il est un moyen, l'occasion du sacrifice féminin qui permet à l'homme de grandir. Mais c'est le héros lui-même qui, ayant choisi, c'est-à-dire éliminé plus encore qu'adopté, va s'élever de cime en cime par une série de métamorphoses, mourir à ce qu'il fut pour naître à ce qu'il veut.

Le héros prouve donc l'existence de l'homme et le justifie consciemment, comme l'enfant l'avait fait inconsciemment ; le problème de la vie est résolu, elle doit être un devenir constant,qui au fini de l'être humain substitue l'infini des métamorphoses. Mais Rilke lui-même reconnaît implicitement qu'un tel sort est réservé à un petit nombre d'individus prédestinés et, dès avant leur naissance, prescients ; il faudrait, pour le réaliser, revenir en arrière jusque dans le sein maternel, ce qu'il ne peut ni peut-être ne veut. Or, son message doit s'adresser à tous les hommes, être valable pour tous. Après avoir écrit la trilogie de l'enfant, ange-poupée, du saltimbanque et du héros, il va dire l'homme, héros de la vie quotidienne.

COMMENTAIRE DE LA SEPTIÈME ÉLÉGIE

Quel changement de ton ! Les six premières Élégies débutaient par des interrogations angoissées ou des constatations douloureuses. Maintenant enfin, le poète a la révélation de l'homme ; il cesse de s'inquiéter, de questionner, de quêter une réponse ; il a franchi les cercles de l'angoisse et va gravir les marches du temple de l'avenir, il lance son message comme un cri.

La vision de cet envol triomphant appelle l'image de l'oiseau, jeté dans l'azur serein par la saison nouvelle. Tous aspirent également à une compagne, à celle qui ose aimer. Ici revient cet appel à l'amie, compagne et initiatrice de l'homme, que Rilke rechercha sans cesse, et qui devait lui inspirer à la même époque un très beau poème :

... Des perles, échappées, roulent. Hélas ! un des fils s'est-il [rompu ?
Mais que me servirait de les enfiler encore : tu me manques,
forte agrafe qui les retiendrait, bien-aimée...

(VIII, p. 135).

Et le printemps comprend, il concourt à cette fête de l'Annonciation que sonne la nature entière. Jadis, l'Ange vint annoncer à la Vierge qu'elle serait la mère du Verbe fait chair ; dans ce « Marienlied » d'un poète, Rilke proclame le Verbe nouveau ; il a entendu cette voix intérieure qui lui révèle la vérité et lui donne mission de l'annoncer aux hommes. Avec une splendeur qui fait penser à la jeunesse impolluée du monde il évoque le printemps grave et religieux, son épanouissement de source jaillissante, l'été, où tout est rayonnement, de l'aube jusqu'au soir, des prairies aux étoiles. Et cette allégresse s'élève jusqu'au désir de la mort qui permettra de connaître toutes ces étoiles, éternellement.

Il appelle l'amante, soit qu'il veuille la faire participer à l'Annonciation, soit plutôt qu'il lui demande, — car ce sont celles qui instruisent le poète (II, 14) — ce que savent les jeunes filles couchées dans leurs tombes ou les enfants dans leurs courses gratuites, cette vérité première, valable pour tous les hommes : le simple fait de vivre, d'être ici, sur cette pauvre terre, est à lui seul une merveille. Telle est la grande loi de la vie : consentir à être, c'est participer à une réalité splendide, presque divine. Parmi les jeunes filles, s'opposant aux vierges qui semblent avoir réalisé cette condensation de l'enfance que Rilke appelle le destin, il voit les filles des rues, englouties dans la déchéance ; elles aussi eurent conscience de vivre, car elles ont eu, sans doute au cours d'un amour de passage, entre deux étreintes, leur part d'existence, elles furent existence.

Ne nous laissons pas égarer par « le voisin rieur », qui n'aperçoit que l'extérieur des choses ; ce n'est pas ainsi qu'il faut les voir. Peu importe au poète d'être seul à comprendre cette grande vérité ; c'est son rôle, comme c'est aussi celui de l'ange, de donner la vie à la poupée inerte, de créer le monde qui n'existe qu'en nous, ne devient réel qu'après avoir subi en nous sa transformation. Dans la lettre essentielle que Rilke adressa le 13 novembre 1925 à son traducteur polonais, M. de Hulewicz (v. p. 101), Rilke explique sa pensée : toutes les choses sont provisoires et caduques, comme nous, mais elles nous appartiennent et n'ignorent rien de nous ni de nos ancêtres ; nous devons donc « imprimer cette terre provisoire, caduque, en nous, si profondément, si douloureusement, si passionnément, que son essence ressuscite en nous, « invisible ». Nous sommes les abeilles de l'Invisible ». Et, développant cette image, il continue en français : « Nous butinons éperdument le miel du visible pour l'accumuler dans la grande ruche d'or de l'Invisible. » Le poète expose à sa bien-aimée sa conception, comme Gœthe, dans un poème célèbre, explique à Christiane Vulpius la métamorphose des plantes. Le monde extérieur cessera d'exister, car il sera passé en nous, et dès maintenant nous le voyons diminuer. Nous vivons à une époque de transition, qui est celle du passage aux temps modernes. Jadis, on bâtissait des maisons stables; maintenant, on imagine des immeubles bizarres, qui se dressent de travers et ne sauraient prendre place parmi les choses humaines; ce sont des fantaisies de barbares, qui n'ont pas une existence réelle. L'esprit de l'époque nouvelle, la technique moderne, vit dans une tension perpétuelle, qui lui permet de puiser en tous lieux les forces cachées et de les capter pour créer ces « greniers de force » que sont, par exemple, les moteurs ou les centrales électriques. Mais il ne connaît plus les temples, ces constructions authentiques pour lesquelles les hommes ont prodigué le meilleur de leur cœur. Nous sommes peut-être les derniers qui puissent encore voir ces grandes créations. Beaucoup sont incapables de les comprendre et sacrifient à l'idole moderne, sans pourtant avoir l'intuition de l'avenir. Nous avons pour mission de les rechercher et de les aimer, de les faire entrer dans le trésor de l'épargne humaine; ainsi nous les hausserons dans l'Invisible, où elles vivront éternellement. Ne nous laissons pas détourner de cette tâche par les railleries des tenants du modernisme. Sauvons cette forme créée jadis, avant qu'elle disparaisse, car elle se dressait parmi les hommes comme une ascension de l'homme; le destin qui détruit pouvait l'anéantir, l'incertitude de son avenir pouvait l'angoisser, mais elle était « existante » et pure, au point d'amener les anges à quitter leur ciel, où ils étaient en sûreté pour s'abaisser vers la terre dangereuse : victoire de ce qui est terrestre sur ce qui est céleste.

Le poète crie sa joie et sa fierté : il se sait capable de découvrir ces choses pour les montrer à l'ange et les lui confier, de les sauver en les dressant dans son regard. Avec une grandeur incomparable, le poète lui présente le miracle de l'être humain occupé à remplir de ses sentiments les millénaires, dressant la colonne antique, le sphinx égyptien, la cathédrale du Moyen Age; il lui demande de chanter la louange de l'homme, car lui serait impuissant à le faire. Si grande, si haute que fût la cathédrale de Chartres, la musique la dépassait encore. Et il y eut surtout le miracle de l'amour, de l'amante qui attend, le soir, à sa fenêtre, et dont la grandeur est telle qu'elle atteint aux genoux de l'ange.

Rassuré par la constatation que l'homme a pu, malgré sa détresse, emplir les espaces, ébloui par la pensée qu'il fut capable d'une telle élévation, le poète se défend d'appeler l'ange; dans son appel même il y a un refus, l'ordre, pour lui, de s'éloigner des hommes ; il lui oppose sa main qui s'ouvre vers le haut, non pour saisir l'Insaisissable, mais pour le repousser et l'informer de notre grandeur.

La septième Élégie est d'une beauté et d'une confiance qui montrent Rilke placé au centre d'une vision extatique, enivrante. Il sait maintenant qu'il n'a plus à craindre le monde extérieur, car il lui substitue celui qu'ont créé les générations humaines ; il n'a plus à redouter l'ange, car l'homme a sa place au centre de la terre comme lui au zénith. Etre privilégié placé entre le Dieu qui sera un jour et l'homme qui est encore un être terrestre, l'ange se meut dans le domaine des choses invisibles, sur un plan supérieur au plan humain : devant lui l'Invisible est ouvert. A l'homme appartient le royaume des choses visibles : mortel, il est le seigneur de ce qui s'incline vers la mort ; c'est son destin, sa servitude et sa grandeur.

COMMENTAIRE DE LA HUITIÈME ÉLÉGIE[1]

Le poète, à qui le secret de l'existence humaine a été révélé, peut voir « l'ouvert » et lui consacrer une élégie qui est une des plus révélatrices. La lettre à M. de Hulewicz nous explique ce qu'il entend par ce terme. Le monde ouvert est celui que voient les Anges et, avec eux, ceux qui ne séparent pas la vie de la mort, mais considèrent celle-ci comme le côté de l'existence qui n'est pas tourné vers nous ; le monde leur apparaît dans sa totalité ; pour les autres il n'est qu'une sphère tronquée, un astre dont nous voyons seulement le côté éclairé.

La créature, c'est-à-dire l'être animal qui vit dans son innocence originelle, voit l'Ouvert ; elle est tout entière un regard tourné vers lui ; aussi avance-t-elle librement vers son but ; l'homme, au contraire, n'aperçoit l'Ouvert que dans les yeux et sur la face de l'animal où il se reflète, car, dès son enfance, on le contraignit à regarder en arrière le monde formé, ou plutôt déformé, par l'homme, qui introduisit en lui la peur de la mort, au point que nous ne voyons plus qu'elle et que nous perdons tout. L'animal — dont Rilke avait déjà parlé — reste libre de cette angoisse ; il ne voit pas devant lui son anéantissement, mais Dieu, qui lui est ouvert,

1. Elle est dédiée à Rudolf Kassner, son ami intime, et, écrit celui-ci dans son *Narciss* (p. 129), « prend position contre le concept du retour (Umkehr) qu'il (Rilke) rencontrait dans mes livres. L'animal ne retourne pas, l'animal vit dans le monde du Père. La grandeur du monde du Père était encore contenue tout entière dans l'Etre, cela est bien ainsi. Avec le Fils la grandeur se détache de l'Etre. Le Fils est grand, mais le Père *est*. Rilke n'était pas sans rancune contre le Fils ».

l'éternité, dans laquelle il entre. Nous, au contraire, nous ne savons jamais reconnaître l'espace pur, affranchi, parce que, n'ayant pas admis la mort comme le prolongement et le complément nécessaire de la vie, nous avons exclu tout l'infini. Quand nous étions enfants, sans doute pendant les longues fièvres dont parle Malte, nous nous sommes aventurés dans le monde ouvert de la mort; les uns n'en sont pas revenus et devinrent le Tout sans formes ni limites dans l'espace ou le temps, que Rilke appelle « das Nirgends ohne Nicht »; chacun d'eux est depuis lors l'ange qui sait; d'autres en furent bouleversés, mais il faut être allé jusqu'au seuil de la mort pour ne plus la voir, pour posséder ce grand regard d'animal qui plonge par-delà tout le monde visible. Chacun des amants aurait ce regard si l'autre ne lui masquait la vue; le fils prodigue a dû partir pour n'être pas aimé (V, 291), afin de voir non pas notre monde, mais la création dans sa pureté, comme nous la découvrons dans le regard muet de l'animal. Car tel est le destin tragique de l'homme : être toujours en face de ce qui masque le réel.

Sans doute, nous pourrions imiter l'animal; s'il avait conscience de notre impuissance à marcher comme lui vers ce qui est ouvert, il nous entraînerait avec lui. Mais sa pureté est faite d'inconscience, il ignore son état et ne peut que se voir sauvé, sans comprendre. Il y a même en lui un peu de cette inquiétude qui nous emplit, une certaine mélancolie, parce qu'il est parfois dominé, comme nous, par le souvenir. Il se souvient d'une première patrie, le sein maternel, où la vie et la mort étaient unies, où nulle distinction n'était possible entre les deux puisque, n'étant pas né, il ne portait pas encore la mort en lui. Les hommes aspirent à retrouver cet état de béatitude où la vie est respiration pure, avant la naissance qui nous arrache à la douceur de ce tendre et intime contact. Bienheureux les insectes qui, n'ayant pas connu la gestation, ne quittent pas leur monde, car c'est en sortant du sein que l'on naît à la mort. Bienheureux les oiseaux qui, nés dans l'espace des anges, connaissent les deux domaines, comme l'âme de l'Etrusque initié dont l'image corporelle figure sur le sarcophage. Et nous, issus d'un sein maternel, nous ignorons le vol dans l'espace, domaine réservé aux anges.

Ici Rilke choisit un exemple particulièrement significatif : celui de la chauve-souris, être hybride, qui vole comme l'oiseau, mais, au lieu de connaître sa sécurité, a peur de soi-même, car il est un mammifère né d'un sein; son vol en zigzag, à l'heure où le soir tombe, laisse dans l'air une trace, que le poète compare à la fêlure qui sillonne une tasse de porcelaine.

Ainsi, l'homme reste incapable de regarder librement au-delà des limites du monde ; il se contente de l'ordonner, de l'interpréter, sans jamais l'expliquer, sans jamais se comprendre lui-même. Inférieur aux animaux, dont l'instinct est sûr, il n'est jamais tourné vers l'avant, vers l'ouvert, mais vers ce qu'il a quitté et qui est mort pour lui, sans qu'il ait compris la nécessité profonde de cette mort ; sans cesse il prend congé. Cette conclusion désenchantée s'oppose d'ailleurs à la conception rilkéenne du héros et à plusieurs des *Sonnets à Orphée*, qui proclament la nécessité de toutes ces séparations, en particulier à celui qui débute par : Devance toute séparation. (*Sonnets*, II, 13.)

Dans la septième Élégie, Rilke avait résolu le problème de l'existence terrestre ; dans la huitième, il a posé celui de la vie qui la précéda et de la mort qui doit la suivre. Dans les deux dernières, il va, par l'union des deux, de la vie et de la mort, recréer le monde total, enfin sauvé, et pénétrer dans « l'Ouvert » qu'il vient de percevoir.

COMMENTAIRE DE LA NEUVIÈME ÉLÉGIE

La neuvième Élégie est peut-être la plus synthétique de toutes : le poète reprend en les amplifiant certains traits épars dans les premières, développe en la précisant sa conception de la vie humaine (septième Élégie) pour dire la mission de l'homme; il se confond si bien avec lui qu'à la fin il interviendra personnellement.

Comme la première, la quatrième et la cinquième Élégie, la neuvième débute par une interrogation; or, Rilke a déclaré que tous les débuts lui avaient été dictés pendant l'hiver de Duino (1911-1912); leur ensemble dessine, pour ainsi dire, une ligne sinueuse s'élevant en spirale : c'est ainsi que la neuvième Élégie peut se situer au-dessus de la septième, tandis que la huitième prépare la dixième où, après avoir franchi les portes de la mort, l'homme passe dans le royaume des Lamentations, c'est-à-dire dans l'« Ouvert ». Au début de la neuvième Élégie un conflit intérieur se dessine : le poète s'oppose à l'homme; il pourrait avoir une existence de poète qui l'élèverait au-dessus des autres hommes, autant que le laurier l'emporte sur les autres arbres; pourquoi faut-il donc être homme, mener une vie terrestre, aspirer à la destinée humaine, que pourtant l'on évite, car on en connaît les étroites limites? Imaginons un ange qui aurait la nostalgie de la terre et qui redouterait d'abandonner pour elle son espace, nous comprendrons ce conflit que le poète veut supprimer.

Quelles raisons le poussent à désirer cette vie, en apparence inférieure? Ce n'est ni un espoir de bonheur, avantage passager que suit de près sa perte, ni la curiosité des choses terrestres, ni la possibilité d'« exercer son cœur », car le poète en disposerait aussi. Il est attiré d'abord par la splendeur d'ici-bas, par l'infinie grandeur de cet infiniment fugitif qu'est l'homme, mais le poète qui l'avait célébré dans la septième Élégie se contente de la rappeler. Il va au contraire longuement exposer l'autre raison : la mission de l'être humain ; une fois au cours de son évolution celui-ci a le devoir de mener une existence terrestre et d'être au service des choses d'ici qui, encore plus passagères que lui, ont besoin de lui ; il rentrera ensuite dans le sein de la terre, sans doute pour attendre une nouvelle métamorphose en un être plus évolué. Rilke a parlé un jour de notre existence comme d'une « dictée » que l'on doit faire jusqu'au bout ; sinon, nous risquons de nous trouver placés dans l'au-delà en face de tâches nouvelles qui nous dépasseront. Une fois, une seule fois, nous devons remplir notre mission terrestre ; c'est l'irrévocable sentence, loi de notre servitude et condition de notre grandeur. Nous voulons donc adhérer à la terre, accomplir notre tâche terrestre, de nos mains, de notre regard, de notre cœur, c'est-à-dire en artisans, en artistes, en amants.

Et quand nous passerons dans le règne de la mort, nous emporterons une partie de cette existence qui fut la nôtre ici : la souffrance, l'expérience douloureuse de l'amour, ce qui pèse et ce qui reste indicible. Mais nous ne pourrions pas l'emporter au-delà de ce règne, dans notre vie stellaire, car les étoiles sont pour nous indicibles ; nous ressemblerions au voyageur qui, de la montagne, apporterait aux hommes un peu de terre sans voix au lieu d'une gentiane, floraison et épanouissement de la terre elle-même ; nous avons pour mission de chanter les choses, émanations et créations de l'homme, de leur prêter notre voix, de dire ce que, sans le savoir, elles sont.

Rilke a précisé sa pensée, dans sa lettre à M. de Hulewicz, où il annonce les violentes critiques adressées par Georges Duhamel à la civilisation américaine. Pour nos grands-parents, dit-il, une maison, une fontaine, une tour, un vêtement, un manteau étaient des choses familières et comme des réceptacles, dans lesquels ils trouvaient une réserve d'humanité et ajoutaient leur épargne humaine. Mais voici que d'Amérique nous arrivent des choses indifférentes, faites d'apparence, de simples outils ; elles ne sont pas vécues et conscientes, comme celles que nous — les derniers peut-être — nous avons encore connues ; nous avons donc le devoir et la responsabilité de conserver le souvenir des vraies choses et surtout leur valeur humaine.

Rilke en cite plusieurs et donne un exemple : le seuil, cette simple marche de pierre que franchissent les amants ; avant eux, des générations déjà l'usèrent ; après eux, des générations l'useront ; ce bloc dur, inconscient, foulé par ceux qui le franchissent pour aller vers la vie, vers la mort, vers l'amour, vers le destin, s'humanise, participe à la vie de l'homme et en prend conscience. Comment pourrait-il en être ainsi pour un seuil en ciment ou pour ces produits de la machine, qui ne sont que des instruments à nous et cessent de vivre quand ils ont cessé de servir, quand un instrument nouveau remplira mieux leur office ? Nous vivons maintenant où règne l'utile, parmi le fracas des marteaux et des roues (une ébauche de cette Élégie, qui date de 1912, portait non pas : « entre les marteaux », mais : « entre les roues ») ; pourtant c'est le cœur qui subsiste comme, entre les dents utiles, la langue reste l'organe de la louange (cf. *Sonnets*, I, 18 ; II, 10 et 22).

Comme inspiré par ce terme de louange, le poète reprend avec une assurance incomparable et précise l'idée qu'il avait développée dans la septième Élégie : il ne chantera pas les choses indicibles que l'ange connaît et sent beaucoup mieux, parce que son domaine est celui de l'Invisible dans lequel se précipitent les mondes de l'Univers ; il lui adressera la louange des choses qui ont pris forme au cours du temps, comme la corde ou le pot, que Rilke vit fabriquer à Rome et sur les bords du Nil, et qui, pour l'ange, sont déjà invisibles. Les unes sont heureuses, les autres se lamentent, mais la douleur fut nécessaire pour que l'homme créât le violon qui exhale tant de félicité. Périssable, tout ce qui est fait de terre veut devenir impérissable ; peu importe à la nature ce qu'est l'homme et son peu de durée ; il est capable de donner la vie à ce qui meurt en le transformant, pour en faire, dans son cœur, la chose invisible qui ne meurt plus.

Comme si la terre lui avait adressé cette instante prière, le poète consent ; il n'a pas besoin pour cela de l'exaltation du printemps qui soulevait l'oiseau, car son sang ne la supporterait plus. Il adhère à la terre infaillible, à la mort maintenant familière et vaincue, il a découvert le sens de la vie, l'enfance qui ne passe pas, l'avenir qui ne meurt pas ; il sent jaillir dans son cœur une surabondance de vie.

A la fin de la neuvième Élégie, Rilke a découvert ce que Malte vainement chercha ; il a suivi jusqu'au bout « le bon et dur chemin des longues études » qui l'a conduit à l'affirmation de la vie et de la mort comprises comme des états complémentaires de l'homme. Il est au seuil de l'initiation dernière, riche de l'existence dont il vient d'avoir la preuve, prêt à entrer dans le royaume de la Mort.

COMMENTAIRE DE LA DIXIÈME ÉLÉGIE

Rilke a maintenant compris le sens de la mort, la valeur de la vie, la grandeur de l'homme ; il lui reste, pour recevoir l'initiation suprême, à vivre la mort ; il doit restituer à l'existence humaine sa totalité en la doublant par la vision de ce mystérieux royaume des Lamentations, qui est une réminiscence du paysage du Nil s'élevant vers les sources du fleuve sacré, qui est sans doute un pèlerinage imaginaire vers les mines de Carinthie où jadis les aïeux de Rilke ont vécu et souffert, qui est peut-être un retour dans une existence antérieure à la naissance. Il entend déjà, il pressent l'approbation des anges, qui l'ont devancé sur la voie sacrée et se réjouissent d'accueillir l'hymne d'allégresse jailli d'un cœur terrestre :

L'œuvre de l'œil est accomplie,
fais maintenant l'œuvre du cœur...,

avait écrit Rilke dès 1914 (III, 462), deux ans après le début de la dixième Élégie. S'il aime le mot « consentement », c'est parce que celui-ci implique une adhésion sentimentale autant qu'une approbation intellectuelle ; le consentement à la terre de la neuvième Élégie est un acte de foi et d'amour plus qu'une froide conception métaphysique ; dans la dixième, l'Au-delà s'ouvre et s'offre au cœur de l'homme plus qu'à sa raison.

C'est le cœur, marteau que les coups de vie ont doté d'un son clair, qui saura tirer même des cordes les moins riches de vibrations l'hymne de joie; c'est le cœur qui, en consacrant la souffrance, fera s'épanouir le pleur de l'acrobate recueilli par l'ange (cinquième Élégie). Le chemin de la vraie vie traverse la douleur; il ne faut pas la gaspiller et désirer sa fin, mais la chérir, car seule elle nous restera quand, tout étant fini pour nous, nous entrerons dans une nouvelle saison de notre vie infinie; morts à la vie, nous vivrons en elle. Où trouver cette demeure? La dixième Élégie sera vraiment l'évocation du « sentier » que l'homme doit suivre pour atteindre au réel par la souffrance : il le conduit de la ville à la campagne puis, à travers le royaume des Lamentations, jusqu'à la montagne de la Douleur originelle.

Le thème de la grande ville réapparaît, mais sous une forme nouvelle qui reflète l'évolution subie par Rilke. Dans *Le Livre de la pauvreté et de la mort*, il avait multiplié les images pour exprimer le caractère mensonger et douloureux d'une agglomération humaine; dans les *Cahiers de Malte Laurids Brigge* il en avait montré le côté lépreux, il avait dit la mort anonyme et la pauvreté multipliée; maintenant, il dépeint en quelques vers, avec une extraordinaire puissance, ce qu'on pourrait appeler : la « foire sur la place », symbole de l'activité humaine détournée de son but vers des plaisirs qui masquent le réel. Dans cette « Ville-Souffrance », où la vraie douleur est comme étouffée, règne l'or, qui peut bien acheter des églises mais ne saurait édifier des sanctuaires, qui empêche l'homme de comprendre sa véritable destinée en le poussant à rechercher l'abondance des biens matériels. Tout y est fait pour distraire l'homme par des plaisirs artificiels, pour lui donner l'illusion de la liberté, la vaine satisfaction des applaudissements, pour le mettre dans un véritable état d'ivresse, qui le fait tituber de boutique en boutique. Ces stupéfiants sont les « consolations » qu'on offre à l'être humain tremblant devant la vie. On n'a pas davantage essayé de lui faire comprendre la mort; on s'est efforcé de la lui cacher, de lui présenter une existence « sans mort » (totlos); peut-être faut-il voir dans cette attitude une condamnation par Rilke des religions qui ont voulu procurer aux hommes un marché consolateur, une « église de confection ». L'ange, gardien de l'Invisible, écraserait tout cela, car ce qu'il faut à l'être humain, ce n'est pas un étourdissement ou une consolation, mais la conscience du réel et le consentement à la mort qui, seule, permet d'ajouter au fini tout l'infini.

Des ruelles de la ville, qui lui paraissent douloureusement

étrangères, l'homme s'évade; il franchit les planches, par lesquelles on lui masquait la réalité de la nature. Les quelques vers qui lui sont consacrés rappellent, comme un écho affaibli, les lettres dans lesquelles Rilke, au début de son séjour à Paris, opposait la grande ville à tout ce qui est la nature. Dans ce court passage de la dixième Élégie cependant, il évoque en peu de mots un paysage des fortifications qui semble inspiré par des tableaux modernes; parmi l'herbe rare, des chiens, des enfants, des amoureux s'ébattent dans une innocence originelle. Ici encore se révèle l'évolution de Rilke : en 1902 ou 1903 il se serait probablement complu dans l'évocation de cette réalité naturelle qui fait penser à un Francis Jammes de banlieue; maintenant il ne s'y arrête plus, il la considère comme un simple passage, car il aspire à une réalité plus grande, plus profondément vraie, à celle qu'il découvrira dans le royaume des Lamentations.

Le chemin qui conduit de la grande ville à la campagne en passant par le paysage de banlieue amène « le jeune homme » plus loin encore; il se sent attiré dans le royaume de la mort, peut-être parce qu'il aime une jeune Lamentation. Il la suit vers sa demeure lointaine, dans les prairies, car elle lui plaît, et Rilke nous donne ici un tableau de genre authentiquement réel; mais il se détourne d'elle et fait demi-tour. Sans doute a-t-il quitté la vie depuis trop peu de temps pour n'en pas garder les désirs; il n'a pas encore appris qu'il faut se laisser glisser dans la mort en oubliant tout. Nous pensons à l'un des poèmes de Rilke les plus grandioses : *Orphée*, *Eurydice*, *Hermès*, dans lequel Orphée, toujours plein de son amour terrestre, descendit aux enfers pour rechercher son amante, car il n'avait pas compris que ce retour est impossible. Il faut s'être sevré de la vie, avoir atteint déjà un état d'indifférence, pour suivre la Lamentation. Aux jeunes filles, elle témoigne de l'amitié; elle leur confie le grand secret en leur montrant son unique parure : la souffrance, à laquelle il faut consentir, la souffrance symbolisée par des perles, c'est-à-dire, explique Mlle Elisabeth Neumann, par le produit que l'organisme sécrète pour se défendre contre un corps étranger. Quant aux jeunes gens, elle les accompagne en silence; sans doute ont-ils moins besoin d'être encouragés, parce qu'ils sont plus résolus à vivre leur mort.

Lorsque le jeune homme parvient enfin dans la vallée où habite la race des Lamentations, elle le quitte; elle a rempli son rôle, car elle n'est pas encore assez enracinée dans la mort pour répondre à toutes les questions qu'il pose ; elle le remet donc à une compagne assez âgée pour avoir vécu plus intimement un passé héroïque. Celle-ci le renseigne sur sa race, la race qui jadis exploitait les mines de la Douleur originelle, dont la douleur humaine n'est qu'un petit fragment taillé. Elle lui montre les colonnes des temples, les ruines des châteaux, d'où jadis les princes des Lamentations avec sagesse gouvernaient le pays, et un immense paysage de deuil, où les animaux et les végétaux eux-mêmes sont riches de souffrance ; et comme sur terre, le promeneur parfois sursaute en entendant le cri de l'oiseau qu'il effraya, les deux pèlerins sont surpris par le vol d'un oiseau solitaire. Le soir enfin, elle le conduit vers les tombes des aïeux, sibylles et prophètes ; à l'approche de la nuit, ils marchent avec plus de recueillement encore car, se dressant dans la lumière de la lune qui se lève, devenant lui-même l'Astre, le sphinx leur apparaît, le frère du sphinx égyptien, gardien de la tombe secrète où reposent avec les pharaons les mystères du passé ; de même que, dans la troisième Élégie, l'enfant avait suivi dans la fièvre toute l'évolution de l'homme et celle de sa lignée, de même le jeune mort a remonté le cours de l'humanité historique jusqu'à ceux qui, les premiers, reçurent l'initiation.

Dans une admirable lettre du 10 janvier 1907 à Mme Rilke, alors en Égypte (XI, 163-166), le poète avait évoqué, sans la connaître encore, la tête unique, commencée par les hommes, achevée par les astres du ciel et les vents de l'espace, devenue le visage de l'Univers, qui projette des images jusqu'au-delà des constellations les plus éloignées là où il n'y eut jamais d'images. Dans une lettre inédite, écrite après son propre voyage, il a conté sa deuxième visite au sphinx, le soir, à la clarté de la lune ; il a dit comment, effrayée par son regard, une chouette, qui s'était placée derrière le pschent, s'envola en effleurant la joue du sphinx et, sans doute, comme l'oiseau de l'élégie, en « dessinant dans l'espace l'image écrite de son cri solitaire ».

Ici, le jeune mort et son guide contemplent la tête royale, œuvre sublime de l'homme, qui le grandit au point de l'égaler à l'ange et l'élève jusqu'aux étoiles. Le jeune homme cependant ne la voit pas, car ses yeux sont encore trop pleins du vertige de la mort trop proche, mais le regard de la vieille Lamentation a une telle densité qu'une chouette effarouchée s'envole du pschent ; à cet homme qui n'a pas encore « vu » la mort, mais doit à son nouvel état une ouïe infiniment plus subtile, l'oiseau de la sagesse va faire saisir le

« contour ineffable » de la figure surnaturelle, en le traçant doucement dans ses oreilles, double livre ouvert à cette révélation. Une fois encore s'impose à nous l'exemple du divin chantre : au début des *Sonnets à Orphée*, écrits en même temps que les Élégies, le Dieu de la lyre dressait dans l'oreille humaine des arbres. Peut-être faut-il voir également dans cette « double feuille ouverte » le livre de la vie et de la mort ou même le fameux *Livre des morts*[1] égyptien qui permettait au défunt, ou plutôt à son « double », de franchir les douze portes donnant accès à la félicité de l'Au-delà.

Le « jeune mort », auquel le trépas avait permis de franchir la porte du royaume des Lamentations, a maintenant dépassé ce premier stade, qui est celui de « la mort récente »; il peut « voir » les étoiles du pays de la Douleur, que son guide lui nomme avec lenteur. Elles sont des symboles, des principes supérieurs, qui semblent avoir guidé l'œuvre de Rilke; elles évoquent le héros (peut-être le Cornette), le moine-pèlerin sur le chemin de Dieu, les fruits de la terre, la naissance à la vie humaine, le chemin de l'homme, le livre de la révélation[2], la poupée qui se laisse animer par l'ange, enfin le passage de l'intérieur à l'extérieur[3] de ce monde à un monde nouveau. Au-dessus de toutes il y a l'M qui signifie les Mères. Il ne s'agit pas évidemment des Idées-Mères, mais sans doute de toutes les mères de jadis qui enfantèrent les hommes, les formèrent et protégèrent, et dont le clair éclat continue à veiller sur eux. Une autre explication est encore possible, Rilke devait consacrer à la « paume » de la main un très suggestif poème français[4]. Le passage des Élégies :

1. Voir la traduction, accompagnée d'un commentaire, qu'en a donnée le Dr Mardrus, sous le titre: *Toute-puissance de l'adepte* (Henri Durville, éditeur, 1932).

2. Mlle Neumann voit en lui le livre que l'on brûle, parce qu'il est devenu inutile au moment où, seule, une intuition personnelle peut encore nous faire progresser. Elle relève dans cette fin des Élégies une influence bouddhique. Nous pensons qu'un jour il sera possible d'expliquer ces symboles d'une manière plus approfondie, sans doute grâce aux documents de l'ancienne Égypte dont Rilke se sentait très proche, car la vie n'y était conçue que comme une préparation à l'au-delà de la mort.

3. Rilke devait écrire un groupe de poèmes intitulé *Les Fenêtres*, illustré par son amie Baladine (Librairie de France).

4. *Poèmes français*, p. 12.

Mais dans le ciel du Sud, pur comme dans la paume
d'une main bénie, le clair éclat de l'M,
qui signifie les Mères,

n'est-il pas également une allusion à cette figure de la main dans laquelle on voit la destinée humaine ?

En silence, maintenant, la vieille Lamentation conduit celui qui est devenu « le Mort » jusqu'à la gorge qui marque la limite de son domaine. Là brille au clair de lune la source de la joie, qui deviendra chez les hommes un fleuve capable de les porter. A la fin de ce « retour » aux origines de l'humanité une grande idée consolatrice, une idée presque maternelle, se révèle donc à nous : l'humanité a débuté par la souffrance pure pour s'épanouir dans la joie ; nos pères ont vécu dans la douleur, mais nous connaîtrons le bonheur de vivre, en acceptant la douleur et la mort, les grandes éducatrices.

Le mort doit maintenant achever seul son voyage, car chacun retourne seul dans la montagne de la Douleur originelle ; elle se dresse devant lui, comme pendant sa vie les épreuves qui s'appelaient : nuit, amour, voisin ; elle s'ouvre pour l'accueillir dans son sein maternel. Est-ce donc l'anéantissement ? Non, c'est la grande transformation, qu'il faut vouloir au point d'aspirer à l'adieu et de le devancer toujours ; si « les infiniment morts », ceux qui ont atteint le fond même de la mort, pouvaient nous suggérer un symbole, ils nous montreraient, pendus au noisetier sans feuilles, ces chatons qui annoncent un prochain et plus bel épanouissement ; ils nous feraient comprendre que la terre chaque année se referme sur elle-même, comme une femme sur son fruit, pour revivre au printemps, quand la pluie viendra la féconder. Infirmes que nous sommes, nous ne pouvons imaginer le bonheur que sous la forme d'un jet d'eau qui s'épanouit, mais dans sa retombée, il y a encore du bonheur, car il retourne à la terre maternelle, il dialogue avec elle, c'est-à-dire avec lui-même. Rilke développa cette idée dans un des *Sonnets à Orphée*, où il évoque une femme qui vient emplir sa cruche à la fontaine et interrompt le dialogue (III, 358). Il n'est pas d'ailleurs, dans l'œuvre de Rilke, d'images plus fréquentes et plus ferventes que celles qui, joignant la chute à l'envol, atteignent la perfection du cercle, évoquent la totalité du cycle vital.

Ainsi, les *Élégies de Duino*, chants de mort, s'achèvent sur une image de bonheur, en retombant vers la terre, où rentrent toutes choses, où Rainer Maria Rilke allait bientôt trouver cette patrie qu'il avait tant cherchée.

LES SONNETS A ORPHÉE
Écrits comme monument funéraire pour
Véra Ouckama-Knoop.

DIE SONETTE AN ORPHEUS[1]
Geschrieben als ein Grab-mal für
Wera Ouckama-Knoop.

1. *Château de Muzot im Februar 1922.*

ERSTER TEIL

I

Da stieg ein Baum. O reine Uebersteigung!
O Orpheus singt! O hoher Baum im Ohr!
Und alles schwieg. Doch selbst in der Verschweigung
ging neuer Anfang, Wink und Wandlung vor.

Tiere aus Stille drangen aus dem klaren
gelösten Wald von Lager und Genist;
und da ergab sich, dass sie nicht aus List
und nicht aus Angst in sich so leise waren,

sondern aus Hören. Brüllen, Schrei, Geröhr
schien klein in ihren Herzen. Und wo eben
kaum eine Hütte war, dies zu empfangen,

ein Unterschlupf aus dunkelstem Verlangen
mit einem Zugang, dessen Pfosten beben, –
da schufst du ihnen Tempel im Gehör.

PREMIÈRE PARTIE

I

Alors un arbre s'éleva. O pure élévation!
O chant d'Orphée! O grand arbre dressé sans l'oreille!
Et tout se tut. Pourtant, au sein même de l'unanime silence
s'accomplit un nouveau recommencement, signe et métamorphose.

Des animaux de silence s'arrachèrent à la forêt,
claire et libérée, des gîtes et des nids;
et il apparut alors que ni la ruse,
ni l'angoisse ne les rendait à ce point silencieux,

mais le désir d'entendre. Rugissements, cris et bramements
semblaient petits dans leurs cœurs. Et là où jusqu'alors
il y avait à peine une hutte pour accueillir un tel chant,

un pauvre abri, né du plus obscur désir,
avec une entrée dont les montants tremblent,
là, tu leur créas dans l'ouïe des temples.

II

Und fast ein Mädchen wars und ging hervor
au diesem einigen Glück von Sang und Leier
und glänzte klar durch ihre Frühlingsschleier
und machte sich ein Bett in meinem Ohr.

Und schlief in mir. Und alles war ihr Schlaf.
Die Bäume, die ich je bewundert, diese
fühlbare Ferne, die gefühlte Wiese
und jedes Staunen, das mich selbst betraf.

Sie schlief die Welt. Singender Gott, wie hast
du sie vollendet, dass sie nicht begehrte,
erst wach zu sein? Sieh, sie erstand und schlief.

Wo ist ihr Tod? O, wirst du dies Motiv
erfinden noch, eh sich dein Lied versehrte? –
Wo sinkt sie hin aus mir?... Ein Mädchen fast...

II

Et c'était presque une enfant, qui surgit
de l'harmonie heureuse du chant et de la lyre
et brilla, claire, à travers ses voiles printaniers
et se fit un lit dans mon oreille.

Et qui dormait en moi. Et tout était son sommeil.
Tous les arbres un jour admirés, ce
lointain sensible, la prairie sentie
et chaque étonnement qui m'atteignait moi-même.

Elle dormait le monde. Dieu chanteur, comment l'as-
tu parfaite, pour qu'elle ne demandât pas
à s'éveiller d'abord ? Vois, elle naquit et dormit.

Où est sa mort ? O, ce motif, pourras-tu
l'inventer encore, avant que ton chant ne se soit consumé ?...
De moi elle s'échappe, où donc ?... Une enfant presque...

III

Ein Gott vermags. Wie aber, sag mir, soll
ein Mann ihm folgen durch die schmale Leier?
Sein Sinn ist Zwiespalt. An der Kreuzung zweier
Herzwege steht kein Tempel für Apoll.

Gesang, wie du ihn lehrst, ist nicht Begehr,
nicht Werbung um ein endlich noch Erreichtes;
Gesang ist Dasein. Für den Gott ein Leichtes.
Wann aber *sind* wir? Und wann wendet er

an unser Sein die Erde und die Sterne?
Dies ists nicht, Jüngling, dass du liebst, wenn auch
die Stimme dann den Mund dir aufstösst, – lerne

vergessen, dass du aufsangst. Das verrinnt.
In Wahrheit singen, ist ein andrer Hauch.
Ein Hauch um nichts. Ein Wehn im Gott. Ein Wind.

III

Un Dieu le peut. Mais, dis-moi, comment
un homme le suivrait-il sur la lyre étroite ?
Son esprit est désaccord. Au croisement de deux
chemins du cœur, il n'est pas de temple pour Apollon.

Le chant, tel que tu l'enseignes, n'est pas convoitise,
ni quête d'un bien qu'enfin l'on peut atteindre ;
le chant est existence. Pour le Dieu, chose facile.
Mais nous, quand *sommes*-nous ? Et quand attire-t-il

jusqu'à notre être la terre et les étoiles ?
Tu n'*es* pas encore, jeune homme, quand tu aimes,
même si la parole alors force ta bouche, — apprends

à oublier le sursaut de ton chant. Cela s'écoule.
Chanter en vérité est un autre souffle.
Un souffle autour de rien. Un vol en Dieu. Un vent.

IV

O ihr Zärtlichen, tretet zuweilen
in den Atem, der euch nicht meint,
lasst ihn an eueren Wangen, sich teilen,
hinter euch zittert er, wieder vereint.

O ihr Seligen, o ihr Heilen,
die ihr der Anfang der Herzen scheint.
Bogen der Pfeile und Ziele von Pfeilen,
ewiger glänzt euer Lächeln verweint.

Fürchtet euch nicht zu leiden, die Schwere,
gebt sie zurück an der Erde gewicht;
schwer sind die Berge, schwer sind die Meere.

Selbst die als Kinder ihr pflanztet, die Bäume,
wurden zu schwer längst; ihr trüget sie nicht.
Aber die Lüfte... aber die Räume...

IV

O vous, les tendres, pénétrez parfois
dans ce souffle, qui ne pense pas à vous,
laissez-le se dédoubler contre vos joues
pour frémir, réuni, derrière vous.

O vous, les bienheureux, ô vous, les élus,
qui semblez être le début des cœurs,
arcs des flèches et buts des flèches,
plus éternel, votre sourire brille parmi les larmes.

Ne redoutez pas de souffrir ; la pesanteur,
rendez-là à la terre et à son poids ;
lourdes sont les montagnes, lourdes sont les mers.

Même les arbres qu'en votre enfance vous avez plantés
depuis longtemps sont devenus trop lourds pour que vous les portiez.
Mais les airs... mais les espaces...

V

Errichtet keinen Denkstein. Lasst die Rose
nur jedes Jahr zu seinen Gunsten blühn.
Denn Orpheus ists. Seine Metamorphose
in dem und dem. Wir sollen uns nicht mühn

um andre Namen. Ein für alle Male
ists Orpheus, wenn es singt. Er kommt und geht.
Ists nicht schon viel, wenn er die Rosenschale
um ein paar Tage manchmal übersteht?

O wie er schwinden muss, dass ihrs begrifft!
Und wenn ihm selbst auch bangte, dass er schwände.
Indem sein Wort das Hiersein übertrifft,

ist er schon dort, wohin ihrs nicht begleitet.
Der Leier Gitter zwängt ihm nicht die Hände.
Und er gehorcht, indem er überschreitet.

V

N'élevez nulle stèle. Laissez la seule rose
refleurir chaque année à sa gloire.
Car c'est Orphée. Sa métamorphose
en ceci et cela. Ne cherchons pas à grand'peine

d'autres noms. Une fois pour toutes
c'est Orphée qui chante. Il vient et va.
N'est-ce pas beaucoup déjà, si à la coupe de roses
de quelques jours parfois il survit ?

O puissiez-vous comprendre qu'il lui faut disparaître !
Même si l'étreignait l'angoisse de la disparition.
Tandis que sa parole prolonge son passage,

il est déjà là-bas, où vous ne l'accompagnez pas.
La grille de la lyre ne contraint pas ses mains.
Passer dans l'au-delà, pour lui, c'est obéir.

VI

Ist er ein Hiesiger? Nein, aus beiden
Reichen erwuchs seine weite Natur.
Kundiger böge die Zweige der Weiden,
wer die Wurzeln der Weiden erfuhr.

Geht ihr zu Bette, so lasst auf dem Tische
Brot nicht und Milch nicht; die Toten ziehts –
Aber er, der Beschwörende, mische
unter der Milde des Augenlids

ihre Erscheinung in alles Geschaute;
und der Zauber von Erdrauch und Raute
sei ihm so wahr wie der klarste Bezug.

Nichts kann das gültige Bild ihm verschlimmern;
sei es aus Gräbern, sei es aus Zimmern,
rühme er Fingerring, Spange und Krug.

VI

Est-il de la terre ? Non, les deux
royaumes ont nourri sa vaste nature.
Avec plus d'art il ploierait les rameaux des saules,
celui qui des saules eût appris les racines.

Quand vous vous couchez, ne laissez sur la table
ni le pain, ni le lait ; ils attirent les morts —.
Mais lui, celui qui conjure, qu'il mêle
sous la douceur de ses paupières

leur apparition à toute chose vue ;
et que, le charme de la fumeterre et de la rue
pour lui égale en vérité le plus clair rapport.

Rien ne lui peut altérer l'image valable ;
et, puisant dans les tombes ou prenant dans les chambres,
qu'il célèbre la bague et l'agrafe et la cruche.

VII

Rühmen, das ists! Ein zum Rühmen Bestellter,
ging er hervor wie das Erz aus des Steins
Schweigen. Sein Herz, o vergängliche Kelter
eines den Menschen unendlichen Weins.

Nie versagt ihm die Stimme am Staube,
wenn ihn das göttliche Beispiel ergreift.
Alles wird Weinberg, alles wird Traube,
in seinem fühlenden Süden gereift.

Nicht in den Grüften der Könige Moder
straft ihm die Rühmung Lügen, oder
dass von den Göttern ein Schatten fällt.

Er ist einer der bleibenden Boten,
der noch weit in die Türen der Toten
Schalen mit rühmlichen Früchten hält.

VII

Célébrer, c'est cela! Être, dont l'office est de célébrer,
il surgit, tel un minerai, du silence de la pierre.
Son cœur, ô périssable pressoir, d'où coule
un vin que les hommes ne sauraient épuiser.

Jamais, devant la poussière, la voix ne lui manque,
quand l'exemple divin de lui s'empare.
Tout devient vigne et tout devient raisin,
mûri dans son Midi sensible.

Ni la chair pourrie des rois dans leurs tombeaux
ne démentira sa célébration, ni
l'ombre qui tombe des Dieux.

Il est un des messagers éternels
et bien au-delà du seuil des morts
tend les coupes qu'emplissent des fruits glorieux.

VIII

Nur im Raum der Rühmung darf die Klage
gehn, die Nymphe des geweinten Quells,
wachend über unserm Niederschlage,
dass er klar sei an demselben Fels,

der die Tore trägt und die Altäre. –
Sieh, um ihre stillen Schultern früht
das Gefühl, dass sie die jüngste wäre
unter den Geschwistern im Gemüt.

Jubel *weiss*, und Sehnsucht ist geständig, –
nur die Klage lernt noch; mädchenhändig
zählt sie nächtelang das alte Schlimme.

Aber plötzlich, schräg und ungeübt,
hält sie doch ein Sternbild unsrer Stimme
in den Himmel, den ihr Hauch nicht trübt.

VIII

Seul, l'espace de la célébration peut accueillir
la Lamentation, nymphe de la source qui pleure,
veillant sur notre précipité,
car il doit se clarifier auprès de ce même rocher,

qui porte les arcades et les autels. –
Vois, autour de ses épaules paisibles point
le sentiment qu'elle doit être la plus jeune
de celles qui sont sœurs par le cœur.

L'allégresse *sait*, la nostalgie avoue,
seule, la Lamentation apprend encore; ses mains de jeune fille
comptent au long des nuits le mal ancien.

Mais soudain, d'un geste oblique et inexpert,
elle élève pourtant une constellation de notre voix
dans le ciel, que son haleine ne trouble pas.

IX

Nur wer die Leier schon hob
auch unter Schatten,
darf das unendliche Lob
ahnend erstatten.

Nur wer mit Toten vom Mohn
ass, von dem ihren,
wird nicht den leisesten Ton
wieder verlieren.

Mag auch die Spieglung im Teich
oft uns verschwimmen :
Wisse das Bild.

Erst in dem Doppelbereich
werden die Stimmen
ewig und mild.

IX

Seul, qui déjà éleva la lyre
jusque parmi les ombres
peut pressentir et proclamer
la louange infinie.

Seul, qui avec les morts a mangé
Le pavot, leur pavot,
ne perdra plus jamais fût-ce
le plus léger des sons.

Le reflet dans l'étang souvent
peut se perdre à nos yeux :
sache l'image.

Dans le double royaume enfin
les voix seront
éternelles et douces.

X

Euch, die ihr nie mein Gefühl verliesst,
grüss ich, antikische Sarkophage,
die das fröhliche Wasser römischer Tage
als ein wandelndes Lied durchfliesst.

Oder jene so offenen, wie das Aug
eines frohen erwachenden Hirten,
— innen voll Stille und Bienensaug —
denen entzückte Falter entschwirrten;

alle, die man dem Zweifel entreisst,
grüss ich, die wiedergeöffneten Munde,
die schon wussten, was schweigen heisst.

Wissen wirs, Freunde, wissen wirs nicht?
Beides bildet die zögernde Stunde
in dem menschlichen Angesicht.

X

Vous, qui jamais n'avez cessé de me toucher,
je vous salue, sarcophages antiques,
que l'eau joyeuse des jours romains
traverse en chanson vagabonde.

Ou ceux-là, qui sont ouverts comme les yeux
d'un pâtre à son réveil rieur,
– intérieurement pleins de silence et de lamier –
d'où s'envolaient stridents des papillons grisés ;

tous ceux que l'on arrache au doute,
je les salue, bouches à nouveau ouvertes,
qui savaient déjà ce que signifie le silence.

Le savons-nous, amis, ou ne le savons-nous pas ?
L'un et l'autre créent l'heure hésitante
sur la face des hommes.

XI

Sieh den Himmel. Heisst kein Sternbild *Reiter*?
Denn dies ist uns seltsam eingeprägt :
dieser Stolz aus Erde. Und ein Zweiter,
der ihn treibt und hält und den er trägt.

Ist nicht so, gejagt und dann gebändigt,
diese sehnige Natur des Seins?
Weg und Wendung. Doch ein Druck verständigt.
Neue Weite. Und die zwei sind eins.

Aber sind sie's? Oder meinen beide
nicht den Weg, den sie zusammen tun?
Namenlos schon trennt sie Tisch und Weide.

Auch die sternische Verbindung trügt.
Doch uns freue eine Weile nun,
der Figur zu glauben. Das genügt.

XI

Regarde le ciel. N'y a-t-il pas une constellation du « Cavalier »?
Car cela en nous est étrangement gravé :
cette gloire de la terre. Et voici un deuxième être,
qui le pousse et le retient et qu'il porte.

N'est-elle pas ainsi, fouettée puis maîtrisée,
cette nerveuse nature de l'être?
Chemin et tournant. Mais une pression crée l'accord.
Nouvelle étendue. Et les deux ne sont qu'un.

Mais le *sont*-ils? Ou ne pensent-ils pas tous deux
au chemin qu'ensemble ils parcourent?
Table et pâturage déjà les séparent indiciblement.

L'union stellaire elle aussi trompe.
Pourtant réjouissons-nous un instant
de croire à la figure. Cela suffit.

XII

Heil dem Geist, der uns verbinden mag;
denn wir leben wahrhaft in Figuren.
Und mit kleinen Schritten gehn die Uhren
neben unserm eigentlichen Tag.

Ohne unsern wahren Platz zu kennen,
handeln wir aus wirklichem Bezug.
Die Antennen fühlen die Antennen,
und die leere Ferne trug...

Reine Spannung. O Musik der Kräfte!
Ist nicht durch die lässlichen Geschäfte
jede Störung von dir abgelenkt!?

Selbst wenn der Bauer sorgt und handelt,
wo die Saat in Sommer sich verwandelt,
reicht er niemals hin. Die Erde *schenkt.*

XII

Gloire à l'Esprit, qui nous peut unir;
car nous ne vivons véritablement que par figures.
Et à petits pas les montres vont leur chemin
à côté de notre jour véritable.

Sans que nous connaissions notre place vraie,
nos actes s'inspirent d'un rapport réel.
Les antennes sentent les antennes,
et le lointain, qui est vide, porta...

Tension pure. O musique des forces!
Chaque trouble n'est-il pas détourné de toi
par les occupations supportables?

Le paysan peut bien aviser et agir,
ce lieu, où les jeunes pousses en moisson d'été se changent
jamais il ne l'atteint. C'est la terre qui *dispense*.

XIII

Voller Apfel, Birne und Banane,
Stachelbeere... Alles dieses spricht
Tod und Leben in den Mund... Ich ahne...
Lest es einem Kind vom Angesicht,

wenn es sie erschmeckt. Dies kommt von weit.
Wird euch langsam namenlos im Munde?
Wo sonst Worte waren, fliessen Funde,
aus dem Fruchtfleisch überrascht befreit.

Wagt zu sagen, was ihr Apfel nennt.
Diese Süsse, die sich erst verdichtet,
um, im Schmecken leise aufgerichtet,

klar zu werden, wach und transparent,
doppeldeutig, sonnig, erdig, hiesig —:
O Erfahrung, Fühlung, Freude —, riesig!

XIII

Pomme pleine, poire et banane,
groseille... Tout cela déverse dans ta bouche
des paroles de mort et sa vie... Je pressens...
Lisez-les sur le visage d'un enfant,

qui les goûte et les garde. Cela vient de loin.
Cela perd-il lentement son nom dans votre bouche?
Là où n'étaient que des mots coulent des découvertes,
libérées avec surprise de la chair du fruit.

Osez dire ce que vous appelez pomme.
Cette douceur, qui d'abord se condense
pour, avec douceur dressée dans le goût,

parvenir à la clarté, à l'éveil, à la transparence,
devenir une chose d'ici, qui signifie et le soleil et la terre — :
O expérience, sensation, joie —, gigantesque!

XIV

Wir gehen um mit Blume, Weinblatt, Frucht.
Sie sprechen nicht die Sprache nur des Jahres.
Aus Dunkel steigt ein buntes Offenbares
und hat vielleicht den Glanz der Eifersucht

der Toten an sich, die die Erde stärken.
Was wissen wir von ihrem Teil an dem?
Es ist seit lange ihre Art, den Lehm
mit ihrem freien Marke zu durchmärken.

Nun fragt sich nur : tun sie es gern?...
Drängt diese Frucht, ein Werk von schweren Sklaven,
geballt zu uns empor, zu ihren Herrn?

Sind *sie* die Herrn, die bei den Wurzeln schlafen,
und gönnen uns aus ihren Ueberflüssen
dies Zwischending aus stummer Kraft und Küssen?

XIV

Nous avons commerce avec la fleur, le pampre, le fruit.
Ils ne parlent pas le seul langage des saisons.
De l'ombre monte une révélation diaprée
Où resplendit peut-être la jalousie

des morts, qui donnent à la terre leur force.
Que savons-nous de la part qu'ils y prennent ?
C'est depuis longtemps leur manière de fournir
pour moelle à l'argile leur libre moelle.

Une seule question donc se pose : le font-ils de bon gré ?
Ce fruit, œuvre d'esclaves lourds, se presse-t-il,
comme une balle, vers nous, vers leurs maîtres ?

Ou bien sont-*ils* les maîtres, ceux qui dorment auprès des racines,
et de leur superflu daignent-ils nous accorder
cette chose hybride faite de force muette et de baisers ?

XV

Wartet..., das schmeckt... Schon ists auf der Flucht.
...Wenig Musik nur, ein Stampfen, ein Summen – :
Mädchen, ihr warmen, Mädchen, ihr stummen,
tanzt den Geschmack der erfahrenen Frucht!

Tanzt die Orange. Wer kann sie vergessen,
wie sie, ertrinkend in sich, sich wehrt
wider ihr Süssein. Ihr habt sie besessen.
Sie hat sich köstlich zu euch bekehrt.

Tanzt die Orange. Die wärmere Landschaft,
Werft sie aus euch, dass die reife erstrahle
in Lüften der Heimat! Erglühte, enthüllt

Düfte um Düfte. Schafft die Verwandtschaft
mit der reinen, sich weigernden Schale,
mit dem Saft, der die glückliche füllt!

XV

Attendez... Cela a le goût... Déjà il est en fuite.
... Fort peu de musique, un piétinement, un bourdonnement – :
O vous, jeunes filles ardentes, ô vous, jeunes filles muettes,
dansez le goût du fruit éprouvé !

Dansez l'orange. Qui peut oublier
comment, se fondant en elle-même, elle se défend
contre sa propre douceur. Vous l'avez possédée.
A vous, ô délices ! elle s'est convertie.

Dansez l'orange. Le paysage plus chaud,
projetez-le hors de vous, qu'elle rayonne de maturité
dans les airs de son pays ! Embrasées, dévoilez

un à un ses parfums ! Créez la parenté
avec l'écorce pure qui se refuse,
avec le suc qui emplit l'heureuse !

XVI

Du, mein Freund, bist einsam, weil...
Wir machen mit Worten und Fingerzeigen
uns allmählich die Welt zu eigen,
vielleicht ihren schwächsten, gefährlichsten Teil.

Wer zeigt mit Fingern auf einen Geruch? –
Doch von den Kräften, die uns bedrohten,
fühlst du viele... Du kennst die Toten,
und du erschrickst vor dem Zauberspruch.

Sieh, nun heisst es zusammen ertragen
Stückwerk und Teile, als sei es das Ganze.
Dir helfen, wird schwer sein. Vor allem : pflanze

mich nicht in dein Herz. Ich wüchse zu schnell.
Doch *meines* Herrn Hand will ich führen und sagen :
Hier. Das ist Esau in seinem Fell.

XVI

Toi, mon ami, tu es solitaire, parce que...
Nous, nous conquérons peu à peu le monde
avec des mots et des signes de nos doigts,
peut-être sa partie la plus faible, la plus dangereuse.

Qui montrera du doigt une odeur ? –
Pourtant, des forces qui nous menacent
tu en sens beaucoup... Tu connais les morts,
et devant la formule magique tu recules, effrayé.

Voici qu'il s'agit maintenant de supporter ensemble
ce qui n'est que pièces et morceaux, comme si c'était le Tout.
T'aider sera difficile. Avant tout : ne me plante

pas dans ton cœur. Je grandirais trop vite.
Pourtant, je veux guider la main de *mon* Maître et dire :
Voici Ésaü le velu.

XVII

Zu unterst der Alte, verworrn,
all der Erbauten
Wurzel, verborgener Born,
den sie nie schauten.

Sturmhelm und Jägerhorn
Spruch von Ergrauten
Männer im Bruderzorn,
Frauen wie Lauten...

Drängender Zweig an Zweig,
nirgends ein freier...
Einer! o steig... o steig...

Aber si brechen noch.
Dieser erst oben doch
biegt sich zur Leier.

XVII

Tout en bas, l'ancêtre, confus,
de tous les êtres
racine, source secrète,
que jamais ils ne virent.

Casque d'assaut et cor de chasse,
sentence de vieillards aux cheveux gris,
frères ennemis,
femmes semblables à des luths...

Branche qui presse la branche,
nulle part un rameau libre...
Un enfin! ô monte... ô monte...

Mais ils se brisent encore.
Celui-ci enfin, à la cime, pourtant
se courbe en lyre.

XVIII

Hörst du das Neue, Herr,
dröhnen und beben?
Kommen Verkündiger,
die es erheben.

Zwar ist kein Hören heil
in dem Durchtobstein,
doch der Maschinenteil
will jetzt gelobt sein.

Sieh, die Maschine :
wie sie sich wälzt und rächt
und uns entstellt und schwächt.

Hat sie aus uns auch Kraft,
sie, ohne Leidenschaft,
treibe und diene.

XVIII

Entends-tu, Seigneur, le nouveau
gronder et trembler ?
Il vient des annonciateurs,
qui l'exaltent.

Il est vrai que nulle oreille n'est sauve
dans le fracas pénétrant,
mais la partie mécanique
veut maintenant être louée.

Regarde la machine :
vois comme elle tourne et se venge
et nous défigure et nous affaiblit.

Même si elle tient de nous sa force,
que, sans passion, elle
meuve et serve.

XIX

Wandelt sich rasch auch die Welt
wie Wolkengestalten,
alles Vollendete fällt
heim zum Uralten.

Ueber dem Wandel und Gang,
weiter und freier,
währt noch dein Vor-Gesang,
Gott mit der Leier.

Nicht sind die Leiden erkannt,
nicht ist die Liebe gelernt,
und was im Tod uns entfernt,

ist nicht entschleiert.
Einzig das Lied überm Land
heiligt und feiert.

XIX

Le monde peut bien rapidement se transformer
comme des formes nuageuses,
toute chose achevée retombe
au sein des choses antiques.

Au-dessus du changement et du mouvement,
plus vaste et plus libre,
dure encore ton prélude,
Dieu qui porte la lyre.

Ni les souffrances ne sont connues,
ni l'amour n'est appris,
ni ce qui dans la mort nous éloigne

n'est dévoilé.
Seul, le chant au-dessus de la terre
sanctifie et glorifie.

XX

Dir aber, Herr, o was weih ich dir, sag,
der das Ohr den Geschöpfen gelehrt? –
Mein Erinnern an einen Frühlingstag,
seinen Abend, in Russland –, ein Pferd...

Herüber vom Dorf kam der Schimmel allein,
an der vorderen Fessel den Pflock,
um die Nacht auf den Wiesen allein zu sein;
wie schlug seiner Mähne Gelock

an den Hals im Takte des Uebermuts,
bei dem grob gehemmten Galopp.
Wie sprangen die Quellen des Rossebluts!

Der fühlte die Weiten, und ob!
Der sang und der hörte –, dein Sagenkreis
War *in* ihm geschlossen.
Sein Bild : ich weih's.

XX

Mais à toi, Seigneur, que puis-je te vouer, dis-moi,
à toi, qui enseignas l'ouïe aux créatures ?
Mon souvenir de ce jour de printemps,
cette soirée-là, en Russie –, un cheval...

Du village l'animal venait, blanc et solitaire,
portant à l'entrave antérieure le pieu,
pour être seul, la nuit, dans les prairies ;
comme les volutes de sa crinière

frappaient sur l'encolure au rythme de sa fougue,
dans son galop grossièrement entravé.
Comme elles jaillissaient, les sources de son sang de coursier !

Celui-là sentait les étendues, et comment !
Il chantait, il entendait –, ton cycle de légendes
en lui se refermait.
Son image : je te la voue.

XXI

Frühling ist wiedergekommen. Die Erde
ist wie ein Kind, das Gedichte weiss;
viele, o viele... Für die Beschwerde
langen Lernens bekommt sie den Preis.

Streng war ihr Lehrer. Wir mochten das Weisse
an dem Barte des alten Manns.
Nun, wie das Grüne, das Blaue heisse,
dürfen wir fragen : sie kanns, sie kanns!

Erde, die frei hat, du glückliche, spiele
nun mit den Kindern. Wir wollen dich fangen,
fröhliche Erde. Dem Frohsten gelingts.

O, was der Lehrer sie lehrte, das Viele,
und was gedruckt steht in Wurzeln und langen
schwierigen Stämmen : sie singts, sie singts!

XXI

Printemps est revenu. La terre
est semblable à l'enfant qui sait des poèmes ;
beaucoup, ô beaucoup... Des durs efforts
d'une longue étude elle reçoit le prix.

Sévère fut son maître. Nous aimions la blancheur
de la barbe du vieillard.
Maintenant nous pouvons lui demander comment s'appelle
le vert, le bleu : elle le sait, elle le sait !

Terre, qui as congé, terre heureuse, joue
maintenant avec les enfants. Nous voulons te prendre,
terre joyeuse. Le plus joyeux réussira.

O, ce que le maître lui enseigna, l'innombrable,
et ce qui est imprimé dans les racines et les longs
troncs compliqués : elle le chante, elle le chante !

XXII

Wir sind die Treibenden.
Aber den Schritt der Zeit,
nehmt ihn als Kleinigkeit
im immer Bleibenden.

Alles das Eilende
wird schon vorüber sein;
denn das Verweilende
erst weiht uns ein.

Knaben, o werft den Mut
nicht in die Schnelligkeit,
nicht in den Flugversuch.

Alles ist ausgeruht :
Dunkel und Helligkeit,
Blume und Buch.

XXII

Nous sommes les trépidants.
Mais le pas du temps,
prenez-le comme une bagatelle
parmi ce qui toujours reste.

Tout ce qui se hâte
déjà sera passé ;
car ce qui demeure
seul nous initie.

Garçons, ô ne jetez pas votre courage
dans la vitesse,
dans l'essai de voler.

Tout est reposé :
obscurité et clarté,
fleur et livre.

XXIII

O erst *dann*, wenn der Flug
nicht mehr um seinetwillen
wird in die Himmelstillen
steigen, sich selber genug,

um in lichten Profilen,
als das Gerät, das gelang,
Liebling der Winde zu spielen,
sicher schwenkend und schlank, –

erst wenn ein reines Wohin
wachsender Apparate
Knabenstolz überwiegt,

wird, überstürzt von Gewinn,
jener den Fernen Genahte
sein, was er einsam erfliegt.

XXIII

O *alors* seulement, quand le vol,
unique objet de son essor,
ne s'élèvera plus pour lui-même
dans les silences célestes,

pour jouer avec des profils lumineux
au favori des vents,
comme un engin qui a réussi,
se balançant avec sûreté et souplesse, –

quand enfin un but pur assigné
à des appareils grandissants
l'emportera sur l'orgueil juvénile,

alors, submergé de gain,
celui-là qui s'approche des lointains
sera ce que son vol solitaire escalade.

XXIV

Sollen wir unsere uralte Freundschaft, die grossen
niemals werbenden Götter, weil sie der harte
Stahl, den wir streng erzogen, nicht kennt, verstossen
oder sie plötzlich suchen auf einer Karte?

Diese gewaltigen Freunde, die uns die Toten
nehmen, rühren nirgends an unsere Räder.
Unsere Gastmähler haben wir weit –, unsere Bäder,
fortgerückt, und ihre uns lang schon zu langsamen Boten

überholen wir immer. Einsamer und auf einander
ganz angewiesen, ohne einander zu kennen,
führen wir nicht mehr die Pfade als schöne Mäander,

sondern als Grade. Nur noch in Dampfkesseln brennen
die einstigen Feuer und heben Hämmer, die immer
grössern. Wir aber nehmen an Kraft ab, wie Schwimmer.

XXIV

Devons-nous répudier notre antique amitié, les grands
Dieux jamais quêteurs, parce que le dur
acier les ignore, que sévèrement nous façonnâmes,
ou bien les chercher soudain sur une carte?

Ces amis puissants, qui nous enlèvent nos morts,
ne touchent nulle part nos roues.
Nos banquets et nos bains, nous les avons éloignés,
avancés, et leurs messagers, depuis longtemps trop lents pour nous,

nous les dépassons toujours. Plus solitaires maintenant et l'un à [l'autre
entièrement réduits, sans nous connaître les uns les autres,
nous ne traçons plus les chemins comme de beaux méandres,

mais selon la pente. Dans les chaudières seules brûlent encore
les feux anciens, qui soulèvent des marteaux toujours
plus grands. Mais nous perdons des forces, comme des nageurs.

XXV

Dich aber will ich nun, Dich, die ich Kannte,
wie eine Blume, von der ich den Namen nicht weiss,
noch *ein* Mal erinnern und ihnen zeigen, Entwandte,
schöne Gespielin des unüberwindlichen Schrei's.

Tänzerin erst, die plötzlich, den Körper voll Zögern,
anhielt, als göss man ihr Jungsein in Erz;
trauernd und lauschend —. Da, von den hohen Vermögern
fiel ihr Musik in das veränderte Herz.

Nah war die Krankheit. Schon von den Schatten bemächtigt,
drängte verdunkelt das Blut, doch, wie flüchtig verdächtigt,
trieb es in seinen natürlichen Frühling hervor.

Wieder und wieder, von Dunkel und Sturz unterbrochen,
glänzte es irdisch. Bis es nach schrecklichem Pochen
trat in das trostlos offene Tor.

XXV

Mais toi, je veux maintenant, ô toi, que je connus
comme une fleur au nom ignoré,
t'évoquer *une* fois encore et te montrer aux autres, toi, qui nous fus
[ravis,
belle compagne du cri qu'on ne peut vaincre.

Danseuse d'abord, qui soudain, le corps plein d'hésitation,
s'arrêta, comme si l'on coulait sa jeunesse dans l'airain ;
en deuil, en arrêt —. Alors, des puissances d'en haut
la musique tomba dans son cœur transformé.

Proche était la maladie. Déjà la proie des ombres,
le sang plus sombre se pressait ; pourtant, comme soupçonné à la
[légère,
il jaillissait dans son printemps naturel.

Et toujours, interrompu par l'ombre et par la chute,
il brillait à nouveau d'un éclat terrestre. Jusqu'à ce qu'après un
[battement effrayant
il franchît la porte désespérement béante.

XXVI

Du aber, Göttlicher, du, bis zuletzt noch Ertöner,
da ihn der Schwarm der verschmähten Mänaden befiel,
hast ihr Gescherei übertönt mit Ordnung, du Schöner,
aus den Zerstörenden stieg dein erbauendes Spiel.

Keine war da, dass sie Haupt dir und Leier zerstör'.
wie sie auch rangen und rasten, und alle die scharfen
Steine, die sie nach deinem Herzen warfen,
wurden zu Sanftem an dir und begabt mit Gehör –.

Schliesslich zerschlugen sie dich, von der Rache gehetzt,
während dein Klang noch in Löwen und Felsen verweilte
und in den Bäumen und Vögeln. Dort singst du noch jetzt.

O du verlorener Gott! Du unendliche Spur!
Nur weil dich reissend zuletzt die Feindschaft verteilte,
sind wir die Hörenden jetzt und ein Mund der Natur.

XXVI

Mais toi, être divin, dont le chant jusqu'au bout retentit,
alors que t'assaillait l'essaim des Ménades dédaignées,
tu fus l'ordre qui domina leurs cris, toi, qui es beau;
du flot des destructrices s'éleva ton jeu constructeur.

Aucune n'était assez proche pour briser ta tête et ta lyre
malgré tous leurs efforts furieux; et toutes les pierres
tranchantes, qu'elles lançaient contre ton cœur,
devenaient douces en te touchant et douées de l'ouïe.

Elles finirent par écraser, assoiffées de vengeance,
tandis que ton chant s'attardait encore dans les lions et les rochers
et dans les arbres et les oiseaux. Là tu chantes maintenant encore.

O toi, Dieu perdu! Toi, trace infinie!
Il fallut que la haine enfin te déchirât, te dispersât,
pour faire de nous maintenant ceux qui entendent et une bouche de
[la nature.

ZWEITER TEIL

I

Atmen, du unsichtbares Gedicht!
Immerfort um das eigne
Sein rein eingetauschter Weltraum. Gegengewicht,
in dem ich mich rhythmisch ereigne.

Einzige Welle, deren
allmähliches Meer ich bin;
sparsamstes du von allen möglichen Meeren, –
Raumgewinn.

Wie viele von diesen Stellen der Räume waren schon
innen in mir. Manche Winde
sind wie mein Sohn.

Erkennst du mich, Luft, du, voll noch einst meiniger Orte?
Du, einmal glatte Rinde,
Rundung und Blatt meiner Worte.

DEUXIÈME PARTIE

I

Respirer, ô invisible poème!
Échange pur et qui jamais ne cesse entre notre être propre
et les espaces du monde. Contre-poids
dans lequel rythmiquement je me conquiers.

Vague unique, dont
je suis la mer progressive;
toi, la plus économe de toutes les mers possibles, –
gain d'espace.

Combien parmi ces places des espaces furent déjà
à l'intérieur de moi-même. Plus d'un vent
est comme mon fils.

Me reconnais-tu, air, toi, encore plein de lieux qui furent miens?
Toi, qui fus un jour l'écorce lisse,
la courbure et la feuille de mes paroles?

II

So wie dem Meister manchmal das eilig
nähere Blatt den *wirklichen* Strich
abnimmt : so nehmen oft Spiegel das heilig
einzige Lächeln der Mädchen in sich,

wenn sie den Morgen erproben, allein, –
oder im Glanze der dienenden Lichter.
Und in das Atmen der echten Gesichter,
später, fällt nur ein Widerschein.

Was haben Augen einst ins umrusste
lange Verglühn der Kamine geschaut :
Blicke des Lebens, für immer verlorne.

Ach, der Erde, wer kennt die Verluste?
Nur, wer mit dennoch preisendem Laut
sänge das Herz, das ins Ganze geborne.

II

Comme au maître la feuille hâtivement rapprochée
parfois dérobe le trait *véritable :*
ainsi les miroirs souvent absorbent en eux
le sourire saintement unique des jeunes filles,

quand elles éprouvent le matin, toutes seules,
ou bien sous l'éclat des lumières empressées.
Et dans le souffle des vrais visages
il ne tombera plus tard qu'un reflet.

Combien d'yeux, jadis, ont longuement regardé
mourir le flamboiement cerné de suie des cheminées :
regards de vie, pour toujours perdus.

Ah ! De la terre qui connaît les pertes ?
Seul qui, d'un ton cependant louangeur,
chanterait le cœur, qui est né pour le Tout.

III

Spiegel : noch nie hat man wissend beschrieben,
was ihr in euerem Wesen seid.
Ihr, wie mit lauter Löchern von Sieben
erfüllten Zwischenräume der Zeit.

Ihr, noch des leeren Saales Verschwender –,
wenn es dämmert, wie Wälder weit...
Und der Lüster geht wie ein Sechzehn-Ender
durch eure Unbetretbarkeit.

Manchmal seid ihr voll Malerei.
Einige scheinen in euch gegangen –,
andere schicktet ihr scheu vorbei.

Aber die Schönste wird blieben bis
drüben in ihre enthaltenen Wangen
eindrang der klare gelöste Narziss.

III

Miroirs : jamais encore sciemment l'on n'a dit
ce qu'en votre essence vous êtes.
Vous, intervalles du temps que suffisent
à emplir des trous de crible.

Vous, qui gaspillez la salle pourtant vide –,
qui, au crépuscule, êtes vastes ainsi que des forêts...
Et le lustre passe comme la ramure d'un seize cors
dans votre inviolabilité.

Parfois vous êtes emplis de peintures.
Quelques-unes semblent passées en vous –,
d'autres, vous les avez écartées peureusement.

Mais la plus belle restera, jusqu'à ce que
là-bas dans ses joues encore vierges
ait pénétré le clair narcisse libéré.

IV

O dieses ist das Tier, das es nicht gibt.
Sie wusstens nicht und habens jeden Falls
– sein Wandeln, seine Haltung, seinen Hals,
bis in des stillen Blickes Licht – geliebt.

Zwar var es nicht. Doch weil sie's liebten, ward
ein reines Tier. Sie liessen immer Raum.
Und in dem Raume, klar und ausgespart,
erhob es leicht sein Haupt und brauchte kaum

zu sein. Sie nährten es mit keinem Korn,
nur immer mit der Möglichkeit, es sei.
Und die gab solche Stärke an das Tier,

dass es aus sich ein Stirnhorn trieb. Ein Horn.
Zu einer Jungfrau kam es weiss herbei –
und war im Silber-Spiegel und in ihr.

IV

O voici l'animal qui n'existe pas.
Ils ne le savaient pas et pourtant l'ont aimé
– dans sa démarche, son maintien, son encolure,
jusque dans la lumière de son calme regard –.

Certes, il n'existait pas. Mais parce qu'ils l'aimaient
un animal pur naquit. Ils laissaient toujours de l'espace.
Et dans cet espace, clair et épargné,
il leva légèrement la tête et eut à peine besoin

d'être. Ils ne le nourrirent d'aucun grain,
mais uniquement de la possibilité d'être.
Et c'est elle qui donna une telle force à l'animal

qu'il fit jaillir de son front une corne. Une seule corne.
D'une vierge il s'approcha, tout blanc,
et fut dans le miroir d'argent et fut en elle.

V

Blumenmuskel, der der Anemone
Wiesenmorgen nach und nach erschliesst,
bis in ihren Schooss das polyphone
Licht der lauten Himmel sich ergiesst,

in den stillen Blütenstern gespannter
Muskel des unendlichen Empfangs,
manchmal *so* von Fülle übermannter,
dass der Ruhewink des Untergangs

kaum vermag die weitzurückgeschnellten
Blätterränder dir zurückzugeben :
du, Entschluss und Kraft von *wieviel* Welten!

Wir, Gewaltsamen, wir währen länger.
Aber *wann*, in welchem aller Leben,
sind wir endlich offen und Empfänger?

V

Muscle de fleur, qui à l'anémone
ouvre peu à peu les matins des prairies,
jusqu'à ce qu'en son sein la polyphone
lumière des cieux sonores se déverse,

muscle de l'accueil infini
tendu dans la silencieuse fleur-étoile,
parfois *tant* accablé d'abondance,
que le signal du repos qu'est le déclin du soleil

peut à peine ramener à toi les bords de tes
pétales largement repliés en arrière :
toi, résolution et vigueur de *tant* de mondes!

Nous, les violents, nous durons plus longtemps.
Mais *quand*, dans laquelle de toutes les vies,
sommes-nous enfin des êtres qui s'ouvrent pour accueillir?

VI

Rose, du thronende, denen im Altertume
warst du ein Kelch mit einfachem Rand.
Uns aber bist du die volle zahllose Blume,
der unerschöpfliche Gegenstand.

In deinem Reichtum scheinst du wie Kleidung um Kleidung
um einen Leib aus nichts als Glanz;
aber dein einzelnes Blatt ist zugleich die Vermeidung
und dei Verleugnung jedes Gewands.

Seit Jahrhunderten ruft uns dein Duft
seine süssesten Namen herüber;
plötzlich liegt er wie Ruhm in der Luft.

Dennoch, wir wissen ihn nicht zu nennen, wir raten...
Und Erinnerung geht zu ihm über,
die wir von rufbaren Stunden erbaten.

VI

Rose, toi qui trônes, pour les hommes de l'Antiquité
tu étais un calice avec un simple bord.
Mais pour *nous*, tu es la fleur pleine, innombrable,
l'objet inépuisable.

Dans ta richesse, tu sembles vêtir et revêtir
un corps qui n'est fait que d'éclat;
mais chacun de tes pétales en même temps évite
et nie tout vêtement.

Depuis des siècles, ton parfum
nous lance l'appel de ses noms les plus doux;
soudain, il repose comme une gloire dans les airs.

Pourtant, nous ne savons pas le nommer, nous devinons...
Alors se mêle à lui le souvenir
que nous demandons aux heures de l'évocation.

VII

Blumen, ihr schliesslich den ordnenden Händen verwandte,
(Händen der Mädchen von einst und jetzt),
die auf dem Gartentisch oft von Kante zu Kante
lagen, ermattet und sanft verletzt,

wartend des Wassers, das sie noch einmal erhole
aus dem begonnenen Tod –, und nun
wieder erhobene zwischen die strömenden Pole
fühlender Finger, die wohlzutun

mehr noch vermögen, als ihr ahntet, ihr leichten,
wenn ihr euch wiederfandet im Krug,
langsam erkühlend und Warmes der Mädchen, wie Beichten,

von euch gebend, wie trübe ermüdende Sünden,
die das Gepflücktsein beging, als Bezug
wieder zu ihnen, die sich euch blühend verbünden.

VII

Fleurs, en définitive apparentées aux mains qui les ordonnent,
(mains de jeune fille de jadis et d'aujourd'hui),
qui souvent, sur la table de jardin, d'un bord à l'autre
gisiez, épuisées et doucement blessées,

attendant l'eau, qui une fois encore vous reprendrait
à la mort commencée –, et maintenant
soulevées de nouveau entre les pôles rayonnants
de doigts sensibles, qui pour soulager

sont encore plus puissants que vous ne le pressentiez, ô vous, légères,
quand vous vous êtes retrouvées dans le vase,
vous rafraîchissant lentement et exhalant la chaleur des jeunes filles

comme une confession, comme des péchés troubles et accablants
dont fut coupable la cueillette, rapport
nouveau avec elles, dont la floraison veut s'unir à la vôtre.

VIII

Wenige ihr, der einstigen Kindheit Gespielen
in den zerstreuten Gärten der Stadt :
wie wir uns fanden und uns zögernd gefielen
und, wie das Lamm mit dem redenden Blatt,

sprachen als schweigende. Wenn wir uns einmal freuten,
keinem gehörte es. Wessen wars ?
Und wie zergings unter allen den gehenden Leuten
und im Bangen des langen Jahrs.

Wagen umrollten uns fremd, vorübergezogen,
Häuser umstanden uns stark, aber unwahr, – und keines
kannte uns je. Was war wirklich im All ?

Nichts. Nur die Bälle. Ihre herrlichen Bogen.
Auch nicht die Kinder... Aber manchmal trat eines,
ach ein vergehendes, unter den fallenden Ball.

In memorian Egon von Rilke

VIII

Peu d'entre vous, compagnons de notre enfance de jadis
dans les jardins dispersés de la ville :
comme nous nous sommes trouvés et, hésitants, accordés,
et, tel l'agneau à la feuille qui parle,

nous avons devisé en silence. Quand il nous arrivait de nous réjouir,
cette joie n'appartenait à aucun de nous. A qui était-elle ?
Et comme elle s'éparpillait parmi les allées et venues
et dans l'angoisse de la longue année.

Des voitures roulaient auprès de nous, étrangères, et passaient,
des maisons se dressaient alentour, puissantes, mais irréelles, — et
[aucune
ne nous connut jamais. Qu'y avait-il de réel dans tout cela ?

Rien. Les balles seules. Leurs courbes magnifiques.
Les enfants non plus... Mais parfois l'un d'eux,
hélas ! un enfant qui se mourait, se plaçait sous la balle qui tombait.

A la mémoire d'Egon de Rilke

IX

Rühmt euch, ihr Richtenden, nicht der entbehrlichen Folter
und dass das Eisen nicht länger an Hälsen sperrt.
Keins ist gesteigert, kein Herz –, weil ein gewollter
Krampf der Milde euch zarter verzerrt.

Was es durch Zeiten bekam, das schenkt das Schafott
wieder zurück, wie Kinder ihr Spielzeug vom vorig
alten Geburtstag. Ins reine, ins hoche, ins torig
offene Herz träte er anders, der Gott

wirklicher Milde. Er käme gewaltig und griffe
strahlender um sich, wie Göttliche sind,
Mehr als ein Wind für die grossen gesicherten Schiffe.

Weniger nicht, als die heimliche leise Gewahrung,
die uns im Innern schweigend gewinnt
wie ein still spielendes Kind aus unendlicher Paarung.

IX

Ne vous glorifiez pas, ô juges, de vous passer de la torture
et de ne plus étreindre le cou dans le carcan de fer.
Nul cœur n'a été élevé, aucun –, parce qu'une crise
de douceur voulue vous fait grimacer doucement.

Ce qu'il a reçu dans les temps passés, l'échafaud le restitue,
comme des enfants le jouet de leur anniversaire
précédent. Dans le cœur pur et grand et largement
ouvert, autrement il entrerait, le Dieu

de la véritable douceur. Il viendrait avec violence et lancerait
autour de lui les griffes de ses rayons, comme le font les Dieux.
Plus qu'un vent pour les grands navires sûrs.

Pas moins que la secrète et douce vision,
qui au fond de nous, silencieuse, nous conquiert
comme un enfant aux jeux paisibles né d'une union infinie.

X

Alles Erworbne bedroht die Maschine, solange
sie sich erdreistet, im Geist, statt im Gehorchen, zu sein.
Dass nicht der herrlichen Hand schöneres Zögern mehr prange,
zu dem entschlossenern Bau schneidet sie steifer den Stein.

Nirgends bleibt sie zurück, dass wir ihr *ein* Mal entrönnen
und sie in stiller Fabrik ölend sich selber gehört.
Sie ist das Leben, – sie meint es am besten zu können,
die mit dem gleichen Entschluss ordnet und schafft und zerstört.

Aber noch ist uns das Dasein verzaubert; an hundert
Stellen ist es noch Ursprung. Ein Spielen von reinen
Kräften, die keiner berührt, der nicht kniet und bewundert.

Worte gehen noch zart am Unsäglichen aus...
Und die Musik, immer neu, aus den bebendsten Steinen,
baut im unbrauchbaren Raum ihr vergöttlichtes Haus.

X

La machine menace tout ce qui est acquis, aussi longtemps
qu'elle a la prétention d'être dans l'esprit, non dans l'obéissance.
Pour que ne resplendisse plus l'hésitation plus belle de la main
[magnifique,
elle taille plus raide la pierre de l'édifice plus audacieux.

Nulle part, elle ne reste en arrière, pour qu'*une* fois nous lui
[échappions,
et que, luisante d'huile, dans la fabrique silencieuse, elle
[s'appartienne.
Elle est la vie, — elle pense s'y entendre mieux que personne,
elle qui, avec la même résolution, ordonne et crée et détruit.

Mais pour nous l'existence est encore enchantée ; à cent
endroits elle est encore origine. Un jeu de forces pures,
auxquelles nul ne touche, s'il ne s'agenouille et admire.

Des paroles frôlent encore de très près l'Indicible...
Et la musique, toujours nouvelle, jaillie des pierres les plus
[frémissantes,
bâtit dans l'espace inutilisable sa maison divinisée.

XI

Manche, des Todes, entstand ruhig geordnete Regel,
weiterbezwingender Mensch, seit du im Jagen beharrst;
mehr doch als Falle und Netz, weiss ich dich, Streifen von Segel,
den man hinuntergehängt in den höhligen Karst.

Leise liess man dich ein, als wärst du ein Zeichen,
Frieden zu feiern. Doch dann : rang dich am Rande der Knecht,
— und, aus den Höhlen, die Nacht warf eine Handvoll von bleichen
taumelnden Tauben ins Licht...
Aber *auch* das ist im Recht.

Fern von dem Schauenden sei jeglicher Hauch des Bedauerns,
nicht nur vom Jäger allein, der, was sich zeitig erweist,
wachsam und handelnd vollzieht.

Töten ist eine Gestalt unseres wandernden Trauerns...
Rein ist im heiteren Geist,
was an uns selber geschieht.

XI

Mainte règle de mort naquit d'un ordre calme,
depuis que tu t'acharnes à chasser, homme toujours dominateur ;
plus pourtant que piège et filet, je te sais, fragment de voile marine,
que l'on fait pendre dans le Karst caverneux.

Doucement on t'introduisit, comme si tu étais un signal,
celui des fêtes de la paix. Ensuite pourtant : le valet te secoua par le
[bord,
— et des cavernes la nuit lança dans la lumière
une poignée de pigeons blancs pris de vertige...
Mais *cela* aussi est dans la règle.

Loin du voyant soit tout souffle de regret,
et non pas seulement du chasseur, qui, avant que le temps soit venu,
vigilant et agissant, achève.

Tuer est une forme de notre deuil vagabond...
Pur est, dans l'esprit serein,
ce qui s'accomplit sur nous-mêmes.

XII

Wolle die Wandlung. O sei für die Flamme begeistert,
drin sich ein Ding dir entzieht, das mit Verwandlungen prunkt;
jener entwerfende Geist, welcher das Irdische meistert,
liebt in dem Schwung der Figur nichts wie den wendenden Punkt.

Was sich ins Bleiben verschliesst, schon ists das Erstarrte;
wähnt es sich sicher im Schutz des unscheinbaren Grau's?
Warte, ein Härtestes warnt aus der Ferne das Harte.
Wehe — : abwesender Hammer holt aus!

Wer sich als Quelle ergiesst, den erkennt die Erkennung;
und sie führt ihn entzückt durch das heiter Geschaffne,
das mit Anfang oft schliesst und mit Ende beginnt.

Jeder glückliche Raum ist Kind oder Enkel von Trennung,
den sie staunend durchgehn. Und die verwandelte Daphne
will, seit sie lorbeern fühlt, dass du dich wandelst in Wind.

XII

Veuille la transformation. O sois épris de la flamme,
où t'échappe une chose qui fait parade de métamorphose ;
l'Esprit fertile en projets, le Maître de ce qui est terrestre,
préfère à tout, dans la courbe de la figure, le tournant.

Ce qui s'enferme dans l'immobilité déjà *est* pétrifié ;
s'imagine-t-il en sûreté à l'abri de la grisaille sans apparence ?
Attends, le plus dur avertit de loin la dureté.
Malheur – le marteau absent se prépare à frapper !

Celui qui s'épanche en source, la connaissance le connaît ;
et le conduit dans l'extase à travers la Création sereine,
qui souvent s'achève par le début et commence par la fin.

Tout espace heureux est fils ou petit-fils de la séparation,
qu'ils franchissent, étonnés. Et Daphné métamorphosée
veut, depuis qu'elle sent en laurier, que tu te changes en vent.

XIII

Sei allem Abschied voran, als wäre er hinter
dir, wie der Winter, der eben geht.
Denn unter Wintern ist einer so endlos Winter,
dass, überwinternd, dein Herz überhaupt übersteht.

Sei immer tot in Eurydike –, singender steige,
preisender steige zurück in den reinen Bezug.
Hier, unter Schwindenden, sei, im Reiche der Neige,
sei ein klingendes Glas, das sich im Klang schon zerschlug.

Sei – und wisse zugleich des Nicht-Seins Bedingung,
den unendlichen Grund deiner innigen Schwingung,
dass du sei völlig vollziehst dieses einzige Mal.

Zu dem gebrauchten sowohl, wie zum dumpfen und stummen
Vorrat der vollen Natur, den unsäglichen Summen,
zähle dich jubelnd hinzu und vernichte die Zahl.

XIII

Devance toute séparation, comme si elle était derrière
toi, semblable à l'hiver qui à l'instant s'en va.
Car parmi les hivers, il en est un sans fin, tel
que, l'ayant surmonté, ton cœur en tout survivra.

Sois toujours mort en Eurydice –, monte en chantant plus fort,
en célébrant plus haut remonte dans le pur rapport.
Ici, parmi ceux qui passent, sois, au royaume du déclin,
sois un verre qui tinte et dans le tintement déjà se brise.

Sois – et connais en même temps la condition du non-être,
la raison infinie de son intime vibration,
afin de l'accomplir entièrement cette unique fois.

Aux réserves, employées aussi bien que voilées et silencieuses,
de la nature totale, sommes indicibles,
ajoute-toi avec allégresse et anéantis le nombre.

XIV

Siehe die Blumen, diese dem Irdischen treuen,
denen wir Schicksal vom Rande des Schicksals leihn, –
aber wer weiss es! Wenn sie ihr Welken bereuen,
ist es an uns, ihre Reue zu sein.

Alles will schweben. Da gehn wir umher wie Beschwerer,
legen auf alles uns selbst, vom Gewichte entzückt;
o was sind wir den Dingen für zehrende Lehrer,
weil ihnen ewige Kindheit glückt.

Nähme sie einer ins inninge Schlafen und schliefe
tief mit den Dingen – : o wie käme er leicht,
anders zum anderen Tag, aus der gemeinsamen Tiefe,

Oder er bliebe vielleicht; und sie blühten und priesen
ihn, den Bekehrten, der nun den Ihrigen gleicht,
allen den stillen Geschwistern im Winde der Wiesen.

XIV

Vois les fleurs, ces fidèles de la terre,
auxquelles nous prêtons un destin au bord du destin, –
mais qui sait ! Si elles regrettent de se faner,
c'est à nous d'être leur regret.

Tout veut planer. Et nous allons çà et là, êtres pesants,
nous nous posons nous-mêmes sur tout, ravis de notre poids.
O quels maîtres dévorants nous sommes pour les choses,
parce qu'elles ont le bonheur de l'éternelle enfance.

Celui qui les emporterait dans l'intimité du sommeil et dormirait
profondément avec les choses – : ô comme il reviendrait léger,
différent en face du jour différent, de la commune profondeur.

Ou bien peut-être il resterait ; et elles fleuriraient et le glorifieraient,
lui, le converti, qui maintenant ressemble à l'une des leurs,
à toutes les sœurs silencieuses dans le vent des prairies.

XV

O Brunnen-Mund, du gebender, du Mund,
der unerschöpflich Eines, Reines, spricht, –
du, vor des Wassers fliessendem Gesicht,
marmorne Maske. Und im Hintergrund

der Aquädukte Herkunft. Weither an
Gräbern vorbei, vom Hang des Apennins
tragen sie dir dein Sagen zu, das dann
am schwarzen Altern deines Kinns

vorüberfällt in das Gefäss devor.
Dies ist das schlafend hingelegte Ohr,
das Marmorohr, in das du immer sprichst.

Ein Ohr der Erde. Nur mit sich allein
redet sie also. Schiebt ein Krug sich ein,
so scheint es ihr, dass du sie unterbrichst.

XV

O bouche de fontaine, Donatrice, toi, bouche
à l'inépuisable langage, uni et pur, –
toi, qui es devant le visage fluide de l'eau
un masque de marbre. Et, à l'arrière-plan,

la venue des aqueducs. De loin, en passant
auprès des tombes, du flanc de l'Apennin
ils t'apportent tes paroles, qui ensuite,
sur le vieillissement noir de ton menton,

passent et tombent dans la vasque devant toi.
Elle est l'oreille allongée et dormante,
l'oreille de marbre, dans laquelle toujours tu verses ta voix.

Une oreille de la terre. Et la terre ne fait donc
que se parler à elle-même. Si une cruche s'interpose,
il lui semble que tu l'interromps.

XVI

Immer wieder von uns aufgerissen,
ist der Gott die Stelle, welche heilt.
Wir sind Scharfe, denn wir wollen wissen,
aber er ist heiter und verteilt.

Selbst die reine, die geweihte Spende
nimmt er anders nicht in seine Welt,
als indem er sich dem freien Ende
unbewegt entgegenstellt.

Nur der Tote trinkt
aus der hier von uns *gehörten* Quelle,
wenn der Gott ihm schweigend winkt, dem Toten.

Uns wird nur das Lärmen angeboten.
Und das Lamm erbittet seine Schelle
aus dem stilleren Instinkt.

XVI

Blessure que toujours nous ouvrons à nouveau,
Dieu est la place qui guérit.
Nous avons un esprit tranchant, car nous voulons savoir,
mais Lui est serein et épars.

Même l'offrande pure, consacrée,
il ne l'accueille dans son monde
qu'en s'opposant à cette libre fin,
immobile.

Seul, le mort boit
à la source qu'ici nous *entendons* seulement,
quand le Dieu lui adresse un signe silencieux, au mort.

A nous le vacarme seul est offert.
Alors que l'agneau demande sa clochette,
poussé par un instinct plus paisible.

XVII

Wo, in welchen immer selig bewässerten Gärten, an welchen
Bäumen, aus welchen zärtlich entblätterten Blüten-Kelchen
reifen die fremdartigen Früchte der Tröstung? Diese
köstlichen, deren du eine vielleicht in der zertretenen Wiese

deiner Armut findest. Von einem zum anderen Male
wunderst du dich über die Grösse der Frucht,
über ihr Heilsein, über die Sanftheit der Schale,
und dass sie der Leichtsinn des Vogels dir nicht vorwegnahm und
[nicht die Eifersucht

unten des Wurms. Gibt es denn Bäume, von Engeln beflogen,
und von verborgenen langsamen Gärtnern so seltsam gezogen,
dass sie uns tragen, ohne uns zu gehören?

Haben wir niemals vermocht, wir Schatten und Schemen,
durch unser voreilig reifes und wieder welkes Benehmen
jener gelassenen Sommer Gleichmut zu stören?

XVII

Où, dans quels jardins toujours délicieusement arrosés, sur quels
arbres, dans quels calices de fleurs tendrement effeuillés
mûrissent les fruits étranges de la consolation ? Ces
fruits savoureux, dont l'un peut-être dans la prairie piétinée

de ta pauvreté se trouvera. De l'une à l'autre fois,
tu t'extasies sur la grosseur du fruit,
sur son bel état, sur la douceur de sa peau,
et t'étonnes que l'insouciance de l'oiseau ne te l'ait pas ravi, ni la
[jalousie

du ver à la racine. Y a-t-il donc des arbres, survolés par les anges,
par des jardiniers secrets et lents si étrangement cultivés
qu'ils puissent porter leurs fruits pour nous, sans nous appartenir ?

N'avons-nous jamais pu, nous, ombres et schèmes,
par nos actes prématurément mûrs et bientôt desséchés,
troubler l'égalité de ces étés paisibles ?

XVIII

Tänzerin : o du Verlegung
alles Vergehens in Gang : wie brachtest du's dar.
Und der Wirbel am Schluss, dieser Baum aus Bewegung,
nahm er nicht ganz in Besitz das erschwungene Jahr ?

Blühte nicht, dass ihn dein Schwingen von vorhin umschwärme,
plötzlich sein Wipfel von Stille ? Und über ihr,
war sie nicht Sonne, war sie nicht Sommer, die Wärme,
diese unzählige Wärme aus dir ?

Aber er trug auch, er trug, dein Baum der Ekstase.
Sind sie nicht seine ruhigen Früchte : der Krug,
reifend gestreift, und die gereiftere Vase ?

Und in den Bildern : ist nicht die Zeichnung geblieben,
die deiner Braue dunkler Zug
rasch an die Wandung der eigenen Wendung geschrieben ?

XVIII

Danseuse : ô toi, transposition
de tout anéantissement en avancement : quelle offrande fut la tienne.
Et le tourbillon de la fin, cet arbre de mouvement,
ne prit-il pas entière possession de l'année que ton essor conquiert ?

Ne fleurit-il pas, pour que son envol de tout à l'heure l'entourât
[comme un essaim,
sa cime ne fut-elle pas soudain un silence en fleur ? Et au-dessus,
ne fut-elle pas soleil, ne fut-elle pas été, la chaleur, de lui,
cette chaleur innombrable qui émane de toi ?

Mais il portait aussi, il portait, ton arbre d'extase.
Ne sont-ils pas ses fruits paisibles : la cruche,
encerclée de maturité, et le vase plus mûri ?

Et dans les images : n'est-il pas resté, le dessin
que le trait sombre de ton sourcil rapidement a
tracé sur la paroi entrelacée de ton propre tournoiement ?

XIX

Irgendwo wohnt das Gold in der verwöhnenden Bank,
und mit Tausenden tut es vertraulich. Doch jener
Blinde, der Bettler, ist selbst dem kupfernen Zehner
wie ein verlorener Ort, wie das staubige Eck unterm Schrank.

In den Geschäften entlang ist das Geld wie zuhause
und verkleidet sich scheinbar in Seide, Nelken und Pelz.
Er, der Schweigende, steht in der Atempause
alles des wach oder schlafend atmenden Gelds.

O wie mag sie sich schliessen bei Nacht, diese immer offene Hand.
Morgen holt sie das Schicksal wieder, und täglich
hält es sie hin : hell, elend, unendlich zerstörbar.

Dass doch einer, ein Schauender, endlich ihren langen Bestand
staunend begriffe und rühmte. Nur dem Aufsingenden säglich.
Nur dem Göttlichen hörbar.

XIX

Quelque part habite l'or dans la banque qui le cajole,
et il joue à l'intime avec des milliers d'êtres. Mais cet
aveugle, le mendiant, est même pour la pièce de billon
semblable à un lieu perdu, au coin poussiéreux sous l'armoire.

Dans les affaires l'argent est comme chez lui
et se déguise en apparence en soie, œillets, fourrure.
Lui, le silencieux, est là quand s'interrompt le souffle
de tout l'argent qui respire, veillant ou dormant.

O comment peut-elle se fermer, la nuit, cette main toujours ouverte.
Demain, le destin ira la chercher de nouveau, et chaque jour
il la tendra : clair, misérable, infiniment destructible.

Qu'enfin un homme, un voyant, devant sa longue durée,
s'étonne, comprenne et la célèbre. Dicible pour le seul chantre.
Audible pour le seul Dieu.

XX

Zwischen den Sternen, wie weit; und doch, um wie vieles noch [weiter,
was man am Hiesigen lernt.
Einer, zum Beispiel, ein Kind... und ein Nächster, ein Zweiter –
o wie unfasslich entfernt.

Schicksal, es misst uns vielleicht mit des Seienden Spanne,
dass es uns fremd erscheint;
denk, wieviel Spannen allein vom Mädchen zum Manne,
wenn es ihn meidet und meint.

Alles ist weit –, und nirgends schliesst sich der Kreis.
Sieh in der Schüssel, auf heiter bereitetem Tische,
seltsam der Fische Gesicht.

Fische sind stumm..., meinte man einmal. Wer weiss?
Aber ist nicht am Ende ein Ort, wo man das, was der Fische
Sprache wäre, ohne sie spricht?

XX

Entre les étoiles, quelle distance; et pourtant, quelle distance plus
[grande encore
nous enseigne la terre.
Un être humain, par exemple, un enfant... et un autre, son plus
proche voisin –,
ô insaisissable éloignement.

Le destin nous mesure peut-être à l'aune de ce qui est,
si bien qu'il nous semble étranger;
pense au nombre d'aunes qui séparent la jeune fille de l'homme,
quand elle l'évite et l'évoque.

Tout est distant –, et nulle part le cercle ne se ferme.
Vois, dans le plat, sur la table allégrement dressée,
l'étrange visage des poissons.

Les poissons sont muets..., pensait-on jadis. Qui sait?
Mais n'y a-t-il pas après tout un lieu, où l'on parle
sans eux ce qui serait le langage des poissons?

XXI

Singe die Gärten, mein Herz, die du nicht kennst; wie in Glas
eingegossene Gärten, klar, unerreichbar.
Wasser und Rosen von Ispahan oder Schiras,
singe sie selig, preise sie, keinem vergleichbar.

Zeige, mein Herz, dass du sie niemals entbehrst.
Dass sie dich meinen, ihre reifenden Feigen.
Dass du mit ihren, zwischen den blühenden Zweigen
wie zum Gesicht gesteigerten Lüften verkehrst.

Meide den Irrtum, dass es Entbehrungen gebe
für den geschehnen Entschluss, diesen : zu sein!
Seidener Faden, kamst du hinein ins Gewebe.

Welchem der Bilder du auch im Innern geeint bist
(sei es selbst ein Moment aus dem Leben der Pein),
fühl, dass der ganze, der rühmliche Teppich gemeint ist.

XXI

Chante, mon cœur, les jardins que tu ne connais pas ; jardins,
qui sont comme coulés dans le cristal, clairs, inaccessibles,
Eaux et roses d'Ispahan ou de Chiras,
chante leur félicité, chante leur gloire de n'être à nul autre
[comparables.

Montre, mon cœur, que d'eux jamais tu n'es privé.
Qu'elles pensent à toi, leurs figues mûrissantes.
Qu'entre leurs branches en fleur tu as commerce
avec leurs airs qui sont comme transcendés en visages.

Évite l'erreur de croire qu'il y a des privations
pour qui a pris la résolution d'être.
Fil de soie, tu entras dans la trame.

Quelle que soit l'image à laquelle intérieurement tu es uni
(que ce soit même à un moment pris dans une vie de tourments),
sens que c'est le tapis entier, le tapis glorieux qui est en jeu.

XXII

O trotz Schicksal : die herrlichen Ueberflüsse
unseres Daseins, in Parken übergeschäumt, –
oder als steinerne Männer neben die Schlüsse
hoher Portale, unter Balkone gebäumt!

O die eherne Glocke, die ihre Keule
täglich wider den stumpfen Alltag hebt.
Oder die *eine*, in Karnak, die Säule, die Säule,
die fast ewige Tempel überlebt.

Heute stürzen die Ueberschüsse, dieselben,
nur noch als Eile vorbei, aus dem waagrechten gelben
Tag in die blendend mit Licht übertriebene Nacht.

Aber das Rasen zergeht und lässt keine Spuren.
Kurven des Flugs durch die Luft und die, die sie fuhren,
keine vielleicht ist umsonst. Doch nur wie gedacht.

XXII

O, en dépit du destin : le magnifique superflu
de notre existence, qui déborde en écumant dans les parcs, –
ou, statues de pierre à côté des clefs de voûte
de hauts portails, se dresse sous les balcons !

O la cloche d'airain, qui lève sa massue
chaque jour contre la médiocrité quotidienne.
Ou bien la colonne *unique*, la colonne de Karnak,
qui survit à des temples presque éternels.

Aujourd'hui, les mêmes excédents ne sont plus
qu'une hâte qui du jour horizontal et jaune se précipite
dans la nuit surchargée de lumières aveuglantes.

Mais la frénésie passe sans laisser de trace.
Courbes du vol dans l'air, avec ceux qui les tracèrent,
nulle peut-être n'est inutile. Une fois pensée cependant.

XXIII

Rufe mich zu jener deiner Stunden,
die dir unaufhörlich widersteht :
flehen nah wie das Gesicht von Hunden,
aber immer wieder weggedreht,

wenn du meinst, sie endlich zu erfassen.
So Entzognes ist am meisten dein.
Wir sind frei. Wir wurden dor entlassen,
wo wir meinten, erst begrüsst zu sein.

Bang verlangen wir nach einem Halte,
wir zu Jungen manchmal für das Alte
und zu alt für das, was niemals war.

Wir, gerecht nur, wo wir dennoch preisen,
weil wir, ach, der Ast sind und das Eisen
und das Süsse reifender Gefahr.

XXIII

Appelle-moi à celle de tes heures,
qui ne cesse de te résister :
implorante et proche comme un visage de chien,
mais toujours à nouveau détournée de toi,

quand tu crois la saisir enfin.
Ce qui ainsi t'a échappé est ce que tu possèdes le mieux.
Nous sommes libres. Nous fûmes congédiés là
où nous pensions être d'abord salués.

Avec angoisse nous demandons un point d'appui,
nous qui sommes parfois trop jeunes pour ce qui est vieux
et trop vieux pour ce qui ne fut jamais.

Nous, qui ne restons justes que lorsque, malgré tout, nous louons,
parce que, hélas! nous sommes la branche et le fer
et la douceur du danger mûrissant.

XXIV

O diese Lust, immer neu, aus gelockertem Lehm!
Niemand beinah hat den frühesten Wagern geholfen.
Städte entstanden trotzdem an beseligten Golfen,
Wasser und Oel füllten die Krüge trotzdem.

Götter, wir planen sie erst in erkühnten Entwürfen,
die uns das mürrische Schicksal wieder zerstört.
Aber sie sind die Unsterblichen. Sehet, wir dürfen
jenen erhorchen, der uns am Ende erhört.

Wir, ein Geschlecht durch Jahrtausende : Mütter und Väter,
immer erfüllter von dem künftigen Kind,
dass es uns einst, übersteigend, erschüttere, später.

Wir, wir unendlich Gewagten, was haben wir Zeit!
Und nur der schweigsame Tod, der weiss, was wir sind
und was er immer gewinnt, wenn er uns leiht.

XXIV

O cette joie, toujours nouvelle, d'être faits de molle argile!
Personne presque n'aida ceux qui jadis s'aventurèrent.
Des villes naquirent pourtant sur des golfes bienheureux,
l'eau et l'huile remplirent les cruches cependant.

Les Dieux, nous les imaginons d'abord en des concepts hardis,
que le destin chagrin de nouveau détruit.
Mais ils sont les Immortels. Voyez. Nous pouvons
recueillir les paroles de celui qui, à la fin, nous exauce.

Nous, race des millénaires : mères et pères
qu'emplit toujours plus l'enfant futur,
afin qu'un jour, nous surpassant, il nous ébranle, plus tard.

Nous, nous, infiniment aventurés, que de temps nous avons!
Et, seule, la mort taciturne sait ce que nous sommes
et ce que toujours elle gagne, quand elle nous consent un prêt.

XXV

Schon, horch, hörst du der ersten Harken
Arbeit; wieder den menschlichen Takt
in der verhaltenen Stille der starken
Vorfrühlingserde. Unabgeschmackt

scheint dir das Kommende. Jenes so oft
dir schon Gekommene scheint dir zu kommen
wieder wie Neues. Immer erhofft,
nahmst du es niemals. Es hat dich genommen.

Selbst die Blätter durchwinterter Eichen
scheinen im Abend ein künftiges Braun.
Manchmal geben sich Lüfte ein Zeichen.

Schwarz sind die Sträucher. Doch Haufen von Dünger
lagern als satteres Schwarz in den Aun.
Jede Stunde, die hingeht, wird jünger.

XXV

Déjà tu entends le travail des premiers râteaux;
écoute : de nouveau, le rythme humain
dans la retenue silencieuse de la terre forte
à l'aube du printemps. Avec toute sa saveur

t'apparaît ce qui vient. Cette chose, qui si souvent
déjà est venue à toi, semble venir à toi
de nouveau, comme neuve. Toujours tu l'espérais,
jamais tu ne la pris. C'est elle qui t'a pris.

Même les feuilles des chênes qui ont passé l'hiver
semblent dans le soir une fermentation d'avenir.
Parfois les airs se font signe.

Noirs sont les buissons. Mais des tas de fumier
sont épandus, noirceur plus sombre, sur les prés.
Chaque heure qui passe devient plus jeune.

XXVI

Wie ergreift uns der Vogelschrei...
Irgendein einmal erschaffenes Schreien.
Aber die Kinder schon spielend im Freien,
schreien an wirklichen Schreien vorbei.

Schreien den Zufall. In Zwischenräume
dieses des Weltraums, (in welchen der heile
Vogelschrei eingeht wie Menschen in Träume –)
treiben sie ihre, des Kreischens, Keile.

Wehe, wo sind wir? Immer noch freier,
wie die losgerissenen Drachen
jagen wir halbhoch, mit Rändern von Lachen,

windig zerfetzten. – Ordne die Schreier,
singender Gott! dass sie rauschend erwachen,
tragend als Strömung das Haupt und die Leier.

XXVI

Comme le cri de l'oiseau nous saisit...
N'importe quel cri une fois créé.
Mais les enfants déjà, en jouant au dehors,
crient et passent à côté des cris vrais.

Crient le hasard. Dans les intervalles
de notre espace, celui du monde, dans lesquels, sauf,
le cri de l'oiseau pénétra, comme des hommes dans des rêves –
ils poussent les coins de leur criaillerie.

Malheur, où sommes-nous ? Toujours plus libres encore,
comme les cerfs-volants échappés,
nous filons à mi-hauteur, avec des franges de rire,

déchiquetées par les vents. – Ordonne les crieurs,
Dieu chanteur ! pour qu'ils s'éveillent bruissants
et soient le courant qui porte la tête et la lyre.

XXVII

Gibt es wirklich die Zeit, die zerstörende?
Wann, auf dem ruhenden Berg, zerbricht sie die Burg?
Dieses Herz, das unendlich den Göttern gehörende,
wann vergewaltigts der Demiurg?

Sind wir wirklich so ängstlich Zerbrechliche,
wie das Schicksal uns wahr machen will?
Ist die Kindheit, die tiefe, versprechliche,
in den Wurzeln – später – still?

Ach, das Gespenst des Vergänglichen,
durch den arglos Empfänglichen
geht es, als wär es ein Rauch.

Als die, die wir sind, als die Treibenden,
gelten wir doch bei bleibenden
Kräften als göttlicher Brauch.

XXVII

Existe-t-il réellement, le temps qui détruit ?
Quand, sur la montagne au repos, brisera-t-il le château fort ?
A ce cœur, qui infiniment appartient aux Dieux,
quand le démiurge fera-t-il violence ?

Notre fragilité est-elle réellement aussi angoissante
que le destin veut nous le faire admettre ?
L'enfance, la profonde et prometteuse, est-elle
dans les racines — plus tard — muette ?

Ah ! le fantôme de la caducité
traverse celui qui s'ouvre avec candeur
comme une simple fumée.

Tels que nous sommes, nous, les fugitifs,
nous passons pourtant auprès des forces qui durent
pour un usage divin.

XXVIII

O komm und geh. Du, fast noch Kind, ergänze
für einen Augenblick die Tanzfigur
zum reinen Sternbild einer jener Tänze,
darin wir die dumpf ordnende Natur

vergänglich übertreffen. Denn sie regte
sich völlig hörend nur, da Orpheus sang.
Du warst noch die von damals her Bewegte
und leicht befremdet, wenn ein Baum sich lang

besann, mit dir nach dem Gehör zu gehn.
Du wusstest noch die Stelle, wo die Leier
sich tönend hob – ; die unerhörte Mitte.

Für sie versuchtest du die schönen Schritte
und hofftest, einmal zu der heilen Feier
des Freundes Gang und Antliz hinzudrehn.

XXVIII

O viens et va. Toi, presque une enfant encore, complète
un instant la figure de danse
pour en faire la constellation pure d'une de ces danses,
dans lesquelles la nature, ordonnatrice inconsciente,

par nous, les éphémères, est surpassée. Car elle ne se mut,
pleinement attentive, que sous le chant d'Orphée.
Toi, tu étais encore celle qu'anime le mouvement ancien,
un peu dépaysée, quand, après une longue hésitation,

un arbre se mit à marcher avec toi au rythme de l'ouïe.
Tu savais encore le lieu, où la lyre
se leva, résonnante – ; le centre inouï.

Pour lui, tu essayas les plus beaux de tes pas,
avec l'espoir qu'un jour, vers la fête totale
tu tournerais la marche et la face de l'ami.

XXIX

Stiller Freund der vielen Fernen, fühle,
wie dein Atem noch den Raum vermehrt.
Im Gebälk der finstern Glockenstühle
lass dich läuten. Das, was an dir zehrt,

wird ein Starkes über dieser Nahrung.
Geh in der Verwandlung aus und ein.
Was ist deine leidendste Erfahrung?
Ist dir Trinken bitter, werde Wein.

Sei in dieser Nacht aus Uebermass
Zauberkraft am Kreuzweg deiner Sinne,
ihrer seltsamen Begegnung Sinn.

Und wenn dich das Irdische vergass,
zu der stillen Erde sag : Ich rinne.
Zu dem raschen Wasser sprich : Ich bin.

XXIX

Silencieux ami, des lointains nombreux, sens,
comme ton souffle accroît encore l'espace.
Dans la charpente des sombres beffrois
consens au carillon. Ce qui vit de toi

deviendra fort par cette nourriture.
Entre dans la transformation, entre et sors.
Quelle est ton expérience la plus douloureuse ?
Si boire t'est amer, deviens vin.

Sois, dans cette nuit de démesure,
la force magique au carrefour de tes sens,
le sens de leur étrange rencontre.

Et si ce qui est terrestre t'a oublié,
dis à la terre immobile : Je coule.
A l'eau rapide dis : Je suis.

COMMENTAIRES DES *SONNETS À ORPHÉE*

PREMIÈRE PARTIE

I. – 1

Rilke a considéré Véra Ouckama-Knoop comme l'incarnation de la musique et d'Orphée ; par elle il se trouve transporté à l'époque de la Genèse, qui le hanta toujours, et il voit le monde primitif sortir du chaos pour se transformer en un Cosmos lumineux, créé par la puissance magique du chant. Comme il est un poète visuel, cette révélation se traduit par une vision, s'exprime par une image : celle de l'arbre, qui est si fréquente dans sa poésie. L'arbre représente l'existence à l'état pur et qui toujours se surpasse ; comme le jet d'eau, il s'élance vers le ciel et, comme lui, par ses branches alourdies de fruits, il retombe vers la terre. A cette image se joint, dans la pensée du poète, le mythe d'Orphée, dont la flûte jadis imposait son rythme et sa puissance aux choses et aux bêtes féroces, de même que s'offrait à lui, à la fin de la première Élégie, la légende de Linos. Il y a dès lors identification de Véra Ouckama-Knoop, d'Orphée et de cet arbre de musique, qui se dresse dans l'oreille. (Cf. Ovide, *Métamorphoses*, livre X, où la lyre d'Orphée crée une forêt ombreuse). La nature n'est plus que silence et volonté de silence (Verschweigung).

Mais pour le poète tout est métamorphose et recommencement. Dans cette absence de bruit, qui pourrait sembler une absence de vie, il voit se renouveler l'enchantement orphique : la musique opère une transformation magique. La forêt sombre et touffue, repaire impénétrable des bêtes féroces, se libère de sa sauvagerie primitive et s'illumine ; arrachée par miracle à son état de forêt vierge, elle devient un bois sacré. D'autre part, les animaux se métamorphosent : ils cessent d'être des bêtes de proie, de ruse ou d'angoisse; ils sont faits de silence et n'ont plus que le désir d'entendre ce prodige inouï qu'est le chant d'Orphée; ils suspendent leurs cris et ne sont plus qu'attente. La nature entière enfin se transfigure et la simple tanière, qui n'était qu'un abri, devient temple dans l'oreille qui écoute. Peut-être Rilke a-t-il évoqué dans son imagination des peintures comme *Le Bois sacré* de Puvis de Chavannes et ce tableau de Böcklin, où à l'orée d'un bois, une licorne farouche semble incarner tout le mystère de la forêt.

Dès ce premier poème, l'ouïe prend une importance nouvelle et Günther n'a pas tort de voir dans « das Hören » le germe des *Sonnets*. A Nietzsche, « homme de l'oreille », Kassner oppose Rilke, « homme de l'œil ». La formule est trop exclusive et ne tient pas compte de l'évolution du poète, qui, après s'être mis à l'école des arts plastiques, a célébré la musique. *Les Sonnets à Orphée* sont l'œuvre d'un « auditif » autant que d'un « visuel » et comme une revanche de l'oreille. Quelques jours avant qu'ils lui fussent dictés, le 1er février 1922, Rilke composait un poème qui se termine ainsi : « Wir : Hörende endlich — die ersten hörenden Menschen » (VIII, page 99; cité par Günther, page 226).

I. — 2

Après avoir célébré le miracle d'Orphée imposant à la nature sauvage l'ordre de la musique, Rilke chante celle que le Dieu du chant créa pour être sa missionnaire et comme un ange musicien comparable aux jeunes chanteurs de Luca della Robbia. Elle était encore une enfant presque irréelle, le fruit surnaturel de l'union du chant et de la musique; aussitôt elle fut « claire » comme la forêt illuminée par la musique et son éclat traversait les voiles de la jeunesse, qu'elle allait vivre, qu'elle dut repousser cependant pour mourir, pour n'être qu'une harmonie sommeillant dans l'oreille du poète et, ainsi que le montrera le début du troisième sonnet, une invitation à chanter. Alors le monde s'identifie à la jeune fille; il n'est vu qu'à travers son sommeil de mort. Dans un passage célèbre des *Cahiers de Malte Laurids Brigge*, Rilke avait expliqué que les vers sont la résurrection spontanée de souvenirs vécus; maintenant il va revivre par la musique ses expériences anciennes : des arbres admirés (qui ne forment plus, comme dans le premier sonnet, un bois touffu), un paysage lointain qu'il avait pu sentir, une prairie qu'il avait foulée de ses pieds nus, comme il le fit en Russie. Tout ce qui a frappé ses sens et suscité son admiration, se fond dans cette jeune fille, qui « dort le monde » et lui permet de comprendre l'harmonie profonde du Cosmos créé par la musique.

Rilke alors se tourne vers Orphée, s'adresse au « Dieu chanteur » pour lui demander une explication. Il avait créé cet être parfait qui refusa de « s'éveiller », c'est-à-dire de connaître la vie, qui consentit à mourir avant de s'éveiller au désir et au désaccord (troisième sonnet), qui ne fit que naître à l'existence pour renoncer à elle et rester fidèle à sa mission de médiatrice du divin. Jusqu'ici, le poète a évité d'employer à son sujet le terme de « mort » ; il le fait maintenant, mais pour en repousser l'idée, puisque la jeune fille est éparse dans l'univers ; il plaint Orphée, qui n'aura peut-être jamais le temps de réinventer ce « motif » incomparable. De même, dans la première Élégie, Rilke avait montré la nature impuissante à créer une nouvelle fois une grande amante. Par la musique comme par l'amour, la jeune fille accède à l'existence vraie ; les termes de « vie » et de « mort » perdent leur sens humain.

Une autre interprétation est possible, qui, si elle est plus simple et moins rilkéenne, a l'avantage d'expliquer le « Wo sinkt sie hin aus mir ? » et le début du sonnet suivant. Dans le dernier tercet, il ne s'agit plus d'Orphée, mais du poète lui-même. La mort de Véra fut si soudaine, la jeune artiste lui a échappé si vite, qu'il craint de voir ce « motif » le fuir, avant qu'il l'ait immortalisé par son chant ; il devrait alors le réinventer ; or, il doute de ses forces : si un Dieu est capable d'imaginer une enfant si parfaite, comment un homme pourrait-il y parvenir ?

I. — 3

Le Dieu du chant apparu dans le premier sonnet avait délégué sa jeune missionnaire auprès du poète ; celui-ci a entendu l'appel divin, qui l'emplit d'angoisse. Car Rilke oppose, — dans les *Sonnets*, il procédera très souvent par opposition — le Dieu, qui peut chanter, et l'homme, qui est incapable d'élever un temple à Apollon, parce que son cœur est toujours en désaccord avec lui-même. Faust découvrait dans sa poitrine deux âmes, dont l'une tendait à s'élever alors que l'autre s'agrippait à la terre. Le poète moderne sent en lui un désaccord plus important : la lutte de deux forces, dont l'une tend à l'être et l'autre se précipite sans cesse dans le néant ; il ne sait jamais quand il *est*. Or le chant, nous enseigne Orphée, est le signe même, la révélation de l'existence ; on ne chante pas pour exprimer une convoitise, pour quêter un bien qui s'offre enfin à nos désirs ; on chante parce que l'on est : « Je chante, donc je suis », telle est la formule du poète moderne. Si un Dieu ne peut douter de sa propre existence, l'homme ne sait jamais quand il existe, et quand son chant pourra enrichir son être de toute la splendeur qu'offrent la terre et les étoiles.

Rilke, qui pourtant a si magnifiquement exalté l'amour et proclamé que la femme « est », dès qu'elle aime, se hâte d'informer le jeune poète qu'un cri d'amour n'est pas une preuve d'existence, même s'il jaillit avec force d'un cœur qui déborde[1]. Ainsi qu'il l'avait écrit dans les *Cahiers de Malte Laurids Brigge*, le poète doit oublier ses souvenirs et attendre avec patience que d'eux-mêmes ils reviennent ; son chant d'amour passe et s'écoule comme l'onde ; tandis que le souffle poétique a pour centre Dieu, autour duquel l'auteur du *Livre de la vie monastique* décrivait des orbes, il est ce vent de tempête par lequel Dieu toujours s'annonce.

Ainsi, après Orphée, après la Vestale de la musique qu'il envoya au poète, celui-ci intervient à son tour, non pas le jeune poète lyrique, qui se contente de laisser parler son cœur, mais celui qui, ayant compris la valeur de l'existence et le sens de la mort, peut rivaliser avec la jeune musicienne.

I. – 4

Si l'homme ne peut qu'avec peine concevoir et supporter ce « souffle en Dieu », ce « vent » qu'est le chant orphique, comment un être fait de tendresse, une créature délicate – le poète pense, sans doute, aux femmes – l'affronterait-il ? Pourtant, Rilke, dont la féminité apparente dissimulait une énergie résolue, l'exhorte à se risquer dans ce grand souffle qui parcourt le monde, qui vient de l'infini et cherche les hommes capables de l'accueillir. Un tel

1. Dans la deuxième Élégie, il a vainement demandé aux amants « le secret de nous-mêmes » et, dans la huitième, il reproche à chacun d'eux de masquer à l'autre l'« Ouvert ».

souffle certes n'avait pas en vue ces êtres délicats; il ne pénètre pas en eux, il se scinde et les contourne, puis derrière eux se reforme et reprend sa course ailée.

Mais que ces « tendres » se rassurent! Ils sont les bienheureux, les élus : leur faiblesse même les sauve de la vie terrestre et de ses dangers, car ils sont les héros du cœur, auquel, dans la poésie intitulée « Tournant » (Wendung) Rilke attribue maintenant le rôle essentiel. A la femme, qui jusqu'ici fut seule à savoir aimer, les *Cahiers de Malte Laurids Brigge* opposaient cet apprenti qu'est l'homme. Les « tendres » sont capables d'accomplir « l'œuvre du cœur » (« Tournant »); ils sont les flèches des arcs, qui apparaissent dans la première Élégie après l'évocation des amantes délaissées; ils sont les buts des flèches, et, si la douleur née de l'amour peut susciter des larmes, un sourire d'éternité n'en brillera pas moins dans les yeux de ceux qui connaissent l'amour.

Il ne faut pas redouter la souffrance, qui est « notre durable feuillage d'hiver, notre sombre pervenche, une des saisons de l'année secrète... » (Élégie X), ni la pesanteur, que Rilke a maintes fois célébrée, car il fuyait les solutions de facilité et de légèreté. Lourdes sont toutes les choses de notre monde : montagnes, mers, arbres; mais l'homme, bien qu'il appartienne à la terre, dispose d'un domaine où il connaîtra le bonheur de s'élever, en prenant appui sur sa pesanteur : l'air et l'espace.

I. – 5

Dans les quatre premiers sonnets, Rilke a exalté Orphée, Dieu du chant, et dit l'impuissance de l'homme à le suivre, si ce n'est par le cœur. Il va maintenant célébrer Orphée vainqueur de la mort, qui descendit au royaume des Ombres pour en ramener Eurydice (cf. *Orphée, Eurydice, Hermès*, traduit par J.-F. Angelloz, dans le numéro spécial de la revue *Poésie*, consacré à R.M. Rilke). Lui, qui désira sur sa tombe une pierre commémorative avec l'inscription :

« Rose, ô contradiction pure, joie de n'être le sommeil de personne sous tant de paupières »,

demande de n'élever aucune stèle à la gloire d'Orphée, de laisser à la rose le soin de célébrer sa mémoire, car il est le Dieu de la métamorphose; ici apparaît un des thèmes principaux des *Sonnets à*

Orphée : la mort n'est que le passage d'une vie à une autre vie d'une espèce différente. Tout dans la nature, comme le dira le vingt-sixième sonnet, est la voix d'Orphée déchiqueté par les Ménades. Il est donc inutile de chercher d'autres noms pour lui : tout ce qui chante est Orphée, l'être divin, qui ne fait que passer parmi nous, qui nous émeut dans la coupe de roses et leur survit encore dans le chant quand elles sont déjà fanées. Il doit nécessairement disparaître afin d'être perçu dans son incessante métamorphose, lorsqu'il nous a quittés pour un lieu où les humains ne sauraient le suivre; sa mort apparente peut l'emplir lui-même d'angoisse, elle n'est pourtant que le passage à un autre état et donc la naissance à une vie nouvelle; aussi sa lyre célébrera-t-elle sans effort la terre fleurie de roses et de mort.

I. — 6

Le thème annoncé dans le cinquième sonnet se développe avec ampleur. Rilke pose une question qui implicitement oppose l'homme au Dieu, comme l'avait fait déjà le troisième sonnet : Orphée, qui passe de la vie à la mort sans cesser d'exister et même multiplie son existence en la distribuant au monde, peut-il se confondre avec nous, mortels condamnés à rester sur le plan de la vie terrestre? Il n'hésite pas à répondre aussitôt négativement. Si, dans la septième Élégie, il a pu écrire qu'« être ici est une splendeur » pour l'homme, il accorde à Orphée une nature plus vaste, car elle est issue des deux royaumes, celui de la vie et celui de la mort, qu'il parcourt sans les distinguer aussi nettement que nous, comme le font aussi les anges de la deuxième Élégie. Il est descendu aux enfers; il sait que « dans leur nuit toute lourde de marbre, un peuple vague aux racines des arbres a déjà pris son parti lentement ». (Paul Valéry, *Le Cimetière marin*). Il est de ceux qui, ayant vu les saules plonger leurs racines dans la mort nourricière, connaissent l'art d'en plier les rameaux.

Nous sommes hantés par le souvenir des êtres qui nous ont quittés pour toujours et ne devons pas nous abandonner à cette mort passagère qu'est le sommeil en laissant sur la table les restes de notre frugal repas, car les morts, attirés par cette libation, viendraient nous visiter. Lui, au contraire, a le pouvoir magique de conjurer la mort; sous ses paupières, que le recueillement abaisse comme pour une mort passagère, il mêlera, confondra ce qu'il a vu et qui vit avec les morts qui lui apparurent et sont aussi réels que les vivants ; les plantes du pré ou du jardin voisin (fumeterre, rue), que la mort nourrit, seront pour lui une manifestation du « monde des rapports », dans lequel nous vivons. Orphée a pu découvrir l'image valable de l'existence et rien ne la troublera plus ; qu'il puise dans les tombes, demeures de la mort, ou dans les chambres, séjours de vie et d'amour, il saura célébrer la splendeur terrestre des choses les plus simples et dire à quel point elles sont « existantes ».

I. – 7

Le terme « célébrer », qu'il vient d'employer, a frappé le poète, car c'est le seul qui convienne à Orphée. Il a reçu pour mission de célébrer les choses de la terre, et, puisque telle est la tâche que Rilke assigne au poète dans la septième Élégie, il est le Dieu des poètes ; ne nous étonnons pas qu'il jaillisse de la pierre silencieuse comme le minerai qui est sa voix et son chant. Une autre image, qui rappelle le dionysisme de Hölderlin, montre la grandeur douloureuse de sa mission : son cœur, cet organe humain destiné à périr, comme toute chose terrestre, est un pressoir divin ; il en coule un vin, qui, tel celui de l'Eucharistie, n'épuisera jamais ses bienfaits. Que l'on se reporte au remarquable ouvrage d'Émile Mâle sur *L'Art religieux de la fin du Moyen Age* (pp. 116 et suivantes) et l'on verra comment, par le « pressoir mystique », les artistes ont représenté le Christ épanchant à flots le sang qui doit régénérer les fidèles.

Le deuxième quatrain est calqué sur le premier : mis en présence des cadavres décomposés, réduits en poussière humaine, Orphée, le glorificateur, saura les ressusciter dans son chant, comme jadis le Christ ressuscita Lazare. D'autre part, dispensateur du vin eucharistique, il emplira toutes choses de sève et de suc ; il en fera cette vigne, cette branche méridionale de l'Arbre-Dieu, à laquelle, dans le *Livre de la vie monastique*, il comparait la Vierge, porteuse du Dieu futur.

En face des cadavres décomposés de ces rois, dont la mort changea la destinée des peuples, il chantera, sans craindre un démenti, la vie, qui ne s'interrompt jamais, et il montrera la splendeur des Dieux, que nulle ombre, nulle tache ne sauraient amoindrir. Et Rilke termine par une image grandiose, par une vision plastique, qui évoque le prêtre élevant l'ostensoir : Orphée est un des messagers qui toujours nous resteront, car il a vaincu la mort, et franchissant le seuil de son royaume il présente au Néant, aux Ombres invisibles de l'Au-delà, des coupes chargées de fruits rayonnants, qui sont un hymne à la vie éternellement triomphante.

Dans la première version, le deuxième quatrain et les deux tercets étaient les suivants :

Vous peut-être doutez quand, dans les tombeaux,
on découvre des rois, putréfiés et rongés des vers, —
lui, la chute des têtes et des branches l'a
certes assailli d'une douleur dévorante,
mais le doute lui sembla méprisable.
Il vainquit avec force la puanteur et loua
chaque jour les choses quotidiennes et chaque nuit les choses nocturnes

car qui reconnaît les grâces transformées ?
Du marché des vers, à genoux,
il éleva, sauvée, la Toison d'Or

I. — 8

Le mythe d'Orphée renouvelé a permis à Rilke de dire la grandeur de celui qui « célèbre » la terre et l'homme ; le poète recourt maintenant à une allégorie mythologique pour nous introduire dans un monde semblable à celui de la dixième Élégie, celui de la célébration même. C'est en effet le même paysage que cet « espace » où circule « la nymphe de la source qui pleure ». Les Anciens ont vu dans chaque source une nymphe ; le poète moderne y voit un symbole de la chute incessante à laquelle n'échappent ni les choses, ni les hommes ; il se représente la vie humaine comme un de ces précipités chimiques, où tout est confusion, avant que se soit opérée la séparation des éléments constitutifs et la clarification. La nymphe a précisément pour mission de veiller sur le précipité humain, car il doit se clarifier et prendre place, lui qui est chute, à côté des portes ogivales et des autels sacrés, qui sont élévation et portent témoignage de la grandeur de l'homme. Pareillement, dans la dixième Élégie, la jeune fille, qui guide le mort à travers le paysage des Lamentations, « lui montre les colonnes des temples ou les ruines de ces châteaux forts... ».

Pareillement, elle se sent la plus jeune de toutes celles qui sont « sœurs par le cœur » ; à la différence de l'allégresse, qui *sait*, et de la nostalgie, qui plaide coupable, sans doute parce qu'elle a renoncé à savoir, la Lamentation est encore une apprentie et passe ses nuits à compter le « mal ancien » avec des mains qui sont celles d'une jeune fille au seuil du mystère. Pourtant il arrive que, malgré son inexpérience, elle hausse notre voix jusque dans le ciel, que sa pureté virginale ne saurait troubler, et, transfigurant cette voix humaine, en fasse une constellation céleste. Ici apparaît, comme dans la dixième élégie, la tendance rilkéenne qu'Holthusen souligne avec force (pp. 33-34) : l'image dépasse la nature terrestre du symbole et se manifeste dans la nature cosmique de la constellation : celle-ci éternise ce qui est terrestre, lui confère durée et pureté et en même temps lui donne la consécration de l'espace ; elle devient donc la suprême fonction ontologique.

I. — 9

Le poète maintenant sait ce que doit être le chant orphique et il le dit dans un sonnet aux vers très courts, avec une assurance nouvelle. Seul, celui qui, tel Orphée, descendit au royaume des Ombres pour en charmer les Dieux par le son de sa lyre, peut pressentir toute la grandeur de l'homme et de la terre et la célébrer. Seul, celui qui participa aux repas des morts et savoura l'oubli que dispense leur pavot (cf. Novalis, *Hymnes à la nuit*) sera capable de percevoir le son le plus léger dans le « monde des rapports » où maintenant il vivra. Peu importe que les vagues de l'étang détruisent le reflet et que les yeux ne le voient plus ; il saura, comme l'écrivait Rilke à W. von Hulewicz, le reconstruire intérieurement, car il « sait » l'image et son cœur la recréera, plus belle. Il sera, comme Orphée, des deux royaumes, et sa voix aura la douceur des êtres éternels.

I. — 10

Le chantre d'Orphée ne pouvait pas ne pas être ému par les sarcophages antiques, qu'il vit notamment aux Aliscamps : il les salue tous, ceux qu'on emploie comme de simples bassins pour recueillir l'eau des aqueducs (voir le quinzième sonnet de la deuxième partie), ceux qui, emplis de silence et fleuris de laurier, attirent les papillons, ceux que l'on « arracha au doute » en les identifiant après des siècles de mutisme, et qui parlent de nouveau à notre esprit, à notre imagination, à notre cœur, et leur langage est d'autant plus chargé de sens qu'ils ont appris ce que signifie le silence de la mort. Tous d'ailleurs l'ont recueillie, abritée, entendue, et, qu'ils babillent avec l'eau ou vibrent avec les papillons, ils connaissent tout ce qui enseigne la mort, ils participent aux deux royaumes. Nous, au contraire, ne savons même pas si nous savons et c'est cela qui crée l'hésitation sur le visage des hommes.

I. – 11

Rilke convie le lecteur à élever ses regards de la source, qui tombe et pleure, au ciel, où la nymphe, en transfigurant les choses de la terre, crée une constellation nouvelle, où lui-même imagine celle du « Cavalier »; il l'a placée aussi, avec « le bâton », « la couronne de fruits », etc., parmi les étoiles du pays de la douleur (dixième Élégie). Le « Cavalier » est une de ces « figures » qui nous obsèdent et nous emplissent de fierté, car il est terre comme nous et pourtant il est astre. Il est un de ces êtres fabuleux, aussi vrais que les mythes, auxquels allait l'intérêt de Rilke et de Rodin, parce que leur nature participe à la fois du règne humain et du règne animal : il comporte en effet un cheval – et telle page de Binding nous permet de voir en lui un frère inférieur et glorieux – et un homme, qui tantôt le pousse et tantôt le retient, mais que toujours il porte. Il est comme la transfiguration et la multiplication de la nature musculaire et nerveuse de l'homme, que parfois l'on presse et stimule, que parfois aussi l'on dompte et maîtrise.

Ici se mêle à l'évocation de l'animal-homme l'image, fréquente chez Rilke, du « tournant », qui est le lien entre deux tronçons du chemin, qui est indépendant de chacun d'eux, bien qu'il ne se conçoive pas sans eux, et qui révèle au voyageur un nouvel espace. Le cavalier est semblable à un tournant : il unit ces deux moitiés que sont l'homme et le cheval, une pression des jambes suffit pour les accorder et créer l'être complet.

Mais quand celui-ci *existe*-t-il réellement? Peut-être ses deux moitiés n'ont-elles en commun que le chemin qu'ensemble elles parcourent. Tant de choses les séparent, ne serait-ce que leur mode de nourriture, puisque l'une a sa table et l'autre son pâturage. L'union stellaire elle-même, la constellation créée par le poète, n'est qu'une illusion magique. Pourtant, au lieu de la repousser, il faut nous en réjouir un instant ; elle est une « figure », à laquelle il nous est agréable de croire et, à ce titre, elle possède une réalité suffisante.

I. – 12

Ce sonnet se lie directement au précédent. Loin de blâmer l'« Esprit », qui sut unir l'homme et le cheval, Rilke le glorifie comme le créateur du monde des « figures », dans lequel se passe notre vraie vie. En effet, à côté de l'existence réelle, que nous ne saisissons pas toujours et que parfois nous laissons échapper, il y a la vie « vraie » : celle de la poésie et du mythe, celle de l'ange, qui « se porte garant de reconnaître dans l'invisible un degré supérieur de la réalité ». A côté du jour découpé en tranches par l'horloge, il y a notre temps personnel, qui seul est vrai, que l'on peut comparer à la durée bergsonienne.

L'existence de l'homme serait d'ailleurs impossible si elle se fondait uniquement sur la connaissance de notre réalité vraie, car nous ignorons la place assignée à chacun de nous dans le Tout ; mais nous connaissons les « rapports » qui nous lient aux autres, ainsi qu'à l'Invisible, et nous pouvons « agir » dans le « monde des rapports ». Ce monde, à la fois fictif et réel, nous le sentons, nous le flairons pour ainsi dire ; nos antennes se cherchent, se sentent, s'unissent et alors l'espace jusqu'alors vide s'emplit du paysage magique créé par le chant orphique ; la tension pure du cœur engendre une musique des forces humaines qui semble faire écho à la musique des sphères.

Parvenu à ce point, le poète, qui a comme entrevu l'Absolu, reporte ses regards sur l'existence terrestre, qui reste malgré tout possible, et il lui emprunte deux exemples. Ne savons-nous pas qu'une occupation terre à terre mais nécessaire et supportable, un travail mécanique, par exemple, détourne de l'homme ce qui pourrait le troubler. Et ne savons-nous pas aussi que le paysan, qui ne peut jamais plonger dans le sol fécond, serait impuissant à obtenir une moisson, si la terre n'était pas la grande dispensatrice : elle donne à qui « agit ».

Ce sonnet, qui est un des plus denses et des plus difficiles, semble donc clore la première série des sonnets que l'on peut appeler orphiques. Il admet, au-dessus de l'existence réelle, une vie vraie, à laquelle nous accédons, à la suite d'Orphée, par l'Esprit, qui sent et perçoit le monde supérieur des « figures ».

I. — 13

Jusqu'ici Rilke n'a guère envisagé qu'Orphée et les êtres humains ; or, la terre nous offre aussi des choses et notamment des fruits ; c'est à eux qu'il consacre maintenant trois sonnets, sans doute influencés par *Le Cimetière marin* de Paul Valéry, en particulier par les trois premiers vers de la strophe célèbre :

Comme le fruit se fond en jouissance,
Comme en délice il change son absence
Dans une bouche où sa forme se meurt,
Je hume ici ma future fumée,
Et le ciel chante à l'âme consumée
Le changement des rives en rumeur.

C'est donc, de nouveau, le thème de la métamorphose, dont Orphée est le Dieu (sonnet V), mais qui ne sera développé avec ampleur que plus tard. Ici, le poète évoque des fruits aussi simples que la pomme, la poire, la banane et la groseille à maquereau. Ils sont pleins d'existence et, quand ils fondent dans la bouche, ils disent ensemble et la vie et la mort. Mais pour eux comme pour les hommes (sonnet III) ou la constellation du « Cavalier » (sonnet XI) se pose la question : « Quand sont-ils ? » Est-ce sous leur forme achevée de fruits aux « innombrables plans » (*Vergers*) ou, au contraire, quand ils quittent cette forme pour se transformer en saveur et en substance humaine ? Un mot suffisait à les désigner quand ils n'étaient encore qu'une promesse de joie et de transsubstantiation ; mais ils doivent mourir à eux-mêmes et perdre jusqu'à leur nom pour que toute leur richesse intérieure soit libérée et devienne une « trouvaille », qui réjouit l'enfant.

Et le poète, comme il le fait souvent, prend un exemple :

comment dire ce qu'est la pomme? Elle est douceur, mais celle-ci n'existe que condensée dans la bouche du gourmet, nommée et créée par le goût; alors seulement elle prend toute sa valeur, elle devient le symbole de la vie et de la mort et cette chose d'ici-bas représente à la fois la terre et le ciel. Il faut donc faire l'expérience de cette sensation incomparable pour goûter la joie totale enclose dans le fruit et cela est grandiose.

I. – 14

Nous sommes liés par des rapports étroits à ces produits de la nature que sont la feuille, la fleur et le fruit; ils nous disent leur existence, qui au cours des saisons atteint sa plénitude, mais elles nous parlent aussi un autre langage. Si, dans le *Livre d'heures*, le poète découvrait Dieu dans l'obscurité, ce qui provient de la terre sombre lui apporte une révélation nouvelle : celle des morts. La pensée de Rilke ici encore rejoint *Le Cimetière marin* :

Mais dans leur nuit toute lourde de marbres
Un peuple vague aux racines des arbres
A pris déjà ton parti lentement.

Ils ont fondu dans une absence épaisse,
L'argile rouge a bu la blanche espèce,
Le don de vivre a passé dans les fleurs!

Les morts, qui transmettent à la terre leur force, qui lui donnent leur propre moelle, qui dorment près des racines, deviennent feuille, fleur et fruit; ils passent en eux, comme, dans le sonnet VI, ils se transformaient en rameaux d'osier.

Peut-être sont-ils jaloux de nous, auxquels ils offrent ces splendeurs multicolores; nous ne savons ni quelle part ils y ont prise, ni s'ils nous l'accordent de bon gré. Peut-être sont-ils de lourds esclaves, qui supportent la charge de la terre féconde, et, dans ce cas, ils nous tendent malgré eux ce fruit semblable à une boule compacte, et même à un poing fermé. Peut-être, au contraire, sont-ils les maîtres, comblés de tous les dons, et ils nous offrent ces choses qui sont comme des créations intermédiaires entre celles dont serait capable soit la force des esclaves, soit l'affection des maîtres.

I. — 15

Si, dans le treizième sonnet, Rilke avait énuméré des fruits de nos vergers et la banane, choisie peut-être pour sa consonance ou même pour la rime, il évoque maintenant un fruit méditerranéen, qui, s'il a la forme de la pomme, n'invite pas à mordre comme elle, à cause de son écorce amère. Dans le sonnet XXI, il devait « interpréter » une musique de danse qu'il avait entendue à Ronda ; pareillement, il interprète ici une danse ou une ronde, qu'il a dû voir en Italie et qui lui parut être la danse de l'orange. Il recueille ses souvenirs, semble revoir ces jeunes filles, dont les évolutions suggéraient le parfum d'un fruit qu'il connaît, sans pouvoir retrouver immédiatement son nom, d'où le « Attendez... », le mot a fui. Il évoque alors ce rythme scandé, sur lequel les jeunes filles ardentes d'un pays ensoleillé expriment en silence, par leur ronde, le goût du fruit qu'elles savourent pour le mettre à l'épreuve. Alors éclate le mot : c'est la danse de l'orange. Ici encore intervient le souvenir des vers de Valéry :

Comme le fruit se fond en jouissance... :

l'orange s'est défendue contre sa propre douceur, qui la condamnait à se fondre dans la bouche du gourmand ; elle a pu le faire grâce à son écorce. Mais après s'être refusée, elle a consenti, elle s'est convertie à l'homme qui l'a savourée, elle s'est convertie en lui.

La ronde reprend. Les jeunes filles qui dansent n'évoquent plus seulement la saveur de l'orange et le fruit, mais le paysage du Sud (cf. dans le sonnet VI : « Mûri dans son Midi sensible ») ; elles le projettent hors d'elles-mêmes, afin que le fruit doré par le soleil méditerranéen rayonne dans l'atmosphère de son pays natal. Elles font plus encore ; elles qui étaient à peine ardentes (warmen) sont maintenant « embrasées » (erglühte) par la danse ; elles expriment tous les parfums de l'orange et leur propre parenté avec ce fruit, dont l'écorce amère protège la saveur sucrée : ne sont-elles pas aussi une douceur ardente qui doit défendre sa douceur ?

Ce magnifique sonnet s'inspire visiblement de Paul Valéry, *L'âme et la danse* (la danseuse est « l'acte pur des métamorphoses ») et peut-être aussi d'André Gide (« La ronde de la grenade », dans les *Nourritures terrestres*).

I. — 16

Après ces trois sonnets consacrés aux fruits, voici celui de l'animal, car il s'adresse à un chien, dont Orphée serait le maître, et ne s'explique guère si on ne le rattache pas à la huitième Élégie, où Rilke expose que l'animal voit « l'Ouvert » et, le regard libéré de la mort et pur, s'avance dans l'espace de Dieu. Il l'appelle son ami, mais le déclare solitaire, sans doute parce qu'il n'y a pas d'échange possible entre ces deux catégories d'êtres qu'il oppose aussitôt : nous et les animaux. Les hommes s'approprient peu à peu le « monde », mais il ne s'agit pas de « ce qui n'est nulle part et que rien ne limite : le pur, l'insurveillé, que l'on respire, que l'on *sait* infini et ne convoite pas » (huitième Élégie). Peut-être même n'en posséderont-ils jamais que « la partie la plus faible, la plus dangereuse », celle que l'on voit ou touche, que l'on nomme ou désigne du doigt, bref celle qui est accessible aux sens les plus matériels ; mais comment montrer un parfum, c'est-à-dire pénétrer dans le domaine où le chien est « chez lui » ? La partie la plus délicate de l'univers, celle qui, au lieu d'être une menace, pourrait nous rassurer et nous enrichir, le monde de la mort, nous échappe toujours. L'animal n'est pas en danger comme nous, mais il sent beaucoup des forces qui nous menacent ; s'il ignore la mort, qui nous masque « l'Ouvert », il connaît les morts et il a peur de la « formule magique », celle que connaît et qu'emploie Orphée « der Beschwörende » (sonnet 6).

Après s'être ainsi opposé à son ami, le chien, le poète se joint à lui ; tous deux vont accomplir ensemble le même travail. Dans la huitième Élégie, Rilke disait :

« Et nous, spectateurs, en tous temps, en tous lieux, tournés vers tout, sans regard vers l'avant ! Cela nous submerge. Nous l'organisons. Cela tombe en morceaux. Nous l'organisons de nouveau et tombons nous-mêmes en morceaux. » C'est précisément la tâche qu'il va essayer d'accomplir avec le chien : organiser les fragments du « monde des formes » pour re-créer le « pur espace ». En outre, il devra aider l'animal, mais sans savoir comment ; il doit surtout lui conseiller de ne pas le planter en lui-même, c'est-à-dire de ne pas s'attacher à lui, l'homme tourmenté, car ce serait introduire dans son cœur un élément humain, qui, tel un arbre, grandirait trop vite et l'écraserait sous le poids d'angoisses nouvelles. Pourtant, il peut lui rendre un service : être le médiateur entre l'animal et Orphée, l'Initiateur. Ici intervient le souvenir de l'épisode biblique d'Ésaü et de Jacob (Genèse, chapitre XXVI, 1-45). Sur le conseil de sa mère, Rebecca, dont il était le favori, Jacob prépara pour son père, Isaac, vieux et aveugle, un plat de chevreau, qu'il lui offrit en lui disant : « Je suis Ésaü, ton premier-né » et en lui demandant de le bénir. Le vieillard, qui avait reconnu la voix de Jacob, le toucha, mais il fut trompé, parce que Rebecca lui avait recouvert les mains et le cou de la peau du chevreau ; il lui donna la bénédiction qui revenait à l'aîné des fils. Lorsque, au retour de sa chasse, Ésaü offrit à son père le gibier qu'il avait tué pour lui, il découvrit la supercherie, qui est l'origine de la haine entre les deux frères. Le poète présentera donc l'animal velu à son maître, Orphée, et il guidera sa main qui doit le bénir comme le fit Isaac ; c'est le Dieu du chant qui aidera et initiera le chien.

I. – 17

On peut supposer que Rilke conçut et peut-être composa ce sonnet en même temps que le précédent, car l'histoire de Jacob et d'Ésaü se poursuit ainsi : Rebecca, ayant appris que son fils aîné voulait aider son frère cadet, décida et fit décider par son mari de l'envoyer en Mésopotamie pour y prendre femme. C'est au cours de ce voyage que Jacob, couché sur le sol, vit en songe une échelle posée sur la terre et dont le sommet touchait le ciel ; des anges la gravissaient ou la descendaient ; en haut se tenait un Dieu. Or, le poète imagine une véritable échelle, sur laquelle s'étagent les ancêtres du poète, et il la représente sous la forme d'un arbre humain, qui rappelle l'arbre de Jessé. On peut même en élargir le sens et voir dans cette superposition de personnages l'image de l'humanité s'élevant de branche en branche vers le poète comme vers un Dieu.

On appelle parfois ce sonnet : le poème du blason. Il se présente sous la forme d'une énumération de termes qui évoquent tous les ancêtres dont l'apport constitue et nourrit peu à peu celui qui doit venir. L'aïeul commun, la source inconnue, de laquelle tous sont nés, représente, pour ainsi dire, la préhistoire de la famille ; aussi y a-t-il en lui une confusion mystérieuse et redoutable, que la troisième Élégie nous permet d'entrevoir. Après lui, les ancêtres connus furent des guerriers, des chasseurs, des sages sentencieux, des frères chargés de haine, des femmes tendres et rêveuses. La vitalité de cet arbre humain est grande, mais tumultueuse est trop liée à la terre ; ses branches se pressent et s'enchevêtrent, sans que l'une d'elles ait la possibilité de s'élever librement ; souvent même elles se recourbent, car il faut bien des générations pour créer le génie. Enfin, la plus élevée de toutes deviendra cette lyre qui doit chanter la lignée tout entière.

On comparera avec intérêt ce sonnet au fameux poème de Vigny : *L'esprit pur.*

I. – 18

Rilke procède fréquemment par antithèses : dans le sonnet précédent, il avait montré le poète plongeant par son ascendance jusque dans les temps qui échappent encore à la connaissance historique; dans celui-ci il évoque le monde moderne, qui est celui de la machine, et prend position; un thème nouveau apparaît et il va se développer dans d'autres sonnets. En tant qu'homme, il est hostile à la plupart des inventions contemporaines et nous savons qu'il ne voulut pas moderniser la tour de Muzot; en tant que poète à la sensibilité frémissante, il souffre dans le fracas des forges, des usines et des villes trépidantes. Mais il ne repousse pas ce qui est nouveau, il connaît des écrivains modernes qui, s'en faisant les hérauts, lui donnent sa consécration et l'élèvent; peut-être pense-t-il à son ami Verhaeren, le chantre des « villes tentaculaires », qui, par une ironie tragique, devrait être écrasé par un train. Il constate que la machine réclame maintenant sa part de louanges, comme la nature ou l'homme; il n'ignore pas qu'elle nous est nuisible, mais il sait aussi que, née de nous, elle nous doit sa force, qu'elle peut être une servante utile. On le voit, la pensée de Rilke n'est pas encore fixée : son cœur, sans doute, dit non à la machine, son esprit semble se réserver encore.

I. – 19

Ce sonnet précise la position personnelle de Rilke en face des transformations d'un monde que la machine modifie sans cesse et si rapidement qu'une chose achevée prend immédiatement place parmi les plus anciennes. Peu importe au poète, car ce qui dure, ce qui acquiert même plus d'ampleur, c'est le chant d'Orphée. Celui-ci n'a pas encore tout célébré, il n'a fait que « préluder »; il s'en faut de beaucoup que les grands thèmes éternels soient épuisés ; Rilke en cite trois : la souffrance, l'amour, la mort, que l'humanité n'a pas encore compris ou appris. Sans aucun doute, ils méritent mieux que la machine d'être glorifiés par le chant qui, seul, plane et veille au-dessus de la terre ; les poètes seront ainsi les continuateurs d'Orphée, dont le chant « dure » encore.

Dans sa lettre à W. von Hulewicz, Rilke disait sa crainte de voir les produits américains remplacer les choses de nos grands-parents, et il ajoutait : « Sur nous repose la responsabilité de conserver non seulement *leur* souvenir (ce serait peu et on ne pourrait s'y fier) mais leur valeur humaine et « larique » (larique, au sens de divinité de la maison). » Nous devons travailler à sauver tout ce qu'elles renferment d'humain.

I. – 20

Rilke semble maintenant introduire dans les *Sonnets* une véritable alternance : il était presque absent des deux précédents, il les fait suivre de deux souvenirs personnels, l'un russe, l'autre espagnol. Le 11 février 1922, il écrivait à Lou Andreas-Salomé qu'il avait écrit, *fait* le cheval blanc, qui, un soir, galopa vers eux dans une prairie de la Volga et qu'il l'avait fait « comme ex-voto pour Orphée ». Il continuait par ces paroles révélatrices : « Qu'est-ce que le temps ? *Quand* est-ce le présent ? Par-dessus tant d'années, avec son bonheur total, il bondit dans mon sentiment largement ouvert. »

Le poète, qui ne se sentait pas à sa place dans le monde de la machine, ne sait ce qu'il pourrait consacrer à son Dieu, puisque c'est lui qui, en enseignant à toutes les créatures l'art d'entendre, leur a créé le monde. Il va lui offrir un souvenir, qui évoque à la fois le soir, la Russie et le printemps ; mais le soir n'est que le prélude de la nuit solitaire et la Russie n'intervient que par sa steppe infinie ; quant au printemps, qui inspirera à Rilke des poèmes français emplis de mort, il n'apparaît ici que pour déchaîner la fougue d'un cheval qu'on a détaché, sans le libérer complètement, afin qu'il passe la nuit dans la prairie. Ce qui compte, ce n'est même pas le souvenir de l'animal grisé de liberté et de bonheur. C'est la manifestation orphique qu'il représente. Pas plus que Rilke n'avait décrit la « Panthère » en poète animalier, il ne décrit le cheval de l'extérieur ; il pénètre en lui pour l'« exprimer », car c'est *en* lui qu'Orphée se réalise, et lorsque l'animal sent les vastes espaces, écoute et chante le monde, c'est Orphée qui se manifeste à lui et par lui.

I. – 21

Ici le printemps éclate et emplit le poème. Holthusen (p. 40) déclare que la véritable saison des *Sonnets à Orphée* est l'été, saison de la plénitude et de la possession. C'est méconnaître la prédilection de Rilke pour les époques de transition et, spécialement dans les dernières années de sa vie, pour celle que les Allemands désignent du terme si heureux de « Vorfrühling ». Il voyait en elles les saisons de production ; c'est, en effet, au début de février 1922 qu'il acheva *Elégies* et *Sonnets* ; c'est le 9 qu'il écrivit le « Chant de printemps des enfants » (« Frühlings-Kinder-Lied ») et qu'il l'envoya à Mme Oukama-Knoop pour remplacer le sonnet « vide » commençant par « O das Neue, Freunde, ist nicht dies... » (publié dans *Späte Gedichte*, p. 97) et servir de pendant à celui du cheval (Lettre à Mme Oukama-Knoop, du 9 février 1922). C'est enfin vers la même époque, en 1913, que Rilke vécut, à Ronda, dans l'Espagne du Sud, l'épisode qui lui inspira ce sonnet.

Dans une église de couvent il entendit une messe accompagnée de musique comme de guirlandes de sons joyeux ; c'était une curieuse musique avec un rythme de danse, sur laquelle des enfants chantaient un texte inconnu au son d'un triangle et d'un tambourin. Rilke a conçu le sonnet comme une « interprétation » (« Auslegung ») de cette messe et il y trouvait « le ton de printemps le plus lumineux ». Il débute, en effet, par un cri d'allégresse saluant le retour de la belle saison. Aussitôt la terre est comparée à un enfant, qui apprit de nombreux poèmes ; elle va recevoir un prix d'assiduité. Mais il est faux de parler d'une comparaison : en fait, il y a identification de la terre printanière, des enfants chanteurs et du poète orphique, qui, dès le deuxième quatrain, emploie le « nous ». Il y a pareillement identification de l'hiver, vieillard à la barbe blanche, du maître de chant, dont Rilke ne parle pas d'ailleurs, et d'Orphée, qui enseigne l'art de distinguer les couleurs printanières (vert, bleu), comme il enseigna l'ouïe à toutes les créatures. Et maintenant, la terre libérée de l'hiver, les enfants, qui ont appris leurs poèmes, le poète lui-même, qui participe à l'éveil de la nature, jouent à qui attrapera la terre, source de joies; c'est au plus joyeux que reviendra la palme. Le sonnet se termine par une harmonie grandiose : le dionysisme universel s'exprime en chants, et tout cela, peut-on ajouter en se référant aux premiers sonnets, c'est Orphée qui chante.

I. – 22

Dans les deux sonnets qui suivent, Rilke revient à la vie moderne, thème qu'il est loin d'avoir épuisé. Il oppose sa fébrilité, la hâte trépidante de ceux qui n'ont pas compris que la fuite du temps est une bagatelle sans importance, à la permanence de certains éléments essentiels. Rien de ce qui passe ne compte, mais ce qui demeure nous consacrera homme, nous initiera à notre devoir d'homme : sauver et exalter ce qui est terrestre et humain. Il choisit l'exemple le plus récent : celui de l'aviation, et, sans la condamner, recommande aux jeunes gens de ne pas mettre leur courage et leur cœur au service de la machine ou de l'avion; ils auront d'autres occasions, plus valables, de les employer.

Il sait où l'on trouve l'apaisement, et les quelques mots du deuxième tercet l'expriment par leur rythme même : en s'appliquant aux choses éternelles, le cœur conciliera ce qui est obscur et ce qui est clair, il comprendra le langage de la fleur et du livre.

I. – 23

Ce sonnet va préciser le sens du précédent et montrer le passage du jeu à l'être. Le jeune homme peut voler pour le simple plaisir du vol, pour essayer un engin au profil lumineux, pour se laisser bercer par les vents dans une machine dont il est sûr : ce n'est qu'un jeu, la satisfaction d'un enfant orgueilleux, qui n'a jamais pressenti les grandes choses éternelles. Mais si, un jour, le vol, au lieu d'être à lui-même sa fin, devient un simple moyen pour atteindre un but « pur », si l'homme, au lieu d'être poussé par un orgueil enfantin, est attiré par la pureté même de la mission qu'il s'assigne, alors il gagnera, il s'approchera de l'être, il se confondra avec le but poursuivi, il sera ce but. Une telle métamorphose, un tel passage à l'être se placent naturellement sous le signe d'Orphée.

I. – 24

Continuant à développer le même thème, Rilke confronte maintenant la civilisation moderne et la civilisation antique. Installé dans sa tour médiévale de Muzot, dont il conservait jalousement l'austérité éprouvée, séparé du monde moderne, que lui rappellent seules les trains empanachés sillonnant la vallée du Rhône, il se pose une question, qui semble faire écho aux plaintes exprimées par Schiller dans *Les Dieux de la Grèce* et par Hölderlin dans ses hymnes : « Devons-nous répudier les Dieux anciens, qui, sans jamais quêter notre adoration, furent nos amis, parce que nous sommes des fabricants d'acier? Ou bien n'avons-nous que la ressource de les chercher sur quelque carte de l'Hellade? Dans son *Archipel* et dans *Pain et Vin*, Hölderlin se lamentait de voir qu'ils avaient déserté les cités grecques. Rilke sait bien que notre vie moderne n'est plus régie par eux. Sans doute, ils restent assez puissants pour nous ravir nos morts, mais il n'interviennent pas dans notre existence mécanisée, et c'est la vapeur ou l'électricité qui actionne les roues de nos voitures et de nos machines. Nous-mêmes, nous avons éloigné d'eux et de leur monde nos banquets et nos bains qui n'ont plus rien de commun avec ceux de l'époque platonicienne, et nos messagers (télégraphe, téléphone...) l'emportent en vitesse sur Mercure. Il en résulte qu'au lieu d'être rapprochés les uns des autres et de former ces cités antiques, dont Hölderlin a dit la grandeur joyeuse et radieuse, nous vivons à la fois dans un isolement douloureux et dans la dépendance des autres : l'homme moderne est condamné à vivre seul, mais si nul ne l'assiste, il est un condamné à mort. Au lieu de suivre des chemins sinueux, faits pour des poètes rêveurs qui se promènent à pied, nous traçons nos routes avec des appareils de précision, qui mesurent les degrés et fixent la pente. De jadis, une chose nous est restée : le feu, mais il brûle dans les chaudières pour actionner des marteaux-pilons de plus en plus lourds. Reprenant, pour conclure, une idée qu'il avait exprimée dans le sonnet XIII, Rilke montre l'homme moderne non pas grandi par la puissance de la machine qu'il a créée, mais affaibli comme le nageur qui s'éloigne de la rive.

I. – 25

Comme pour opposer au monde moderne et à sa dangereuse irréalité la jeune fille morte, à laquelle sont dédiés les *Sonnets*, Rilke lui consacre l'avant-dernier de la première partie, de même qu'il lui avait consacré le deuxième ; maintenant enfin, il fournit sur elle des précisions qu'on aurait pu attendre plus tôt. Il n'a connu Véra Ouckama-Knoop que comme une fleur mystérieuse, dont le charme « concentré » restait inoubliable ; il veut une fois encore l'évoquer pour les autres, elle qui fut ravie à tous, car le destin la détourna des hommes, en fit la compagne de ce cri qu'on ne peut réprimer quand la mort fait signe ; il va montrer comment elle passa de la vie à la mort après avoir rempli son rôle orphique.

Elle fut d'abord une danseuse, une enfant qui danse et par sa danse célèbre son dieu, comme Musa dans une des *Sept légendes* de G. Keller. Mais, un jour, une hésitation étrange s'empara de son corps, le figea dans son tournoiement ; on eût dit qu'une puissance mauvaise – la maladie commençante – le coulait dans le bronze, en faisait une statue de deuil qui guette. Elle dut renoncer à la danse ; pourtant elle ne cessa pas de remplir son office, car les Dieux tout-puissants lui avaient aussi accordé le don de la musique et celle-ci fit irruption dans son cœur, que la maladie, déjà proche et menaçante, transformait. Rilke, si admirablement doué pour « dire » les autres, montre le sang de la jeune fille devenu la proie des ombres peu à peu envahissantes, obligé de faire effort pour circuler. Pourtant la maladie parfois cède aux forces juvéniles ; on eut tort de s'inquiéter si vite, pense-t-on, car Véra redevient un rameau verdoyant à l'épanouissement printanier, et, malgré toutes les rechutes (peut-être Sturz égale-t-il Blutsturz : hémorragie), elle garde toujours son éclat terrestre. La fin survint, brutale, et brutalement exprimée par les derniers mots du sonnet, qui évoquent pour ainsi dire la mort en action, mais la mort acceptée et transfigurée : Véra frappa un coup effrayant à la porte de désolation, qui donne accès au royaume des Ombres ; elle la franchit, comme Orphée à la fin du sonnet VII, et devint, comme lui, un des messagers éternels.

I. – 26

De même qu'il avait ouvert la première partie des *Sonnets* par un hymne à Orphée, Rilke l'achève par une véritable élégie consacrée au Dieu du chant, et, de même que dans l'avant-dernier sonnet il avait dit la mort de Véra Ouckama-Knoop, il dit maintenant celle d'Orphée lui-même. Il s'inspire du récit d'Ovide dans les *Métamorphoses* au début du livre 11.

D'après celui-ci, Orphée fut assailli par les femmes des Cicones, qu'il avait méprisées (*nostri contemptor*) ; l'une voulut le frapper de sa lance, mais elle l'atteignit à la bouche, sans le blesser (*sine vulnere*), l'autre employa comme projectile une pierre, qui fut arrêtée dans l'air même par l'harmonieux accord de la voix et de la lyre, et, comme suppliant qu'il lui pardonnât sa folle audace, vint s'abattre aux pieds d'Orphée.

> « ... *concentu victus vocisque lyrœque est.*
> *Ac veluti supplex pro tam furialibus ausis*
> *Ante pedes jacuit.* »

Mais Erinys (la fureur du crime) les anime : les Ménades s'attaquent alors au chant d'Orphée, qu'étouffe le son de la flûte phrygienne, aux oiseaux, aux serpents et à toutes les bêtes sauvages qu'il charmait encore, puis au chanteur lui-même, sur lequel elles jettent leurs thyrses, faits pour un autre usage, des mottes de terre et des pierres, des branches d'arbre et même les instruments de travail des paysans qui travaillent non loin de là. Orphée mort fut pleuré par la nature entière : les oiseaux affligés (*mœstoe volucres*), la troupe des bêtes sauvages (*turba ferarum*), les durs rochers (*rigidi silices*), les arbres qui, en signe de deuil, laissèrent choir leur feuillage (*positis frondibus*), les fleuves, les Naïades et les Dryades. Et sa tête emportée par les flots de l'Hèbre murmure des plaintes auxquelles plaintivement répondent les rives.

A ce récit Rilke ajoute deux grands thèmes. Orphée est le Dieu de l'ordre apollinien, qui lutte contre le déchaînement tumultueux des puissances dionysiennes : alors que celles-ci détruisent, il bâtit ; elles sont une source de mort, lui affirme la beauté de l'existence et son jeu la crée. D'autre part, il reprend et développe l'idée annoncée dans le sonnet V : Orphée devait disparaître pour se manifester ; de même qu'à la fin du *Livre d'heures*, la substance du Poverello est dispersée dans le monde, qu'il avait tant aimé, de même les fragments du corps déchiqueté d'Orphée vont donner à la nature entière l'ouïe et la parole.

DEUXIÈME PARTIE

I

Si la première partie des *Sonnets* commençait logiquement par l'évocation d'Orphée, la deuxième semble échapper à la règle et débuter sur un thème rilkéen. En fait, il s'agit toujours pour le poète, de résoudre le problème philosophique essentiel : celui de l'être et du non-être : Orphée a vaincu la mort, l'homme doit vaincre cette perte incessante de substance qu'est la respiration, condition de sa vie, mais aussi exhalaison de son être propre.

La deuxième élégie oppose l'homme, qui, à chaque instant de son existence, s'évapore dans l'espace (« wir atmen uns aus und dahin ») et l'ange, dont la substance plus dense s'enrichit peut-être de l'apport humain. Ici, Rilke célèbre la respiration, « poème invisible », qui est un pur échange entre deux pôles, entre deux mondes différents, à la fois opposés et liés, hostiles et fraternels : l'homme, dont le souffle se perd et meurt dans l'atmosphère, et l'espace, où il puise et verse à la fois. Il est bien évident que l'homme ne saurait exister sans se nourrir par l'inspiration; l'énorme masse atmosphérique est donc, à l'autre extrémité de cette balance oscillante, le contrepoids grâce auquel, à la cadence même du souffle, il conquiert son être, se l'approprie (er-eigne). Une image chère à Rilke, mais qui peut lui avoir été suggérée par les vagues de « la mer toujours recommencée » du *Cimetière marin*, s'impose au poète comme une vision : chaque inspiration est une vague et vient constituer la mer intérieure, indéfiniment accrue, qui est dans l'homme, qui est l'homme; il n'est pas de mer plus économe, puisque tout l'apport extérieur est transformé en substance humaine, alors que tant de vagues marines se brisent en pure perte sur les rochers du rivage ; chacune des inspirations fait à la matière qui constitue l'homme le don d'une parcelle de cet espace, qui est air, éther, ange, Dieu. Hölderlin ne célébrait-il pas, notamment dans *Pain et Vin*, le « Père Éther » ?

Inversement, – c'est l'idée qu'expriment les deux tercets –, l'être humain projette dans le monde extérieur, par l'expiration, une partie de sa substance et de sa substance spirituelle ; il emplit de lui-même la sphère qui l'entoure. Aussi, bien des vents sont-ils ses fils ; l'air pourrait le reconnaître comme son père, car il fut jadis la parole même du poète, et Rilke la compare à un arbre rond et lisse ; peut-être pense-t-il à un de ces bouleaux qui peuplent la campagne russe. Par cette comparaison, d'ailleurs, il rapproche cette deuxième partie des *Sonnets* de la première et crée entre les deux un certain parallélisme : cet arbre de poésie épars dans l'espace, c'est encore Orphée qui chante.

II. – 2

Ce deuxième sonnet se rattache au premier, car il montre, une fois encore, la position de l'être humain en face du monde extérieur, et il s'oppose à lui, car s'il s'agit encore d'une respiration (vers 7), elle n'entraîne que des pertes (vers 12) ; l'homme ne cesse de s'amoindrir et ses tentatives pour se réaliser dans son être sont vouées à l'échec. Rilke en donne trois exemples :

1° Le Maître a projeté une œuvre qui aurait pleinement exprimé son rêve ou sa pensée ; il s'empresse de la transcrire sur le papier, mais la feuille qui « lui tomba sous la main », que le hasard lui présenta en hâte, ne s'y prêta pas, et le trait qu'elle reçut n'a pas la réalité de l'œuvre rêvée ; celle-ci restera un rêve.

2° A son réveil, la jeune fille soumet à l'épreuve du miroir le matin tout entier, qui n'est pas seulement le début du jour, mais le sien, celui de son corps et de son âme, de sa vie en fleur. Elle est seule devant lui et lui adresse le sourire unique, assez unique pour être saint, de celle dont la jeunesse et la beauté sont promesses d'amour et de bonheur. Le soir, alors que les lumières, comme des servantes empressées, concourent à la rendre plus belle encore, elle s'y contemple de nouveau, avec la même confiance. Mais seul, le miroir a recueilli le sourire irréel, création d'un rêve de jeune fille; il n'en rejaillira qu'un reflet décoloré sur le visage vrai, celui qui affronte l'existence et se dissipe dans le monde extérieur.

3° Tant de regards ont suivi jadis, dans le cadre noir de suie des cheminées, le flamboiement, rouge comme la vie ardente, des bûches qui se consumaient, tombaient en cendres. C'étaient les regards flamboyants d'êtres qui aspiraient à la vie et pourtant sont maintenant des ombres.

Qui donc, en présence de tant d'anéantissements, pourrait évaluer les pertes que subit la vie? Orphée, le poète, car il a compris la mort et garde sa foi dans la vie; il sait, il a senti dans son cœur, qu'il est créé pour prendre sa place dans le Tout, où rien ne se perd. Dans le *Livre d'heures*, Rilke avait déjà dit son angoisse en présence de toutes les vies qui ne sont pas vécues jusqu'à leur terme normal et il en venait à imaginer un Dieu qui les vivrait toutes. Il n'a plus besoin de recourir à cette pieuse ruse : son chant célèbre maintenant la vie qui fleurit sur les tombes.

II. — 3

Le miroir, qui est intervenu presque par accident au début du deuxième sonnet, s'impose à Rilke; celui-ci se rend compte qu'il n'a pas épuisé l'idée du miroir, qu'il n'a pas dit son essence et que jusqu'ici personne ne l'avait pleinement compris. Si les fenêtres sont les intervalles de l'espace, les miroirs sont les intervalles du temps, car en eux il n'y a rien que le monde extérieur, qui par intermittences y pénètre, comme s'il voulait boucher les trous d'un crible, ceux-ci étant les moments où rien ne passe devant eux. Le poète semble avoir la vision d'une vaste salle vide dans quelque manoir médiéval; les miroirs, qui l'agrandissent encore, gaspillent son espace, surtout le soir, où ils apparaissent aussi profonds que des forêts. L'idée de forêt amène l'image du lustre transformé en une ramure de cerf, qui pénètre dans le miroir pourtant inviolable.

La salle dans laquelle erre l'imagination de Rilke est ornée de peintures, sans doute de portraits de famille, et parmi eux il doit y avoir celui d'une jeune fille, comme les a peintes son cher Francis James. Peut-être aussi, car il avait intimement fréquenté les peintres de Worpswede, s'est-il rappelé le procédé parfois employé par eux pour éprouver la qualité de leurs œuvres : ils les regardent dans un miroir. Seules, celles qui sont réellement bonnes résistent à l'épreuve, pénètrent dans le miroir, où leur beauté atteint sa pure réalité ; les autres succombent et sont écartées. Mais la plus belle restera, et ici Rilke évoque la légende de Narcisse, qui exprime l'essence même du miroir, puisque, se contemplant dans l'eau limpide, il devint amoureux de sa propre image et mourut du désespoir de ne pouvoir étreindre cet autre lui-même. Peut-être aussi pouvons-nous penser à la jeune fille du portrait, qui se détache de la paroi, se détache d'elle-même, pour pénétrer et rester dans le miroir, possédant enfin l'existence totale, née d'un baiser d'amour sur des joues encore vierges. Le miroir, que célébreront encore des poèmes français et la rose, qui

« ... invente le thème
du Narcisse exaucé »

furent pour Rilke des symboles inépuisables de l'être qui se cherche.

II. – 4

Il ne semble y avoir aucun lien entre ce sonnet et les précédents, si ce n'est peut-être la jeune fille et le « miroir d'argent » qui, au dernier vers, est comme la dernière vibration du thème du miroir. Il y a pourtant un lien intellectuel. Rilke est en quête des possibilités d'être ; il a montré l'homme en face du monde extérieur, menacé de se perdre en lui par la respiration et enrichi par elle d'un « gain d'espace », plongeant son regard dans les miroirs qui absorbent l'espace et créent Narcisse, il l'a placé en face du réel ; il va montrer maintenant comment, dans l'espace même, l'homme peut créer un être imaginaire, aussi vrai que les animaux réels : la licorne, qui personnifie la chasteté et ne peut être capturée que par une vierge. De même que, dans les *Cahiers de Malte Laurids Brigge*, les événements passés étaient, pour le vieux comte Brahe, aussi présents que les événements actuels, de même les produits de l'imagination sont, pour le poète, aussi réels que les créations de la nature. Dans les deux derniers sonnets de la première partie, Rilke avait montré, en action, la mort de la jeune fille et d'Orphée, leur rentrée dans le Tout ; il va maintenant montrer, en action, la naissance de la licorne, sa projection hors du cœur dans l'espace et le réel.

Dès le premier vers, le poète *voit* l'animal, qui n'existe pas; il le découvre avec une surprise heureuse et semble le présenter au lecteur, qui feuillette avec lui le livre du possible. Il consacrera ensuite onze vers à dire comment il fut créé. Ceux qui le conçurent, des poètes peut-être, des amantes, des enfants, sans même pressentir qu'il pût naître, lui ont donné la vie, uniquement parce qu'ils l'aimaient; c'est l'amour qui crée l'être et nous savons que les femmes *sont* dès qu'elles aiment. L'animal n'existait pas, au sens habituel du mot, mais il devint; il eut à peine besoin d'être, car, tandis que l'homme est projeté à sa naissance dans le monde extérieur, étranger et hostile, lui naquit dans l'espace qu'on avait épargné, accumulé, comme dans un sein maternel, qu'il ne quittera pas (cf. Élégie VIII). Quand il fut né, quand il eut levé la tête, il ne reçut pas la nourriture habituelle des autres animaux : le grain; il fut nourri uniquement de « la possibilité d'être » : elle suffit pour qu'au front de l'animal une corne jaillît. Alors enfin il exista et, créant l'être par le mot, le poète le dresse devant nous : « Ein Horn » (Das Einhorn = la licorne). La licorne est si vivante qu'elle s'avance vers la vierge et se fond en elle comme dans le miroir d'argent qui symbolise la chasteté. Il y a identité de la jeune fille, qui est réelle, de l'animal, qui est imaginaire, du miroir qui ne fait que refléter l'un et l'autre et crée le possible.

Il est évident que l'idée de cet extraordinaire poème fut plus ou moins consciemment inspirée à Rilke par les « tapisseries de la dame à la licorne », qu'il avait admirées au musée de Cluny et décrites avec tant de ferveur dans les *Cahiers de Malte Laurids Brigge*; une femme, sur les genoux de laquelle une licorne s'est appuyée, lui montre son image dans un miroir. – Dans la première partie des *Neue Gedichte* (1907), il avait déjà consacré un poème à la licorne.

II. – 5

Du règne humain et animal, Rilke passe au règne végétal et, dans ce sonnet d'apparence énigmatique, il exprime l'une de ses idées les plus familières et les plus angoissantes : celle qui inspira la huitième Élégie. La souffrance de l'homme provient de ce que jamais il ne voit l'« Ouvert », c'est-à-dire la vie totale, que lui obscurcit la hantise de la mort. Par là, il est inférieur à l'animal et aussi — ce poème va le montrer — à la plante.

L'anémone certes n'a pas de muscle, mais il y a dans cette étoile de la terre une force étrange : celle de la fleur qui veut s'« ouvrir » à l'aube, quand le soleil vient frapper de ses premiers rayons la prairie où elle s'épanouit; c'est elle qui lui permet d'accueillir d'abord la beauté matinale de cette prairie, puis finalement toute la féerie de lumière et de son qui descend du ciel. La tension de cette force est telle qu'indéfiniment la fleur absorbe et s'emplit, que parfois elle est submergée par l'abondance de ces dons. Pourtant le déclin du soleil est proche, mais elle s'est tant ouverte à l'infini qu'elle a peine à se refermer, à rappeler ses pétales distendus. Il y a donc en elle la force d'innombrables mondes qui désiraient se donner à elle, comme ils s'offrent à nous; l'humble fleurette absorbe et représente l'univers.

Nous, au contraire, les hommes, nous sommes des violents; nous voulons vaincre la vie, la conquérir, peut-être au cours de plusieurs existences (« aller Leben » peut désigner des vies successives comme aussi s'appliquer à la vie de *tous* les hommes), mais nous ignorons dans laquelle nous sommes « ouverts » et accueillons le message des mondes.

Ce sonnet fut certainement inspiré à Rilke par le souvenir d'une anémone qu'il vit dans un jardin romain (Voir Lou Andreas-Salomé. *R. M. Rilke*, p. 66).

II. — 6

La rose est essentiellement la fleur de Rilke; il l'a cultivée avec amour dans le jardin de Muzot. Il lui a consacré tout un cycle de poèmes français, il devait l'accueillir dans ses *Sonnets*, dire ce qu'elle est : une fleur douée d'être, riche d'existence. Mais alors que l'anémone est une fleurette qui accueille l'infini, la rose est une reine qui se referme sur sa richesse. En effet, elle n'est plus pour nous, comme pour l'Antiquité, une églantine au simple calice; sa plénitude fait d'elle un objet inépuisable, tel qu'un philosophe existentiel peut l'accueillir comme objet de méditation. Son corps n'est qu'un vide lumineux comparable à l'axe invisible autour duquel la danseuse enroule ses métamorphoses; de ce vide, la rose fait un espace clos en l'entourant de pétales superposés qui, loin de la vêtir, sont la négation même du vêtement, car chacun d'eux est une parure qui exprime la fleur. La rose est aussi un parfum qui circule à travers les siècles, nous conviant à la fête de tous les noms qu'on lui prodigue ; ceux-ci l'expriment-ils ? Parfois, ils la projettent, rayonnante de gloire, dans les airs, où elle repose et trône. En fait, elle est inexprimable et nous essayons en vain de la nommer, de deviner le mot qui la désignerait toute. Toujours elle nous échappe ; nous n'avons que la ressource de rappeler son souvenir qui, dans une heure privilégiée, se mêle à l'évocation du passé.

Rilke, qui déclarait respirer la rose, comme si elle était toute la vie, et qui se sentait « l'ami parfait d'une telle amie » exprima, un jour, le vœu qu'on donnât son nom à une variété de roses ; puisse un créateur de fleurs le réaliser !

II. — 7

Ce dernier sonnet consacré aux fleurs se rattache facilement à l'ensemble, car il dit leur fin et établit un lien entre elles et les jeunes filles, c'est-à-dire V. O. Knoop. Thème facile, que Rilke va singulièrement renouveler en créant un échange de vie et de mort entre ces fleurs humaines que sont les jeunes filles et ces êtres vivants que sont les fleurs. Souvent celles-ci furent étalées sur la table du jardin, blessées par la main qui les avait cueillies et déjà épuisées par l'approche de la mort ; deux choses les rappellent à la vie : l'eau fraîche et les doigts délicats, dont l'influx est si bienfaisant. Un tel échange s'est produit entre ces doigts et les fleurs que, redevenues elles-mêmes dans le vase, elles vont rayonner l'ardeur des jeunes filles, confesser le péché que fut la cueillette, « rapport » nouveau entre les sœurs ennemies.

Si l'on compare ce sonnet aux exquis poèmes de Goethe : *Heidenröslein, Gefunden, das Veilchen*, on comprendra l'apport de la poésie moderne et spécialement de Rilke.

II. — 8

Aux jeunes filles et aux fleurs succèdent les enfants ; la liaison est facile et se précisera encore.

Dans une fantaisie célèbre, le poète avait chanté son lointain – et peut-être imaginaire – ancêtre, le cornette Rilke ; dans ce sonnet, il évoque la mémoire d'Egon de Rilke, un des rares camarades avec lesquels il joua dans son enfance, jadis. Ils s'étaient rencontrés et peu à peu liés au point de « se taire ensemble ». (Georgette Leblanc à Maeterlinck) ; ainsi fait l'agneau qui, sur les tableaux, ne parle qu'au moyen d'un ruban. Ils s'étaient unis si intimement qu'ils avaient mis en commun leurs joies. D'ailleurs, celles-ci étaient condamnées à se désagréger dans le brouhaha de la rue et l'angoisse d'une année trop longue pour être exempte de souffrances.

Ici, le poète, qui s'est replongé dans son enfance, qui, comme Malte Laurids Brigge, s'est recréé une enfance, semble oublier un peu son thème initial, car il est obsédé par les souvenirs d'une époque qui aurait pu être si riche d'existence et de félicité, mais qui fut pleine d'angoisse et de souffrance. Il retrouve le ton de ses lettres parisiennes, du *Livre de la pauvreté et de la mort* et de la troisième Élégie pour montrer l'opposition entre l'enfant, inapte au monde réel, qu'il fut à Prague et à St-Pölten, et la ville de pierre avec ses voitures ferraillantes, ses maisons massives mais fausses et hostiles, ce lieu où rien n'est vrai. Seules sont réelles les balles, dont les trajectoires s'inscrivent fugitivement sur le ciel, y traçant une figure nouvelle comme la chouette dans la dixième Élégie. Il arrive qu'un de ces enfants, « élus de la mort précoce », attrape au vol une de ces balles et crée ainsi un rapport comparable à celui des jeunes filles et des fleurs qu'elles ont coupées : au terme de sa courbe magnifique, la balle, qui est réelle, vient mourir dans les mains d'un enfant, dont la vie n'est qu'une mort anticipée.

On aura intérêt à comparer ce sonnet à un poème composé par Rilke le 31 janvier 1922 : « Solang du selbstgeworfenes fängst... » (*Späte Gedichte*, p. 86) (Voir Günther, pp. 51, 194, 275).

II. – 9

Sans transition, cette fois, Rilke passe à un tout autre sujet : il s'en prend à cette caricature de la douceur divine que prétend être la justice humaine, parce qu'elle a supprimé la torture et le carcan. Il n'y a là qu'une fausse douceur, car, ne venant pas du cœur, elle ne saurait exalter le cœur. L'échafaud peut bien cesser de plaire, d'être un jouet ; il n'en continue pas moins d'agir sur nous, du simple fait qu'un jour il fut à l'œuvre.

Procédant, une fois de plus, par antithèse, il montre comment viendrait « le Dieu de la véritable douceur »; avec puissance et violence, il prendrait possession du cœur, qui ne demande qu'à s'ouvrir à lui; rayonnant, il emplirait le monde, ainsi que le fait tout ce qui est divin. Puis, pour illustrer l'action de ce Dieu, le poète recourt à deux images; il évoque deux phénomènes, dont la « pureté » est telle qu'ils n'ont pas besoin de parler pour persuader : le vent, qui vient de l'horizon infini et emporte les grands navires, et l'enfant né d'une union infinie, qui joue en silence. Holthusen (p. 147) voit dans cet enfant « le descendant d'un sentiment parfait, pur ». Bien que Rilke ait considéré le Christ comme un obstacle sur le chemin qui conduit à Dieu, je pense que cet enfant peut être pour lui le fils de la Vierge et de Dieu, qui s'annonce, lui aussi, dans le vent; par là, il n'a certes pas prétendu donner son adhésion à un dogme, il l'a vu et senti en poète, comme il l'avait fait jadis dans ses « Marienlieder ».

II. – 10

Une fois encore, avec plus de netteté que dans le dix-huitième sonnet de la première partie, Rilke prend position contre la machine, instrument d'un monde réel qui est faux, et il lui oppose le monde vrai, qui est celui de l'esprit. Il ne repousse pas la machine tant qu'elle reste une servante docile, capable de créer et d'ordonner. Mais il ne lui permet pas de prétendre régenter l'esprit; elle menace tout ce que l'homme put acquérir au cours des siècles; elle élève avec intrépidité des gratte-ciel, mais ils n'ont pas la beauté des monuments anciens, car elle a supprimé l'hésitation si émouvante du travail à la main des tailleurs et sculpteurs de jadis, et, par là, elle a tout uniformisé; elle détruit comme elle crée, sans hésiter, et toujours s'impose à nous.

Aussi le poète rêve-t-il de lui échapper : il voit la machine séparée de l'homme, reléguée à sa place et rendue à elle-même dans une fabrique enfin silencieuse; peut-être deviendrait-elle alors, bien qu'il ne le dise pas, une « chose », un témoignage humain. D'ailleurs, il réussit à lui échapper, à se retirer dans l'enchantement d'un monde qui est encore à l'époque de la Genèse, qui n'a pas été élucidé par la science et dépouillé de tout mystère; ce « jeu de forces pures » ne se révèle qu'au fidèle prosterné devant lui, il est encore, « indicible ». L'homme, le poète, peut alors remplir sa mission, qui est précisément de dire l'indicible et de le hausser dans l'Invisible. La musique, une musique jaillie des pierres qu'Orphée a fait chanter, sera le moyen le plus puissant de dresser dans l'Espace le temple de la grandeur humaine qui est, comme à la fin, du premier sonnet de la première partie, un abri métamorphosé en temple. C'est la même pensée qui inspira la septième Élégie.

II. — 11

L'œuvre entière de Rilke est une explication avec la mort, qui anéantit l'être ; or, le chasseur tue l'animal. Comment le poète ne prendrait-il pas position en face de ce meurtre systématiquement renouvelé par l'homme, qui étend de plus en plus son emprise sur les autres êtres ? Il l'a fait d'autant plus qu'il connaît, sans doute pour l'avoir vu pratiquer dans le Karst, un ancien procédé de chasse, une de ces « règles de mort » froidement méditées, dont le chasseur n'a pas le droit d'être fier. On introduit dans les cavernes où nichent les pigeons blancs des grottes (« bleiche Grotten-Tauben ») des étoffes blanches, puis on les agite d'une certaine manière ; effrayés, les pigeons quittent leur retraite obscure et le chasseur n'a plus qu'à les abattre. C'est ce qu'explique Rilke dans les deux quatrains.

Les deux tercets nous livrent son opinion : ils ne contiennent pas un mot de regret et conseillent à celui qui « voit » de ne pas s'affliger, pas plus que le chasseur lui-même ; celui-ci ne fait qu'achever l'exécution d'une entreprise, qui n'était pas encore parvenue à son terme : l'oiseau, un jour, doit périr ; sa mort tarde à mûrir, le chasseur simplement la hâte. Par là, il est l'instrument vigilant et agissant de cette perpétuelle transformation qui régit l'univers. Notre existence n'est qu'un deuil continu, qui accompagne son déroulement ; le meurtre est une forme de ce deuil. On pourrait s'étonner, si Rilke ne concluait pas, en élargissant le débat, que, pour un « esprit serein », c'est-à-dire parvenu à la sérénité du voyant, tout ce qui nous arrive à nous-mêmes est pur, donc chargé d'existence et de vérité. D'ailleurs, au début de la sixième Élégie, il a exalté le figuier, qui « saute presque entièrement la floraison » afin de produire « le fruit à temps révolu » ; il lui oppose l'homme qui met sa gloire à fleurir, au lieu de réaliser sa mission, comme le font les jeunes morts et les héros.

II. – 12

Si le poème précédent laisse une impression pour le moins ambiguë, c'est que Rilke s'approchait seulement, et par un détour assez surprenant, d'une de ses idées maîtresses : celle de la mort-métamorphose ; il va la développer et la préciser dans deux sonnets qui renferment une partie essentielle de son message. Il se tourne maintenant vers l'homme et lui demande d'aspirer à une forme nouvelle. Son existence, disait-il, n'était qu'« un deuil en marche » ; elle sera, quand il aura compris la nécessité de la transformation, un devenir perpétuel, une ascension vers l'être. Ce onzième sonnet se présente comme une série de variations musicales sur le thème illustré par Goethe : « Meurs et deviens[1] » ; meurs pour renaître à toi-même sous une forme plus haute.

Rilke fait d'abord intervenir la flamme, qui, plus que tout autre élément, est l'instrument de la transsubstantiation, qui dévore mais varie incessamment sa forme et toujours s'élève, réalisant « l'acte pur des métamorphoses ». Son imagination se tourne alors vers « l'Esprit » qui domine la terre, non point pour l'évoquer, mais pour indiquer l'objet de sa prédilection : ce qu'il aime avant tout, c'est le tournant, ce lieu irréel où la figure, qui n'est qu'un envol et ne se réalise que par le mouvement, passe d'une direction à une autre. (Voir : *Sonnets*, I, 11). – Une troisième image sera fournie par la source, dont le rôle d'élément fluide est si important chez Rilke : il faut participer à sa mobilité et s'épancher comme elle pour que la connaissance accepte de livrer ses secrets ; alors l'initié saura que la « Création sereine », le domaine de l'être pur, est un cercle parfait, où il n'y a ni début, ni fin, mais un enchaînement et un entrelacement de causes et d'effets, d'échanges et de passages. – Puis le poète, une fois de plus, évoque l'espace, qu'il appelle « heureux », parce qu'il se réalise dans sa pure plénitude d'élément aérien, qu'il déclare « fils et petit-fils de la séparation », sans doute parce qu'il l'a fait naître de notre mort incessante (voir *Sonnets*, II, 1, et *Élégies*, 2). – Il termine enfin par un magnifique exemple emprunté à la mythologie, probablement aux *Métamorphoses*

1. Und so lang' du das nicht hast,
Dieses : Stirb und werde !
Bist du nur ein trüber Gast
Auf der dunklen Erde.
West-östlicher Divan. Selige Sehnsucht.

d'Ovide (livre 1). Phœbus est épris de Daphné, qui se refuse à lui; il la poursuit, mais elle fuit, « plus rapide qu'un souffle léger »; il va l'atteindre : alors, elle supplie son père, le fleuve Pénée, de lui enlever sa beauté trop attrayante; celui-ci la transforme en arbre. Le Dieu, qui ne pouvait plus l'avoir pour épouse, la déclare *son* arbre, et le laurier l'approuve en agitant sa cime comme une tête. Rilke s'inspire de la légende, où il découvre une double métamorphose : devenue arbre, la vierge farouche désire que l'amant qu'elle avait repoussé devienne vent pour l'effleurer de ses caresses.

Le feu, l'eau, l'air ont tour à tour servi d'exemples au poète; le quatrième élément, la terre, semblerait le contredire, car sa compacité est un obstacle à la transformation; c'est à lui qu'il consacre le deuxième quatrain. Il a maintes fois, notamment dans la sixième élégie, proclamé que « nulle part, il n'est d'arrêt ». Il n'hésite pas, ici, à condamner l'immobilité, c'est-à-dire l'arrêt de l'évolution, comme une pétrification. Nulle chose ne peut se soustraire à la loi de la métamorphose; même durcie et devenue invisible sous sa robe de pierre grise, elle sera brisée, car elle trouvera plus dur qu'elle-même; l'imagination poétique pressent dans l'espace un marteau encore absent mais qui déjà se forme et se prépare pour le jour où il brisera la rebelle. L'orange se défendait par l'amertume de son écorce; elle n'en fut pas moins détruite par le marteau des dents, qui devaient la transformer en pure douceur et la convertir à nous. (*Sonnets*, I, 15.)

Nulle part, peut-être, la poésie de Rilke n'apparut plus nettement comme une poésie de la métamorphose. Et ce sonnet reprend avec splendeur le grand thème de la « nostalgie bienheureuse », qui est une des idées-mères de la pensée allemande.

II. — 13

Du sonnet précédent, Rilke déduit la conclusion nécessaire : si la transformation est notre loi et notre but, il faut se séparer de notre être présent pour tendre vers l'être futur, il faut devancer le départ, se placer au-delà du tournant. C'est ce qu'il fait d'ailleurs, lorsqu'il compose ses *Sonnets*, en février, à l'instant même où l'hiver s'en va : il sait que bientôt il aura franchi la saison de la mort, il se sait en marche vers la résurrection. L'homme doit être certain qu'un jour il sortira de l'éternel hiver pour entrer dans l'éternelle vie. Ne pensons pas à l'éternité chrétienne, mais à l'éternité du cœur, devenu enfin pur et serein, capable de sentir tout ce qui espère se donner à lui.

Le deuxième quatrain renferme une allusion à Orphée, mais il s'applique à l'homme en général, qui voit sans cesse mourir ce qu'il aima, qui meurt à tout. Il doit accepter d'avance chacune de ces morts, ne jamais demander qu'Eurydice revienne des enfers, y descendre lui-même pour en remonter plus sûr de son être, plus apte à célébrer ce qui passe, car il connaît maintenant le « pur rapport », que l'angoisse de la mort ne lui cache plus. Alors, dans le royaume de la terre, où tout se hâte vers l'anéantissement, il vibrera, tel un verre qui tinte, et en même temps se brisera dans sa hâte à se métamorphoser. Il sait, en effet, qu'il ne peut se réaliser entièrement, donner sa vibration la plus profonde qu'en dépassant les limites de son être pour entrer dans le Non-Être. La nature totale est une immense réserve de forces indicibles ; les unes sont en service ; d'autres, encore inconnues de nous, telles les ondes il y a peu de temps encore ou l'électricité il y a un siècle à peine, attendent d'être employées pour se révéler à nous et acquérir une voix. L'homme qui se réalise s'ajoute, triomphant, à la Création, puis, en consentant à l'anéantissement, il détruit le nouveau total et franchit le tournant de la mort qui va permettre une nouvelle étape vers une nouvelle ascension.

II. — 14

Que la condition de l'homme, condamné à de telles perplexités, est difficile et douloureuse, si on la compare à celle des fleurs ou des choses ! Rilke leur consacre un nouveau sonnet, où il précise encore sa pensée et nous convie à un véritable « renversement des valeurs ». Ce n'est pas l'homme qui se trouve au sommet de la création, car il a oublié la valeur unique de ce qui est terrestre et, ainsi que l'enseigne la septième Élégie, il doit en réapprendre la splendeur ; les fleurs, au contraire, sont restées fidèles à la terre. Nous avons grand tort de ne leur accorder qu'une destinée sans importance, qui soit, pour ainsi dire, en marge de la Destinée. Sans doute, elles sont condamnées à se faner, et, en les cueillant, nous précipitons encore leur déclin, nous les empêchons même de se réaliser dans le fruit ; mais ce destin nous dicte notre devoir : si les fleurs ne peuvent que regretter en silence de se flétrir, nous devons être la conscience et la voix de ce regret muet.

Le poète alors élargit le sujet en montrant quel rôle nous jouons dans la Création. Toutes les choses veulent planer avec légèreté comme d'éternels enfants. Les hommes ont perdu, avec leur enfance, leur légèreté ; ils ont la pesanteur de ceux qui doivent se chercher à tâtons dans la pénombre d'un monde où la mort le dispute à la vie. Ils ignorent le monde et s'ignorent eux-mêmes, et leur présomption fait d'eux de faux seigneurs, qui imposent à tout leur propre lourdeur, de faux maîtres qui vident les choses de leur substance au lieu d'écouter leur leçon.

Il faut prendre les choses avec soi, plonger en elles, dormir en elles, car par le sommeil l'homme leur devient semblable et repose en lui-même. Alors tout sera facile et l'homme, retrempé par ce bain dans une commune profondeur, dans l'existence pure, en ressortira léger et différent pour mener une vie différente. Il mourra à son ancienne condition d'homme pour naître à une condition nouvelle, qui est la vraie. Ou bien il restera auprès des choses, il se convertira à elles ; les fleurs alors s'épanouiront pour glorifier celui qui est devenu semblable à l'une d'elles, et le sonnet s'achève sur une magnifique évocation de la prairie multicolore, que parcourt le vent de l'espace.

On confrontera ce sonnet avec la lettre « à une jeune fille » (XIII, pp. 17-18) qui développe la même idée.

II. – 15

En apparence sans lien étroit avec les autres, ce sonnet pourtant est issu de la même pensée. Celui qui a voulu la métamorphose et devancé la séparation, qui est entré dans le « monde des rapports », connaît, comme les fleurs, « das Irdische » ; il a le sens de la terre. Or, celle-ci est un être vivant qui parle par la fontaine. Rilke a beaucoup aimé les fontaines de Rome et il leur a consacré de bonne heure un beau poème, très intéressant par sa facture, intitulé « Fontaine romaine ». Il reprend ce thème pour présenter le cycle de l'eau : issue du sol de l'Apennin, elle vient dans la grande cité, jaillit d'une bouche inépuisable, qui dispense aux hommes ses dons toujours semblables et toujours purs, effleure en tombant le bord de l'orifice noirci au cours des siècles et vient reposer dans une vasque de marbre ; née de la terre, elle retourne à la terre, dont la fontaine est à la fois la bouche intarissable et l'oreille attentive. Lorsque les hommes viennent emplir leur cruche, ils insèrent leur existence dans le cycle de l'eau et interrompent le dialogue perpétuel de la terre avec elle-même.

Dans ce beau sonnet, Rilke s'est, en outre, acquitté de la mission qu'il assigne à l'homme (septième Élégie) : dire les choses, hausser dans l'Invisible ces créations humaines que sont une fontaine et un aqueduc romain.

II. – 16

La clef de ce sonnet nous est fournie par le *Livre de la vie monastique*. Dieu souffrait du néant comme d'une blessure ; pour en apaiser la brûlure, il créa le monde, et maintenant le néant guérit lentement, car, allongés sur lui, nous l'apaisons. De même, Dieu est pour nous la place douloureuse qui lentement guérit, mais nous commettons la sottise d'ouvrir sans cesse notre blessure en cherchant Dieu ailleurs que partout ; il est épars dans la Création tout entière, comme Orphée ou encore comme le Poverello à la fin du *Livre d'heures*, et nous connaîtrions la sérénité de cette présence universelle, si nous n'avions pas un esprit tranchant, qui veut absolument le découvrir à un endroit précis et unique. Nous voulons connaître Dieu, pénétrer dans le monde qui est le sien ; nous l'accablons d'offrandes et les religieuses lui offrent même leur pureté dans l'espoir de l'incliner jusqu'à elles ; elles mettent fin librement à leur existence normalement humaine pour vivre de lui (c'est, du moins, ainsi que j'interprète cet énigmatique quatrain). Dieu n'accepte pas ce sacrifice, qui ressemble en quelque sorte à un suicide ; il reste immobile et ne fait signe qu'au mort, c'est-à-dire à celui qui parcourut tout le cycle de la vie humaine. Lui seul, le mort, – Rilke insiste lui-même de cette manière –, boit à cette source de la révélation qu'il nous est seulement accordé d'entendre ; c'est à eux que Dieu fait signe. Nous n'avons que le vacarme de l'existence, nous sommes des êtres tapageurs, qui s'arrogent le droit de parler fort, alors que le fleur et la chose savent se taire et que l'agneau, poussé par un instinct sûr et silencieux, demande simplement une clochette.

II. – 17

Le sonnet précédent, qui n'accordait qu'aux morts le privilège d'entendre et de voir Dieu, laissait les vivants dans la détresse.

C'est pour eux que le poète maintenant semble lancer un appel anxieux : Où ? dans quels jardins ? sur quels arbres « mûrissent les fruits étrangers de la consolation » ? Il évoque des jardins de rêve, faits pour les anges et comme suspendus entre le ciel et la terre. L'homme, cet être de pauvreté, parfois s'y hasarde, y admire des fruits parfaits sur les arbres que cultivent des jardiniers mystérieux. Mais ne lui est-il jamais arrivé de troubler ces étés paisibles par sa maturité précoce, par son intelligence tranchante qui entrave l'œuvre du cœur ? On peut rapprocher du dernier tercet — et lui opposer — le début de la sixième élégie, où le poète reproche à l'homme de s'attarder à fleurir et de parvenir trop tardivement au fruit, qui est son but.

II. — 18

Arbre, fleurs, fruits, danse, choses, images, tels sont les principaux thèmes combinés par Rilke pour exprimer le création, le passage à l'être, dans un des sonnets les plus difficiles, mais aussi les plus révélateurs. Dès 1934, dans son très suggestif travail sur *Sprache als Schöpfung* (p. 51 sq.), Fritz Kaufmann en donnait une interprétation remarquable, qui peut servir de base ; il y découvrait des traces de Mallarmé *(Divagations)* et Valéry *(L'âme et la danse)* et comparait ce poème à la célèbre « Ode on a Grecian Urn », de Shelley.

Dans le quinzième sonnet de la première partie, la danseuse exprimait le goût de l'orange, projetait dans les airs le paysage du Midi, et donc était déjà créatrice. Ici, le poète va plus loin encore : la danseuse donne à tout ce qui passe être et forme et le poème la représente dans son action créatrice. L'infinitif substantivé « Vergehen » nous plonge dans le flux même de la vie qui toujours s'écoule et va s'anéantir, sans que nous puissions arrêter, ni même retarder sa chute. La danseuse y parvient, car de ce qui était une marche au néant, elle fait une « marche », et le substantif « Gang » montre le passage à un déplacement dans le temps, dont on peut espérer qu'il s'arrêtera ; il implique une certaine fixation, le mouvement de la danse nous apparaît comme une assurance contre la mobilité fluide de la vie. Telle est l'offrande de la danseuse au Dieu de l'être et de la métamorphose. — Elle termine par un tourbillon, qui, du mouvement même, fait naître un arbre, c'est-à-dire une chose fixe, enracinée et victorieuse du temps, puisque l'année révolue et escaladée (erschwungen), le cycle des saisons aboutit pour lui à un accroissement; les cercles concentriques qui, sous son écorce, révèlent le nombre de ses années, sont comme une prise de possession du temps. Si, au début des *Sonnets*, l'arbre naissait du chant d'Orphée, il naît maintenant de la danse d'une jeune fille.

La création ne saurait s'arrêter, car l'arbre est une vie incessante; celle-ci se manifeste par des fleurs, par une « fleur de silence », qu'entoure comme un essaim (der Schwarm, l'essaim) le tourbillon de la danseuse. Rilke a certainement observé des essaims d'abeilles qui, au début de l'été, se suspendent aux branches. D'autre part, il devait traduire *L'âme et la danse*, qui s'achève ainsi : au terme de sa danse, Athikté s'est effondrée, palpitante, et n'est plus ni morte, ni vivante. Socrate lui demande d'où elle revient; elle répond : « Asile, asile, ô mon asile, ô tourbillon! – J'étais en toi, ô mouvement, en dehors de toutes les choses. » Rilke se place au même instant : la danse s'est terminée par un tourbillon, qui a créé l'arbre, et celui-ci soudain produit une fleur de silence, qui figure la fixité, l'arrêt même de tout mouvement et de tout bruit. Mais le tournoiement, le bondissement ailé de la danseuse n'a pas encore eu le temps de cesser entièrement, car il est « de tout à l'heure » (von vorhin); il se prolonge comme le tourbillonnement bruissant d'un essaim d'abeilles attiré par la fleur et qui crée aussitôt l'atmosphère, c'est-à-dire l'espace : non pas le paysage du Midi, mais un paysage d'été valaisan, ensoleillé et chaud, dont le silence permet de percevoir le bruissement des insectes; cette chaleur même, cette chaleur méditerranéenne, que Rilke avait été si heureux de retrouver dans le Valais, est, comme l'arbre, une émanation de la danseuse.

L'extase est passagère, les fleurs sont éphémères, l'espace lui-même peut se refroidir; tout cela court encore le risque de l'anéantissement, de ce « Vergehen » dont la danse devait triompher; mais des fleurs fragiles vont naître ces fruits mûrs et durables que sont la cruche et le vase. Rilke a longuement contemplé le potier des bords du Nil; il a vu mûrir sous ses doigts ces créations humaines qui s'arrondissent à l'envi, comme l'arbre s'entoure chaque année d'un nouveau cercle de bois. Et il dit ces choses en employant ces termes aux sens multiples : « reifend gestreift » (« die Reife » = la maturité; der Reifen = le cercle; « streifen » = effleurer; « des Streifen » = la bande, ici, peut-être, les cercles de l'arbre). Par son tournoiement, la danseuse a mûri l'arbre et ses fruits, qu'elle frôle, comme le potier, de ses mains qui les effleurent; elle a arrondi la cruche et le vase.

Ces créations sont si parfaites que le poète les voit et retrouve même sur elles comme un dessin durable, le trait des sourcils de la danseuse; ici encore, il rapproche deux termes presque semblables, mais de sens différents : « die Vandung » = la paroi et « die Wendung » = le tournoiement (« wenden » est le factitif de « winden » = tresser; « Wandung » se rattache à « Windung » et désigne un lattis, une paroi faite de branches entrelacées). La danseuse, dont Valéry nous dit qu'elle a trouvé dans le tourbillon un asile, la danseuse, qui était une figure en mouvement, est devenue, dans le vase, la figure du mouvement.

Jamais le génie visionnaire de Rilke et son génie verbal ne se sont peut-être révélés avec plus d'éclat que dans ce sonnet, où la vision devient réalité, ou le verbe crée l'être. Il a magnifiquement illustré et confirmé le célèbre passage de Mallarmé dans *Divagations (Crayonné au théâtre. Ballets)* : « La danseuse *n'est pas une femme qui danse*, pour ces motifs juxtaposés qu'elle *n'est pas une femme*, mais une métaphore résumant un des aspects élémentaires de notre forme, glaive, coupe, fleur, etc., et *qu'elle ne danse pas*, suggérant, par le prodige de raccourcis ou d'élans, avec une écriture corporelle, ce qu'il faudrait des paragraphes en prose dialoguée autant que descriptive pour exprimer dans la rédaction : poème dégagé de tout appareil du scribe. »

On ne saurait commenter ce sonnet sans évoquer la danse de Civa, dont un magnifique spécimen existe au Musée Guimet. Cette danse est un acte religieux qui symbolise l'activité divine, source du mouvement dans l'univers, particulièrement sous l'aspect des fonctions cosmiques de création et de destruction.

II. — 19

Ce sonnet, qui pourrait être celui de l'or, est celui du mendiant, car Rilke les oppose l'un à l'autre : le premier est l'hôte des banques et des maisons de commerce, et se transforme en soieries, fleurs ou fourrures; lui, le mendiant aveugle et silencieux, non seulement l'ignore, mais il ne connaît même pas la vulgaire monnaie de billon; pourtant, quand l'argent cesse de respirer, toujours il est là. Le soir, sa main se referme pour le repos, mais chaque jour le destin la reprend et la tend aux passants. Il faut souhaiter qu'un voyant comprenne et célèbre cette main pleine d'existence, que seul le chantre d'Orphée pourra dire, et seul un Dieu pourra entendre un tel chant.

On aura intérêt à rapprocher ce sonnet de certains passages des *Cahiers de Malte Laurids Brigge* ou de poèmes comme « L'aveugle du pont des Arts ».

II. — 20

Rilke part de cette constatation qu'il y a entre les étoiles un espace considérable pour déclarer que les hommes sont encore beaucoup plus éloignés les uns des autres ; il s'agit ici naturellement d'un éloignement moral, mais peut-être le destin, qui apparaît ensuite, sans raison visible, est-il une allusion aux étoiles, dans lesquelles il s'inscrit (voir la dixième Élégie) ; c'est pourquoi, habitué à ce qui est, il nous mesure avec une aune inconnue, qui nous le fait paraître étranger ; dès lors la distance qui sépare les hommes pourrait être considérée comme la projection dans l'esprit de l'espace interstellaire. Le poète donne l'exemple qui paraît le plus défavorable : celui de la jeune fille amoureuse ; elle est attirée par son amant, elle ne cesse de penser à lui (ici le verbe « meinen » retrouve sans doute une partie de son sens primitif : « minnen » = aimer) et pourtant elle l'évite.

Cet éloignement général fait que nulle part le cercle ne peut se refermer, et le poète donne un exemple surprenant : les poissons, que l'on dit muets, donc sans liaison avec l'homme ; mais qui sait s'il n'y a pas un lieu où l'on parle sans eux ce qui pourrait être leur langage ?

II. — 21

Le sonnet précédent représentait dans la courbe de la pensée rilkéenne une dépression ; il aboutissait à un renoncement, dont la souffrance était à peine atténuée par l'espoir qu'en un lieu inconnu l'irréalisable peut-être se réalise. Celui-ci semble une réplique ; il débute par un cri de joie : ces jardins inconnus, qui dans les poèmes et contes d'Asie prodiguent leurs eaux jaillissantes et leurs roses, le cœur va les chanter, c'est-à-dire les créer et se les approprier en disant leur inaccessible beauté. Bien plus il montrera qu'il peut toujours se passer d'eux, alors qu'ils ont besoin de lui pour être célébrés (Rilke l'a fait, précisément pour le figuier, au début de la sixième Élégie) et qu'il a pu commercer avec les airs entre leurs branches fleuries.

Puis le poète élargit encore l'idée : il n'y a pas de privations, proclame-t-il, lorsqu'on a décidé avec fermeté d'atteindre l'être; cette résolution est le fil de soie inséré dans la trame que tisse notre existence; il la parcourt tout entière, comme le fil rouge les cordages de la marine anglaise (Gœthe, *Les Affinités électives*. Deuxième partie, chapitre II), si bien que dans chaque fragment il est visible. Cette trame est faite de notre union intérieure avec tous les événements de notre vie, avec toutes les « images » que nous absorbons en nous et emmagasinons; ne croyons pas que celles-ci existent isolément, car chacune d'elles est une acquisition nouvelle, faite en vue du tapis entier, que nous avons mission de tisser. Même si telle image reflète un moment de souffrance, nous devons savoir qu'elle aussi y trouvera sa place. Cette idée, rattache ce sonnet aux dernières Élégies, notamment à la dixième, qui se passe au pays des Lamentations; mais il n'est pas question ici de « Klagen » et, par là, le sonnet renferme une exaltation plus nette encore de la vie totale.

II. — 22

L'idée présentée dans le sonnet précédent s'amplifie : l'homme peut braver le destin, qui semble nous détruire, car notre existence est, malgré lui, riche de superflu : les parcs, les cariatides de nos portails anciens, les cloches qui rythment le jour et sa terne médiocrité, et cette colonne unique, restée debout à Karnak, après l'écroulement des temples, c'est-à-dire les créations de l'inépuisable génie humain, que, dans la septième Élégie, le poète présente à l'ange. Sans doute, l'époque actuelle peut sembler impropre à de telles réalisations, tout l'excédent de notre cœur se dépense en hâte stérile, en jouissances troubles, à l'heure où la lumière horizontale du soleil couchant s'efface devant la nuit illuminée des grandes villes, en vols audacieux dans une atmosphère d'où les anges semblent exclus. Pourtant rien de tout cela n'est inutile; cela prend place dans le « tapis glorieux », mais il faut que la pensée de l'homme s'en empare pour le transcender.

II. – 23

Ce sonnet, adressé au lecteur, prolonge et précise le précédent. Le monde réel souvent nous est hostile; Malte en a fait maintes fois la trop douloureuse expérience, mais, ne cessait de répéter Rilke, il faut lire les *Cahiers* « contre le courant », c'est-à-dire pour y découvrir toutes les possibilités de vivre; il faut, pour ainsi dire, en prendre un moulage, et alors tout ce qu'il renferme de négatif deviendra positif. Le poète a précisément pour mission d'opérer cette transformation, de célébrer le mal et la plainte pour en faire notre bien propre; c'est possible dans le royaume orphique.

Aussi Rilke convie-t-il le lecteur à l'appeler précisément lorsqu'une heure de sa vie lui résiste, refuse de se laisser saisir par lui tout en s'offrant à lui comme un chien dévoué. Il transformera le refus en possession, le congédiement en libération. Mais il ne faut pas que cette liberté soit privée de point d'appui; nous n'avons pas l'instinct sûr de l'animal et sommes sujets à l'erreur; nous vivons dans un monde en transformation et sommes à la fois trop jeunes pour ce qui est vieux et trop vieux pour créer ce qui n'exista jamais. Comment donc parviendrons-nous à cette vie positive et féconde que nous désirons? En louant toujours, car c'est notre unique moyen d'être justes, en approuvant ce qui nous heurte, en consentant à tout, en étant à la fois la hache qui frappe et la branche qu'elle coupe, en faisant nôtre la douceur du danger qui nous menace et mûrira pour nous si nous l'avons accepté. Le cœur qui est né pour le tout (*Sonnets*, II, 2) possédera tout ce que la terre avec générosité dispense; il réalisera le tapis glorieux (*Sonnets*, II, 21).

II. – 24

La fierté de l'homme, qui apparaissait dans les sonnets 21, 22, éclate maintenant, comme dans les dernières des *Élégies de Duino*. Être fait d'argile n'est pas pour lui une humiliation ou une entrave; il en tire, au contraire, un orgueil joyeux et toujours nouveau, car il peut être fier des réalisations humaines.

Les premiers hommes étaient seuls, presque sans aide, et pourtant ils ont créé des villes au bord de golfes bienheureux (Rilke pense sans doute à Naples, peut-être à Capri ou Venise) ; ils ont fabriqué l'amphore où l'on recueillait l'eau et l'huile. Ils ont même inventé les Dieux, conçus et conquis par eux avec une hardiesse que le destin, toujours hostile, contrecarrait sans être capable de l'entraver. En effet, ils sont immortels et nous pouvons prêter l'oreille aux paroles du Créateur, puisqu'à la fin des temps, c'est lui, notre créature, qui, par sa réalisation même, exaucera le désir que nous avons de lui. Ici se manifesta la conception religieuse de Rilke, telle qu'il la nota dans son *Journal de Florence* (1898) et développa dans son *Livre d'heures* (1905) : les hommes sont les créateurs de Dieu, qu'ils bâtissent comme une cathédrale ; chaque génération apporte sa pierre et, au terme d'une longue ascension qui conduira peut-être l'humanité d'astre en astre, enfin on verra Dieu. S'il est notre père, il est donc aussi notre fils et le fils est infiniment plus que le père. Ce fils, toujours futur et qu'il ne faut pas confondre avec le Christ (car Rilke avait tendance à voir en lui un obstacle sur le chemin qui mène à Dieu) apparaît précisément, comme une suite logique dans le premier tercet. Deux fois s'impose un « nous » orgueilleux, triomphal : nous, mortels éphémères, nous disposons des millénaires, nous, aventuriers de la vie, qui sommes maintenant aventurés dans la vie, nous avons le temps pour nous. Et seule la mort, vaincue par vous, sait ce que nous sommes : aussi nous consent-elle un prêt, un délai, parce qu'ainsi nous lui reviendrons un jour plus riches de créations humaines.

II. — 25

Dans ce sonnet, qui fait pendant au « Frühlings-Kinder-Lied » (I, 21), nous sommes à cette époque de l'année qui n'est plus l'hiver et n'est pas encore le printemps, mais où s'annonce le renouveau ; c'est l'« avant-printemps », et le poète, qui a surmonté la saison de la mort, est prêt à accueillir en lui tout l'avenir (cf. *Sonnets*, II, 13). De sa tour, Rilke entend le bruit des premiers râteaux, qui débarrassent les vergers de tous les détritus que leur légua l'hiver : feuilles sèches, branches cassées, etc. ; c'est le rythme nouveau, familier et apaisant, du travail humain ; il résonne d'autant plus fort que la terre n'est pas encore sortie de son repos hivernal (Rilke admirait beaucoup cette expression : « La terre se repose »), qu'elle est encore gorgée de silence et semble se contenir pour ne pas faire entendre la voix de sa force. Le poète se sent pour ainsi dire transporté à l'époque de la Genèse. Tout ce qui vient maintenant vers lui a la saveur totale d'un monde recréé, restauré dans sa pureté première. Tant de choses, écrit-il dans la première Élégie, l'attendaient et venaient à lui, espérant qu'il comprendrait sa mission, les accueillerait et les chanterait; il n'a pas su remplir sa mission. Celle qu'il avait négligée s'est emparée de lui.

Les deux tercets nous montrent comment le poète initié maintenant voit et sent la nature. De même qu'à la fin de la dixième Élégie les chatons qui pendent au noisetier vide lui font pressentir la résurrection de la terre, de même les feuilles sèches des chênes ne lui disent pas l'automne qui les a frappées de mort, mais le printemps futur, qui les emplit d'une fermentation féconde. De même encore, les buissons peuvent bien paraître noirs; lui distingue, avec son œil de peintre impressionniste et son cœur de poète orphique, des noirceurs plus sombres, des tas de fumier épandus sur les prairies, auxquelles ils apportent une fécondité nouvelle. Les airs eux-mêmes sont emportés dans le courant de vie du renouveau et échangent des signaux mystérieux. Aussi l'heure qui s'écoule et tombe dans le néant n'a-t-elle vieilli ni le monde, ni le poète; elle est, au contraire, créatrice de jeunesse.

II. — 26

Si le sonnet 24 glorifiait l'homme, celui-ci, au contraire, le déclare inférieur à l'oiseau, de même que le quatorzième l'avait placé au-dessous de la fleur. Les *Élégies de Duino* ont maintes fois opposé les oiseaux qui peut-être :

— *sentent l'air plus vaste d'un vol plus intime* — (*Élégies*, I) et les hommes, êtres incertains qui cherchent leur chemin à tâtons dans une patrie « hybride et ouverte aux vents » (*Élégies*, VIII). Ici, la « démonstration » porte tout entière sur le cri, car elle doit s'achever par une invocation à Orphée.

Tout cri d'oiseau nous saisit, parce qu'il est « sauf », donc sain, pur, total; il s'insère dans l'espace du monde, ainsi que les hommes pénètrent dans l'espace du rêve. L'enfant, au contraire, ignore le cri réel, et c'est le hasard qui s'exprime par lui; il criaille et pousse ses criailleries dans les intervalles de l'espace comme le bûcheron enfonce ses coins dans le bois qu'il veut fendre. – C'est que, si l'oiseau qui vole est dans son domaine, nous ne connaissons pas le nôtre ; il existe sans doute un terme pour les enfants qui jouent à l'extérieur : ils sont « im Freien » (en liberté) et nous essayons de nous libérer encore, de nous élever au-dessus de la terre, comme les cerfs-volants échappés aux mains des enfants, mais nous ne pouvons que rester à mi-hauteur, c'est-à-dire dans une sphère qui n'est ni terrestre, ni céleste, qui est hybride. Notre rire lui-même n'est qu'une frange de rire que les vents déchiquettent ainsi qu'ils font des cerfs-volants de papier.

Que faire ? Le poète invoque Orphée, dont il avait déjà dit qu'il est le Dieu créateur d'ordre (*Sonnets*, I, 26) ; il lui demande d'imposer aux crieurs comme jadis aux Ménades son ordre constructeur ; par son chant, il les éveillera à l'harmonie, en fera des êtres qui bruiront au lieu de criailler, qui porteront sa tête et sa lyre, ainsi que l'avait fait jadis le fleuve qui les reçut à sa mort.

II. – 27

En définitive, la position de l'homme paraît assez imprécise, et la perplexité du poète se révèle par les points d'interrogation de ce poème, qui n'est au fond qu'une question posée au sphinx. Le temps destructeur existe-t-il réellement et sera-t-il assez fort pour anéantir un jour le château fort solidement dressé sur une montagne dont le calme repos paraît inébranlable ? Notre cœur, qui est au service des Dieux, sera-t-il dominé par le Démiurge, c'est-à-dire par un créateur qui dispose de lui à son gré ? et ce terme, rarement employé par Rilke, a sans doute un sens plus négatif que positif : le Créateur est surtout un destructeur qui menace notre Moi, toujours fragile et instable. L'enfance est riche de promesses ; mais quand elle aura pu les réaliser, ne sera-t-elle pas muette, incapable de s'exprimer, dans l'être achevé ? Le poète considère cette fragilité comme un fantôme qu'il faut exorciser ; mais l'être humain, s'il s'ouvre sans méfiance pour accueillir ce qui est, verra ce fantôme le traverser ainsi que la fumée, cette chose vaine et inconsistante, qui pourtant suffit à noircir et obscurcir toutes choses.

Et pourtant, malgré notre caractère éphémère, bien que nous soyons des êtres ballottés par le temps, nous l'emportons sur ce qui demeure, sur les forces qui durent, parce que nous possédons l'art divin de les évoquer par le chant orphique. Cette conclusion manque un peu de conviction et s'oppose au vingt-deuxième sonnet de la première partie, où le poète avait employé le même terme : « die Treibenden », pour désigner les hommes, et avait montré dans ce qui demeure (das Verweilende) la source de notre initiation.

II. – 28

Comme dans la première partie, l'avant-dernier sonnet est consacré à Véra, prêtresse d'Orphée. Si « la nymphe de la source qui pleure » élevait dans le ciel « la constellation de notre voix » (*Sonnets*, I, 8), Véra parfois réussit à « compléter la figure de danse » pour en faire une « constellation pure ». Par cette danse orphique, la créature périssable l'emporte sur la nature ; celle-ci en effet ne peut ordonner le monde qu'inconsciemment, confusément, alors qu'Orphée est essentiellement le Dieu du cosmos lucide et clair, et que, seul, son chant peut mouvoir l'inanimé. La jeune fille participe encore au mouvement orphique et peut réaliser le même miracle ; elle a l'heureuse surprise de voir un arbre danser au même rythme qu'elle. Elle connaît encore le centre de vibration du monde orphique ; ce lieu où la lyre retentit pour la première fois (« unerhört » a évidemment son sens étymologique : « jamais entendu »). Aussi, pour honorer son Dieu, essaie-t-elle les plus beaux de ses pas. Elle a d'ailleurs un espoir : un jour, elle réalisera la grande fête orphique et, pour en montrer la plénitude, Rilke emploie une fois encore le mot : « heil » ; alors, elle pourra tourner les pas et les regards de son ami vers Orphée.

II. – 29

C'est précisément à cet ami qu'est adressé le dernier sonnet, à lui qui aime les lointains (dans le sommeil de Véra il y avait le « lointain sensible », *Sonnets*, I, 2) ; le poète lui demande de sentir (c'est le grand verbe orphique) que par sa respiration il augmente l'espace (*Sonnets*, II, 1). Qu'il accepte d'être, dans le beffroi, la cloche qui tinte, car la force qu'il perdra augmentera ce qui se nourrit de lui, et ce sera la transformation, dont nous savons faire notre domaine (*Sonnets*, II, 12). Qu'il recherche son expérience la plus douloureuse pour la convertir en sa propre substance, car, quand le breuvage est amer il convient de se transformer en lui pour n'en plus sentir l'amertume. L'homme vit dans une nuit sans limites, en proie à un profond désaccord intérieur, et Rilke a déjà montré qu'au carrefour de deux routes il n'y a pas de place pour le temple d'Apollon (*Sonnets*, I, 3). Il reprend les mêmes images pour exhorter le jeune homme à être la « formule magique », c'est-à-dire orphique, qui, expliquant le désaccord interne, le justifiera. Un jour, enfin, la terre le reprendra (c'est ainsi que Günther interprète le : « Wenn dich das Irdische vergass »); alors, qu'il prenne la parole et lui montre comment il la complète en ajoutant à l'élément solide de la fluidité de sa vie qui s'écoule, à l'élément liquide la fixité de celui qui se sait existant. Ainsi plusieurs des thèmes poétiquement développés dans les *Sonnets à Orphée* confluent dans le dernier et l'ensemble se termine par le mot : « Je suis », principe et but de toutes choses. Ainsi se réalise, dans et par l'être humain, cette synthèse de l'apollinien et du dionysien, dans laquelle Nietzsche voyait la grande œuvre et l'éternel mérite de la tragédie attique : d'une part, la personnalité tend à se réaliser dans ses limites et sa stabilité, d'autre part, elle tend à s'évader hors d'elle-même et, se plongeant dans le grand cycle du monde, à consentir à la mort comme à la vie. Orphée, Dieu de l'être et de la métamorphose, est par là même Dieu de l'existence totale.

BIBLIOGRAPHIE

A. BIBLIOGRAPHIE

Katalog der Rilke Sammlung de Mises, par Obermüller et Steiner (1966).
Blätter der Rilke-Gesellschaft, Bern. Dans cette revue annuelle existant depuis 1972, on trouvera une mise à jour régulière de la bibliographie.

B. ŒUVRES

Ausgewählte Gedichte, par E. Heller, Francfort, 1973.
Sämtliche Werke, 12 vol, par E. Zinn, Francfort, 1963-1975.
Sämtliche Werke, 6 vol., par E. Zinn, Francfort, 1987 (édition de poche).

C. CORRESPONDANCE

Briefwechsel mit Katharina Kippenberg, Francfort, 1954.
Briefwechsel mit Merline (Baladine Klossowska), Francfort, 1954.
Briefe an Sidonie Nodherny von Borutin, Francfort, 1969.
R.M.R.-Helene von Nostitz, Briefwechsel, Francfort, 1976.
R.M.R.-Lou Andreas Salomé, Briefwechsel, Francfort, 1975.
R.M.R. und Marie von Thurn und Taxis, Briefwechsel, 2 vol., Francfort, 1986.

D. CHOIX DE LETTRES

Rilke-Briefe, Francfort, 1987 (édition de poche).

E. MONOGRAPHIES

J.-F. Angelloz *R.M.R. L'évolution spirituelle du poète*, Paris, 1936. Rilke, Paris, 1952.
E. Buddeberg *R.M.R.*, 1955.
Norbert Fuerst *Rilke in seiner Zeit*, Francfort, 1976.
Käte Hanburger *Rilke — Eine Einführung*, Stuttgart, 1976.
Philippe Jaccottet *Rilke par lui-même*, 1970.
Hermann Kunisch *R.M.R. Dasein und Dichtung*, Berlin, 1975.
Princesse de la Tour et Taxis. *Souvenirs sur R.M.R.*, Paris, 1987.
Wolfang Leppmann *Rilke*, Paris, 1984.
Eudo C. Mason *Lebenshaltung und Symbolik bei R.M. Rilke*, Weimar, 1939.
Horst Nalewski *R.M.R. in seiner Zeit*, Francfort, 1985.
Donald Prater *A ringing Glass. The life of R.M.R.*, Oxford, 1986.
Lou Andreas-Salomé *Rainer Maria Rilke*, Paris, 1989.
Ingeborg Schnack *R.M.R. Chronik seines Lebens und seines Werks*, Francfort, 1975.

F. ESSAIS

Maurice Colleville « Rilke — Sa conception du poète et de la poésie », in *Literatur und Geschichte*, 1973, pp. 317-334.
Hartmut Engelhardt *Der Versuch, wirklich zu sein. Zu Rilkes Sachlichem Sagen*, Francfort, 1973.
Giorgo Guzzoni *Dichtung und Metaphysik. Am Beispiel Rilkes*, Bonn, 1986.
Victor Hell *R.M.R. Existence humaine et poésie orphique*, Paris, 1965.
Claire Lucques *L'absence ardente. Visages de Rilke*, Troyes, 1977.
Walter Seifert *Das epische Werk RMRs*, Bonn, 1969.
Ingeborg Solbrig *Rilke heute. Bezihungen und Wirkungen*, Joachim Storck ed., Francfort, 1975.

G. ÉLÉGIES DE DUINO ET SONNETS A ORPHÉE

Beda Allemann *Zeit und Figur beim späten Rilke*, Pfullingen, 1961.
E. Buddeberg *Die Duineser Elegien R.M. Rilkes*, 1948.
H. Cämmerer *Duineser Elegien, Deutung der Dichtung*, 1937.
Manfred Engel *RMRs Duineser Elegien und die moderne deutsche Lyrik. Zwischen Jahrhundertwende und Avantgarde*, Stuttgart, 1986.

Ulrich Fülleborn *Das Strukturproblem der späten Lyrik Rilkes*, Heidelberg, 1973.
Ulrich Fülleborn ed., *Materialen zu RMRs Duineser Elegien*, Francfort, 1980.
Romano Guardini *RMRs Deutung des Daseins. Eine Interpretation der Duineser Elegien*, Munich, 1977.
H.F. Holthusen *Rilkes Sonette an Orpheus, Versuch einer Interpretation*, 1937.
E.P. Isler *La Structure des élégies de Duino*, 1937.
Sigrid Kellenter *Das Sonett bei Rilke*, Bern, 1982.
K. Kippenberg *R.M. Rilkes Duineser Elegien und Sonette an Orpheus*, 1946.
Ernst Leisi *Rs. Sonette an Orpheus. Interpretation, Kommentar, Glossar*, Tübingen, 1987.
Klaus Mühl *Verwandlungen im Werke Rilkes. Studien zur inneren Genese der Duineser Elegien*, Nuremberg, 1981.
Jacob Steiner *Rilkes Duineser Elegien*, Bern, 1962.

REPÈRES CHRONOLOGIQUES

1875	Naissance de Rainer Maria Rilke à Prague.
1886	École des cadets à Sankt Pölten en Autriche, puis École militaire supérieure de Mährisch-Weisskirchen.
1891-1895	École commerciale à Linz. Rilke retourne à Prague où il suit des études de philosophie. Il commence à écrire.
1896	A Munich, il fait la connaissance de Lou Andréas Salomé.
1897-1898	*Couronné de rêves. Avant.* Voyage à Florence.
1899	Premier voyage en Russie. Début du cycle du *Livre d'heures* (Le livre de la vie monastique), *Chant de l'amour et de la mort du cornette Christophe Rilke.*
1900	Second voyage en Russie. Rilke rend visite à Tolstoï.
1901	Épouse Clara Westhoff. *Le Livre du pèlerinage.*
1902	Naissance d'une fille, Ruth. Départ de Rilke pour Paris.
1903-1905	*Le Livre de la pauvreté et de la mort* (Troisième partie du *Livre d'heures*). La première partie de l'étude sur Rodin paraît.
1905	Rilke est secrétaire de Rodin. Il poursuit son étude sur le sculpteur. Il travaille aux *Nouveaux Poèmes* et au *Requiem.*
1907-1912	Nombreux voyages. Rilke parvient malgré tout à achever *Les Cahiers de Malte Laurids Brigge.* A Duino, où il est l'hôte de la princesse Marie de Tour et Taxis, il écrit *La Vie de Marie* et commence les *Élégies.*

Août 1914-1918	Rilke est en Allemagne lorsque la guerre éclate. Il écrit la *Quatrième Élégie*. Mobilisé en 1916, il est libéré dès juin 1916.
1918	Rilke reprend ses voyages.
1921	Rilke se rend dans la Valais, au château de Muzot dont il fera sa résidence principale.
1922	Il écrit en quelques jours les *Sonnets à Orphée* et achève les *Élégies*.
1923	Parution des deux recueils. Rilke traduit des poèmes de Valéry. Premier séjour en sanatorium.
1924	*Vergers*. *Les Quatrains valaisans*.
1925	Nouveau séjour en sanatorium à Valmont. Puis Paris, Sierre, Bad-Ragaz et Valmont à nouveau.
1926	Sierre et Muzot. Rilke traduit les *Fragments du Narcisse* de Valéry. Il meurt le 29 décembre à Valmont.

TABLE

GF — TEXTE INTÉGRAL — GF

92/01/M0294-I-1992 — Impr. MAURY Eurolivres SA, 45300 Manchecourt.
N° d'édition 13577 — Mars 1992. — Printed in France.